中华文脉

SINIC
CONTEXT

从 中 原 到 中 国

王战营 / 主编

中华文脉
SINIC CONTEXT

从中原到中国

王战营 / 主编

士林悲歌

漫话《儒林外史》

陈文新　陈庆　潘志刚　著

中原出版传媒集团
中原传媒股份公司

河南人民出版社
·郑州·

图书在版编目（CIP）数据

士林悲歌：漫话《儒林外史》/ 陈文新, 陈庆, 潘
志刚著. -- 郑州：河南人民出版社, 2025.2. -- (中
华文脉：从中原到中国). -- ISBN 978-7-215-13739-4
Ⅰ. I242.4
中国国家版本馆CIP数据核字第2025W8G506号

士林悲歌：漫话《儒林外史》

陈文新　陈庆　潘志刚　著

出 版 人：李向午
选题统筹：温新豪　杨　光
责任编辑：张　岩　黄然然
责任校对：赵红利
封面设计：张　坦

出版发行：河南人民出版社（郑州市郑东新区祥盛街27号　邮政编码　450016）
　　　　　发行部　0371-65788036

经　　销：各地新华书店经销
印　　刷：河南新华印刷集团有限公司
开　　本：720 mm×1020 mm　1/16
印　　张：18.75
字　　数：220千
版　　次：2025年2月第1版
印　　次：2025年2月第1次印刷
定　　价：76.00元

目　录

引言

《儒林外史》的作者吴敬梓，有着坎坷的人生经历。

吴敬梓（1701—1754），字敏轩，晚年自号文木老人、秦淮寓客，安徽全椒人。全椒吴氏在明清科举史上颇有名气。金和的《儒林外史·跋》说："吴氏固全椒望族，明季以来，累叶科甲；族姓子弟声气之盛，俨然王谢。"吴敬梓的曾祖辈，五人中有四人中过进士，曾祖吴国对是顺治年间的探花。故吴敬梓自己在《移家赋》中写道："五十年中，家门鼎盛。"不过，到了吴敬梓的祖父一辈，兴衰就有了分别。他的族曾祖吴国龙的后人仍有位高权重者，而他的亲曾祖吴国对的子嗣，即吴敬梓的祖辈吴勖、吴旦，生父吴雯延、嗣父吴霖起这两代，已经没有什么值得夸耀的人物了。吴勖是增贡生，吴旦是增监生，吴雯延是秀才，嗣父吴霖起是拔贡，只做过一任苏北赣榆县教谕。吴霖起为人正直、淡泊名利，这对吴敬梓有较大的影响。

关于吴敬梓的身世，有一点特别之处，即他出生不久，便以吴雯延亲生之子的身份出嗣给长房吴霖起为嗣子。这样，吴敬梓就获得了"宗子"身份。根据传统的宗法制度，宗子在分配财产时可多得一份，于是吴敬梓成为族人忌妒的对象。他二十三岁那年，嗣父吴霖起去世，遗产之争随之爆发：近房中有人率领打手，冲入吴敬梓家抢夺财产。赖长者刘翁和从兄吴檠加以调解，纠纷才渐渐平息。

这场变故对吴敬梓刺激很大。他厌恶族中某些人谋财夺产的卑劣行径和丑恶灵魂，因激愤而变得偏激。在那些"豪奴狎客"式的朋友的引诱下，吴敬梓故意胡作非为，乱嫖、乱赌、乱花钱。族人愈是眼红他的家产，他就愈不把钱财放在眼里。吴檠有一首《为敏轩三十初度作》，对吴敬梓当时的行为和心态作了淋漓尽致的描写：

> 一朝愤激谋作达，左骈史妠恣荒耽。
>
> 明月满堂腰鼓闹，花光冉冉柳鬖鬖。
>
> 秃衿醉拥妖童卧，泥沙一掷金一担。
>
> 老子于此兴不浅，往往缠头脱两骖。
>
> 香词唱满吴儿口，旗亭法曲传江潭。
>
> 以兹重困弟不悔，闭门嗟喈长醯酣。
>
> 国乐争歌康老子，经过北里嘲颠憨。
>
> 去年卖田今卖宅，长老苦口讥喃喃。
>
> 弟也叉手谢长老，两眉如戟声如虺。
>
> 男儿快意贫亦好，何人郑白兼彭聃。
>
> 安能瑟缩如新妇，钩较盘盐手馈盒。

陈汝衡《吴敬梓传》在引用了吴檠的诗后，作了这样的解读："诗中的'左骈史妠'是古代乐工和歌伎，指他沉迷声色而言，而'醉拥妖童'简直到了狎弄娈童的地步。我们能说这时传主的生活和旧社会狂嫖滥赌的贵家子弟有什么不同？能说他这时生活还不糜烂吗？"

吴敬梓的生活，一度荒唐至极，确属事实。而在他败掉了家产以后，曾经环绕在身边的那些优伶和女伎便不再理会他。吴敬梓的这一经历，使他对青楼极度厌恶，《儒林外史》中聘娘等青楼名妓的形象，就是因此而塑造出来的。

吴敬梓迅速落到了"去年卖田今卖宅"的地步。苏轼《东坡志林·论古·周东迁失计》说："今夫富民之家，所以遗其子孙者，田宅而已。不幸而有败，至于乞假以生可也，然终不可议田宅。"而吴敬梓却轻率地将田宅卖掉了。长辈苦口婆心地劝阻他，他竟叉手竖眉，像老虎咆哮一样对长辈吼叫。吴敬梓以任侠不羁的姿态宣称"男儿快意贫亦好"，岂能学那才出嫁三天的新娘子，瑟瑟缩缩、斤斤计较地过日子！他对自己轻财放浪的行为不仅不感到惭愧，反倒十分得意。

在这种境况下，吴敬梓成了全椒响当当的败家子，以至于"乡里传为子弟戒"。他有事去找人，常常得不到通报，无法与主人见面；偶尔到了别人家中，主人会当他的面故意呵责甚至杖击奴仆，让他难堪。他受够了家乡人的白眼和冷遇。《儒林外史》中的五河县，其蓝本就是全椒。从吴敬梓的描写中，读者不难体会出他当年的痛苦感受。吴敬梓伤透了心，决意离开全椒。

雍正十一年（1733），吴敬梓变卖了祖产，举家迁至南京，寄居秦淮水亭。早在吴敬梓二十来岁的时候，他就多次到过南京，对于六朝古都眷念有加。迁居一年以后，他写的《移家赋》这样描绘南京：

　　　　金陵佳丽，黄旗紫气。虎踞龙盘，川流山峙。桂桨兰舟，
药栏花砌。歌吹沸天，绮罗扑地。实历代之帝都，多昔人之旅寄，
爰买数椽而居，遂有终焉之志。

吴敬梓觉得秦淮河畔的人情比全椒美好得多。他晚年自号"秦淮寓
客"，表明他对秦淮的好感延续到了人生的终点。《儒林外史》对南
京玄武湖、清凉山、姚园等处的描写，充满了诗情画意，其中就寄
寓了他对南京的深情厚意。

　　在南京时，吴敬梓结识了许多朋友，除程廷祚（《儒林外史》中
庄征君的原型）、吴蒙泉（《儒林外史》中虞博士的原型）、樊明征（《儒
林外史》中迟衡山的原型）外，还有诗人朱卉、李葂、徐紫芝、姚莹、
黄河，词人陈希廉，画家王宓草、王溯山，学者刘著、周榘，以及
严长明、涂长卿、冯粹中等。他和朋友们集资修复了南京雨花台的
先贤祠。这些交往和活动，为他以后创作《儒林外史》奠定了深厚
的生活基础。《儒林外史》中的贤人群像，如虞博士、庄征君、迟衡
山等人，就是参照这些朋友的言行写成的。

　　年轻时的吴敬梓功名心极强，一直渴望着光宗耀祖。可他在
十八岁考取秀才后，一直困于科场，心头的阴影一年比一年重。
二十六岁那年，他去滁州参加科考——乡试之前的预试，成绩不错，
但试官听说他平日为人古怪，斥责他"文章大好人大怪"，吴敬梓慌
了，害怕一旦被黜影响进取，竟然向试官"匍匐乞收"。其功名心之
强，由此可见。可他始终未能博得一个举人。这使吴敬梓懊丧至极，
痛感对不起家族，对不起祖先。

就在吴敬梓垂头丧气之际，命运向他露出了微笑。清廷诏开博学鸿词科，江宁训导唐时琳将吴敬梓推荐给上江督学郑江，又由郑江推荐给安徽巡抚赵国麟。对于推荐他的唐时琳、郑江，许多年后，吴敬梓依然感戴不已。其《西子妆》词说："旌门幕府，有多少感恩知遇。"《送学使郑筼谷夫子还朝三十韵》诗也说："知遇真难报，蹉跎尚若斯。"明清时代的读书人，常常称长者的提携为知遇之恩，吴敬梓也不例外。

乾隆元年（1736），安徽巡抚赵国麟正式荐举吴敬梓入京应博学鸿词科的廷试。偏偏在这节骨眼儿上，他病倒了，不能成行。一次难得的机遇竟意外地失去了，令他懊恼至极。这年年底，他作《丙辰除夕述怀》诗，感慨自己因病不能赴试，有如网罗中的鸟，失去了奋飞的可能。当时的吴敬梓没有料到，这次因病未能赴试，竟然成为他深刻反省科举制度与中国文化的一个契机。

吴敬梓四十二岁时，从繁华热闹的秦淮水亭搬到大中桥畔，过着灌园种菜的清贫生活。大约在这个时期，他开始创作《儒林外史》。

程晋芳是吴敬梓的挚友之一。他写的《文木先生传》，对吴敬梓这一时期的生活作了大致的记述。如片段一：

> 乃移居江城东之大中桥，环堵萧然，拥故书数十册，日夕自娱。窘极，则以书易米，或冬日苦寒，无酒食，邀同好汪京门、樊圣谟辈五六人，乘月出城南门，绕城堞行数十里，歌吟啸呼，相与应和。逮明，入水西门，各大笑散去。夜夜如是，谓之"暖足"。

如片段二：

> 余族伯祖丽山先生与有姻连，时周之。方秋，霖潦三四日，族祖告诸子曰："比日城中米奇贵，不知敏轩作何状。可持米三斗，钱二千，往视之。"至，则不食二日矣。然先生得钱，则饮酒歌呶，未尝为来日计。

再如片段三：

> 余平生交友，莫贫于敏轩。抵淮访余，检其橐，笔砚都无。余曰："此吾辈所倚以生，可暂离耶？"敏轩笑曰："吾胸中自有笔墨，不烦是也。"其流风余韵，足以掩映一时。

程晋芳的记叙令人想起萧统笔下的陶渊明，知命乐天，安于贫穷。的确，吴敬梓身上颇有晋人风度，晚年还常倒戴着白色的头巾，一个人独自饮酒自遣，"乡里小儿或见之，皆言狂疾不可治"。面对贫穷，他自有一种豪迈气象。

乾隆十九年（1754）深秋，吴敬梓去游扬州，程晋芳正准备离开扬州返回淮安。程家原本是两淮有名的富家，几代人都在淮安做盐商。但此时由于经营不善，家境已急遽衰落了。当吴敬梓得知程晋芳比以前更加贫困时，握着程晋芳的手，流泪感叹道："子亦到我地位，此境不易处也，奈何！"言语间流露出难以遣释的凄凉之感。《儒林外史》一再强调读书人要有"弄一碗饭吃"的能力，就与吴敬梓的这种人生体验有关。

这一天是十月七日，过了七天，吴敬梓就去世了。据说，去世前几天，他把剩下的一点钱都买了酒，招朋友来痛饮。醉了，他还在吟诵唐代诗人张祜的《纵游淮南》一诗："十里长街市井连，月明桥上看神仙。人生只合扬州死，禅智山光好墓田。"程晋芳《哭吴敏轩》诗这样哀悼他：

> 生耽白下残烟景，死恋扬州好墓田。
> 涂殡匆匆谁料理，可怜犹剩典衣钱。

据金和《儒林外史·跋》载，吴敬梓最终安葬在金陵南郊之凤台门花田中，又说葬于南京城西北的清凉山脚下，今已无遗迹可寻。

在吴敬梓一生中，其生活和思想都经历了巨大的变化。生活上，他早年挥金如土，"倾酒欢呼穷日夜"；四十一岁以后，卖文为生，穷困异常，"日惟闭门种菜，偕佣保杂作"，有时甚至无米下锅。思想上，他早年热衷于功名，对"家声科第从来美"津津乐道；三十六岁后，吴敬梓开始反思"如何父师训，专储制举才"的问题。

受家庭的教育和影响，吴敬梓主要秉持传统的儒家思想，但他的在野儒生身份，使他保持了较强的反思能力。许倬云在其《中国古代文化的特质》一书中讨论孔子这些轴心时代的知识分子之所以具有反思和批判的能力时曾说：

孔子的家世即是由宋国卿大夫沦落为流亡鲁国的士。古代的知识分子失业的一些成员，仍旧保有知识分子的条件，他们仍旧知道礼仪和传统。原来传统已失去了神圣性，于是传统的持守人，就不能不追问传统的意义何在，寻找对于传统的新解释，甚至提出一些新的宇宙观、社会观及人生观。对于过去视所当然的道理，这些人会提出疑问，也会进一步地思考。……由疑问而反省，并遽然提出新的见解（如孔子及先秦诸子）。这才能突破与超越习俗与神秘，把古代文化提升到所谓枢轴时代的新境界。

从这个角度来看问题，我们对吴敬梓的深刻反思能力可以获得较为亲切的理解。

吴敬梓写作《儒林外史》，大约用了十年的时间。乾隆十四年（1749），吴敬梓的朋友程晋芳作《怀人诗》云："《外史》纪儒林，刻画何工妍。吾为斯人悲，竟以稗说传。"《儒林外史》最初以抄本形式流传，在吴敬梓去世十几年以后，由金兆燕（号棕亭）刊刻于扬州，此本今不存。现存最早的刻本是清嘉庆八年（1803）的卧闲草堂本，原书藏于北京图书馆，1975 年人民文学出版社影印出版。1977 年人民文学出版社出版了由南京师范大学中文系校点的排印本。1984 年上海古籍出版社又出版了李汉秋辑校的会校会评本《儒林外史》。其他排印本甚多。

除《儒林外史》外，吴敬梓还著有《文木山房诗文集》十二卷和《诗说》七卷。长期以来，学界普遍认为《诗说》已经失传，只能从金和的《儒林外史·跋》及金兆燕的《寄吴文木先生》中窥其一斑。
1999 年,《文木山房诗说》旧抄本在上海图书馆被发现,后出版有
周延良笺注本。2002 年,人民文学出版社出版了李汉秋辑校的《吴
敬梓诗文集》。

章 一

从个人关切到
社会关怀

吴敬梓的创作生涯，大体可分为前、后两个时期，前期以诗文为主，后期以《儒林外史》为主。这一转向是如何发生的？他在诗文中的人格形象和在《儒林外史》中寄寓的人格理想有何显著差异？其创作转向与人格转变之间有何内在关联？回答这些问题，正是本章的重点所在。

◎吴敬梓诗文中弥漫着科举失利的挫折感

纵观吴敬梓的一生，他人生前期的首要关切是科举功名。其诗文或写亲情，或写友情，或写游历，情感和题材是多方面的，难以一概而论。但有一点是可以肯定的：只要涉及功名富贵和个人经历，他的诗文通常充满对科举失利的挫折感。

吴敬梓现存可以系年的诗文，包括赋4篇、诗137首、词47首，共188篇。赋止于三十三岁所作的《移家赋》，词止于三十九岁所作的《内家娇》，诗止于四十岁所作的《除夕宁国旅店忆儿烺》，均为吴敬梓前期作品。其中与家族的科举辉煌和个人的科举经历有关的，有50余篇。这些诗词，一部分只是概写人生沦落、知音难遇，如《小桥旅夜》："早岁艰危集，穷途涕泪横。苍茫去乡国，无事不伤情。"《送别曹明湖》："人生知遇真难得，挥手别君泪沾臆。"《金缕曲·七月初五朱草衣五十初度》："天意也怜吾辈在，且休忧尘世无相识。"一部分聚焦于科举鼎盛的家族历史，顺便提到了个人寥落以及由此带来的愧悔之痛，如《遗园四首》其四："风雨漂摇久，柴门挂薜萝。青云悲往事，白雪按新歌。每念授书志，其如罔极何！可怜贫贱日，只是畏人多。"《酬青然兄》："明发念先人，不寐涕汍澜。况当明圣代，敢忘振羽翰？"一部分侧重书写与博学鸿词科相关联的知遇之恩和未能奋飞的痛苦，如《送学使郑筠谷夫子还朝三十韵》："昔岁彤廷诏，曾令蓬户窥。不才尘荐牍，授简写新诗。坐待官厨饫，吟看日晷移。几回瞻謦欬，再拜奉师资。知遇真难报，蹉跎尚若斯。"《曹跃舟留宿南轩》："感恩望霄汉，相顾叹蹉跎。"上述三类作品，对科举失利的挫折感只是点到为止，并未展开。

　　除了上述三类作品，这 50 余篇诗词中，还有一部分集中抒写科举失利的挫折感，深切表达了吴敬梓的个人关切。下面试以时间为序略加考察。

　　清雍正八年（1730），是年除夕，他作了组词《减字木兰花·庚戌除夕客中》八首，其内容包括两个方面：一方面，吴敬梓后悔自己因一时愤激而放浪形骸，竟然成了全椒一带公认的败家子，如其三：

　　　　田庐尽卖，乡里传为子弟戒。年少何人，肥马轻裘笑我贫。　　买山而隐，魂梦不随溪谷稳。又到江南，客况穷愁两不堪。

　　另一方面，痛感举业无成，有负于科举鼎盛的家世、辛勤养育他的父母和同甘共苦的妻子，如其五：

> 哀哀吾父，九载乘箕天上去。弓冶箕裘，手捧遗经血泪流。　勠劳慈母，野屋荒棺抛露久。未卜牛眠，何日泷冈共一阡？

又如其六：

> 闺中人逝，取冷中庭伤往事。买得厨娘，消尽衣边荀令香。　愁来览镜，憔悴二毛生两鬓。欲觅良缘，谁唤江郎一觉眠。

据吴檠《为敏轩三十初度作》可知，吴敬梓在嗣父吴霖起去世之后，曾遭遇一场来自家族内部的财产纷争，赖刘翁等人帮助，才终于平息。涉世未深的吴敬梓因此变得愤世嫉俗，故意把家产不当回事，过上了情色无度的生活。先是卖田，后是卖房，以致家产所剩无几。所谓"昔年游冶，淮水钟山朝复夜"，"田庐尽卖，乡里传为子弟戒"，写的就是这段令他愧悔万分的经历。

全椒吴氏是当地声名赫赫的科举世家，即王又曾《书吴征君敏轩先生〈文木山房诗集〉后》所云："国初以来重科第，鼎盛最数全椒吴。"这样一个家世背景，既给吴敬梓带来了作为世家子弟的荣耀，同样也给他带来了沉重的压力。他比常人更加渴望经由科举而飞黄腾达，因为这不仅是个人的前程所系，也是家族的声名所系。无奈科举功名是不能继承的，没有哪个家族可以长保子孙科举顺遂。不幸吴敬梓就是一个典型例证，他在十八岁考上秀才后，一直未能跨过乡试的门槛，即所谓"株守残编，落魄诸生十二年"。身为故乡人所不齿的败家子，无颜继续待在全椒，吴敬梓于是打起了迁居南京的主意。

雍正十一年（1733），吴敬梓移家南京。他在迁居南京之后，痛定思痛，作了他生平最有分量的一篇赋——《移家赋》。该赋写作当始于 1733 年，至 1734 年年初才最终定稿。此赋将"身辞乡关"而迁居南京视为他人生中最为耻辱的一次逃亡："余家世于淮南，乃流播于江关，枯鱼穷鸟，不可问天，布衣韦带，虚此盛齿，寄恨无穷，端忧讵止？"吴敬梓之所以如此悲怆，是因为迁居南京有辱门庭。如果功名显赫，春风得意地去外地做官，他不仅不会懊丧，还会兴高采烈。

中国古代，诗和赋常用于抒发那种分量厚重的情感。诗中的代表如阮籍《咏怀》、杜甫《秋兴》，赋中的代表如鲍照《芜城赋》、江淹《恨赋》和《别赋》、庾信《哀江南赋》，都因其感情厚重和表达考究而传诵不衰。吴敬梓将其移家南京，比拟为陆机入洛：吴敬梓是不得已离开了故乡，陆机是不得已离开了故国。他科举失利的挫折感和身为败家子的心酸，在《移家赋》中有充分表达。

雍正十二年（1734），吴敬梓写了《乳燕飞·甲寅除夕》一词。与《移家赋》相比，这首词较为平实、直白：

令节穷愁里，念先人、生儿不孝，他乡留滞。风雪打窗寒彻骨，冰结秦淮之水。自昨岁移居住此。三十诸生成底用，赚虚名、浪说攻经史。捧卮酒，泪痕渍。 家声科第从来美。叹颠狂、齐竽难合，胡琴空碎。数亩田园生计好，又把膏腴轻弃。应愧煞谷贻孙子。倘博将来椎牛祭，总难酬罔极深恩矣。也略解，此时耻。

俗话说"三十而立"，吴敬梓已过了而立之年，却依然只是生员，一个年纪老大的秀才。他把取得科场功名视为他对父母最大的尽孝，而功名富贵却总是与他无缘。这首词还提到了"他乡留滞"，"数亩田园生计好，又把膏腴轻弃"，说的是他"昨岁"从故乡全椒移家南京一事。

也是在这一年，他还作了另外两首词，抒发的同样是他作为不孝之人的愧疚感。一首是《满江红·雀化虹藏》，下阕有云："岂合在，他乡住？岂合被，虚名误？盼故山榛莽，先人丘墓。已负耦耕邻父约，漫思弹铗侯门遇。再休言、得意荐相如，凌云赋。"另一首是《琐窗寒·忆山居》，其中说道："撇却家山，紫翠丹青如画。想泼醅春酒正浓，绿杨村店鸡豚社。几多时，北叟南邻，定盼余归也。"杨得意曾把司马相如推荐给汉武帝，司马相如的人生从此海阔天空。吴敬梓也对自己的辞章颇为自信，希望遇见杨得意那样的人。吴敬梓确信，要是有人把自己推荐给今上，自己也必然不同凡响。只是这样的机遇迟迟未能降临，吴敬梓因此心灰意冷。他对故乡的思念之情，也因为功名不遂而愈发强烈。

乾隆元年（1736）除夕，吴敬梓作《丙辰除夕述怀》一诗，其中说道："回思一年事，栖栖为形役。相如《封禅书》，仲舒《天人策》。夫何采薪忧，遽为连茹厄。人生不得意，万事皆恝恝。有如在网罗，无由振羽翮。严霜覆我檐，木介声槭槭。短歌与长叹，搔首以终夕。"这首诗关联着一个重大事件：这年三月，清廷再开博学鸿词科，三十六岁的吴敬梓预试合格，获得安徽巡抚赵国麟的正式荐举，却又因病未能参加廷试。博学鸿词科是常科之外的特科，由皇帝特诏举行，旨在选拔那些在辞章或者学术方面格外出色的文士。困顿中的吴敬梓，有幸获得考试资格，真有一种久旱逢甘霖的感觉。这次机遇的错失，令他深为懊恼。司马相如的《封禅书》，董仲舒的《举贤良对策》，都是历史上的朝廷"大制作"。有能力写这种"大制作"的人，正是博学鸿词科所要搜揽的。吴敬梓因病不能赴试，他把这一困境比拟为飞鸟困在了网罗之中。

乾隆四年（1739），吴敬梓写了《内家娇·生日作》一词：

> 行年三十九，悬弧日、酌酒泪同倾。叹故国几年，草荒先垄；寄居百里，烟暗台城。空消受，微歌招画舫，赌酒醉旗亭。壮不如人，难求富贵；老之将至，羞梦公卿。　　行吟憔悴久，灵氛告：须历吉日将行。拟向洞庭北渚，湘沅南征。见重华协帝，陈辞敷衽；有娀佚女，弭节扬灵。思不甚令轻绝，休说功名！

其关键词仍是富贵与功名，但情绪较为复杂。所谓"难求富贵""休说功名"，是说他试图放弃对此的眷恋，却又依旧不能断然舍弃。

行将踏进不惑之年的他，在确定未来的人生走向时，不免有几分犹疑、困惑。

综上所述，可以看出，吴敬梓人生前期的诗文，凡涉及功名富贵的，通常表现出急切的渴慕之情或求而不得的焦虑和痛苦。吴敬梓的个人关切，在这些作品中得到了充分表达。

与上述诗文中的吴敬梓有别，《儒林外史》中的杜少卿，这个以吴敬梓本人为原型的人物，在对待科举功名的态度上，与之恰好成为对照。例如，乾隆元年（1736），吴敬梓因病未能参加廷试，那种失落和懊丧之情，在诗文中溢于言表。而在《儒林外史》中，杜少卿却是故意装病，以生病为借口拒绝参加考试。辞试成功，杜少卿分外高兴，说："好了！我做秀才，有了这一场结局，将来乡试也不应，科、岁也不考，逍遥自在，做些自己的事罢！"这样一个杜少卿，折射出的是创作《儒林外史》时的吴敬梓，而不是前期诗文中的那个吴敬梓。

◎ "词科"反思：从个人关切到社会关怀

促使吴敬梓对科举制度展开深刻反省的，是乾隆元年举办的博学鸿词科，因这年为丙辰年，故史称"丙辰词科"；而与《儒林外史》写作相伴随的《诗经》研究，则进一步提升了吴敬梓的人格境界，有助于《儒林外史》内涵的深化。

吴敬梓是丙辰词科的亲历者，也一度对之寄予厚望。他现存的四篇赋作中，有三篇与之有关：《继明照四方赋》是乾隆元年作的学院取博学鸿词试帖,《正声感人赋》是乾隆元年作的抚院取博学鸿词试帖,《拟献朝会赋》可能是为督院试或更高一级的考试预拟的赋作。现存的诗中,有三首与丙辰词科有关,分别是学院取博学鸿词试帖《赋得敦俗劝农桑》、抚院取博学鸿词试帖《赋得云近蓬莱常五色》、督院取博学鸿词试帖《赋得秘殿崔嵬拂彩霓》。在应博学鸿词试之前,吴敬梓耗费巨大心力写了《移家赋》,意在证明他确有写朝廷"大制作"的才能。

　　然而,丙辰词科的实际情形与吴敬梓的预想大相径庭。清廷一共举办了两次博学鸿词科,一次是康熙十八年(1679)的己未词科,一次即乾隆元年的丙辰词科。两次的性质虽说相同,而情势实则大有不同。己未词科是在"三藩之乱"平定在即、国内局势趋于稳定的背景下举行的,其动因有三:其一,明清易代,造成了社会生活的巨大动荡,朝廷急需笼络隐逸之士以营造升平气象;其二,此前为筹军饷,捐纳得官者甚众,官场混乱,需要选拔人品清高的士人以孚众望;其三,为数不少的奇才异能之士,未能经由常科选拔出来,有必要借特科加以弥补。所以,无论是决策者康熙,还是各级官吏,都郑重其事,全力以赴。从录取结果看,一等二十名,二等三十名,一时名儒硕彦,网罗殆尽。丙辰词科距己未词科已五十余年。第一道开科谕旨颁于雍正十一年(1733),响应者寥寥。雍正十三年(1735)八月,乾隆即位,再加申谕,各级官员才按部就班地启动了保荐程序。与己未词科相较,丙辰词科阅卷严苛,录取比例低,任职状况也大为逊色。己未科与试者143人,录取50人;丙辰科与试人数更多,却仅录取19人。己未科取中者,进士授编修,已官卿贰、部曹、参政、参议者授侍讲，其他授检讨。丙辰科取中者，一等皆授编修；二等中有举人、进士身份者授检讨，其他授庶吉士。授庶吉士者散馆任职，竟有改主事、知县者。丙辰科落选的人中，长于经史的有桑调元、顾栋高、程廷祚、沈彤、牛运震、沈炳震等，长于辞章的有胡天游、刘大鹏、沈德潜、厉鹗、袁枚等，足以引发士林的失望和惊诧。

丙辰科与己未科的差异之所以如此之大，主要原因在于：朝廷已不需要像康熙十八年那样笼络人才。三藩平定已久，台湾也已收复，天下一统，臣民服帖，哪里用得着大规模地破格搜罗人才。当吴敬梓从族兄吴檠那里得悉了丙辰词科的诸多内幕时，他有过幸未与试的窃喜，而更多的是对与试者的同情和对朝廷动机的质疑，并把这种质疑从特科逐渐延伸到了常科。

这一时期，吴敬梓先后作了《伤李秀才》《贫女行二首》《美女篇》等诗，是考察其心迹的一手资料。《伤李秀才》诗序云：

> 丙辰三月，余应博学鸿词科，与桐城江若度、宣城梅淑伊、宁国李岑淼同受知于赵大中丞。余以病辞，而三君入都。李君试毕，卒于都下。赋此伤之。

诗的第一句是"扶病驱驰京辇游"，可见李岑淼与吴敬梓一样，廷试前都生了病。吴敬梓因病而未赴试，曾不免沮丧；李岑淼带病赴试，足见他对这次机遇的珍惜。当李岑淼病死于都下的消息传来，吴敬梓伤心地写下了这首诗，并由此对读书人的境遇有了一种超越自身的观察和思考。

　　挚友程廷祚的铩羽而归对吴敬梓的触动尤为巨大。程廷祚别号绵庄，是《儒林外史》中庄绍光的原型。程晋芳《绵庄先生墓志铭》记载：

　　　雍正十三年举博学鸿词科，安徽巡抚王公铉以先生应诏。乾隆元年至京师，有要人慕其名，欲招致门下，属密友达其意曰："主我，翰林可得也。"先生正色拒之，卒不往，亦竟试不用，归江宁，时年四十有五。

程晋芳把程廷祚与黄宗羲、顾炎武等清初大儒相提并论，或稍有拔高之嫌，但程廷祚无疑是雍、乾年间首屈一指的经学家。至于落选的原因，拒不接受权要的延纳不一定是最重要的，因为诸多一流学者或一流辞章家也同样名落孙山。博学鸿词科的举办，从理论上说，旨在弥补常科只认试卷不认人的弊端，而丙辰词科将那么多名流一股脑儿刷掉，可见朝廷并没有选拔人才的诚意。特科也好，常科也好，科举考试的主导权都在体制一方而不在士子一方；天下士子，数十年寒窗苦读，以求一第，而掌控体制的人对此未必在意。

　　面对天下士子局促于体制之下的卑微地位，吴敬梓深感痛心，并有针对性地提出了一个建议：读书人不必热衷于功名富贵，只有这样，才能获得人格的独立和相应的尊严。他这一时期写的《美女篇》《贫女行二首》，都用比兴手法表达了这一主旨。《美女篇》云：

　　　夷光与修明，艳色天下殊。一朝入吴宫，权与人主俱。
　　　不妒比《螽斯》，妙选聘名姝。红楼富家女，芳年春华敷。

头上何所有？木难间珊瑚。身上何所有？金缕绣罗襦。

佩间何所有？环珥皆瑶瑜。足下何所有？龙绡覆氍毹。

歌舞君不顾，低头独长吁。遂疑入宫嫉，毋乃此言诬。

何若汉皋女，丽服佩两珠。独赠郑交甫，奇缘千载无。

《美女篇》异乎寻常之处，在于否定了入宫见嫉的习惯说法。富家女的失意，不是因为他人的忌妒，而是因为她不该进入那个圈子；一旦进入那个圈子，就成了仰人鼻息的被选择者，就仿佛渴望录取的应试者一样。要获得尊严，就应像汉皋游女一样：她和郑交甫之间，不是选择和被选择的关系，而是互相吸引、互相爱慕的关系。吴敬梓为天下士子给出的这个建议，是以不追逐功名富贵为前提的。所以他同时还写了《贫女行二首》：

蓬鬓荆钗暗自羞，嘉时曾以礼相求。
自缘薄命辞征币，那敢逢人怨蹇修？

阿姊居然贾佩兰，踏歌连臂曲初残。
归来细说深宫事，村女如何敢正看！

诗中对村女或贫女的描写，也体现出诗人吴敬梓对功名利禄、荣华富贵的看淡。

经历了丙辰词科后的痛苦思考，吴敬梓终于在四十岁左右开始了《儒林外史》的撰写。与此同时，他还在写《诗说》，这是一部研究《诗经》的著作。据李汉秋研究，吴敬梓开始撰写《诗说》的时间，当不晚于乾隆辛酉年（1741），其依据有二：一是程晋芳《文木先生传》云："辛酉、壬戌间，延至余家，与研诗赋。"二是蒋宗海《吴文木〈诗说〉序》云："程舍人鱼门言先生作《诗说》时，尝主其家，忽夜悟《凯风》诗旨，即援笔书之，亟呼鱼门共质，因与剧论达旦。"据此，吴敬梓应动笔写《儒林外史》不久，即开始了《诗经》研究。

吴敬梓以《诗经》研究作为他晚年的安身立命之处，并不是想做一个经学家，而是经由对《诗经》的体悟，找回原始儒家的气象和真谛。这个寻找和体悟的过程，潜在地影响了《儒林外史》的写作。或者说，吴敬梓的《儒林外史》写作和《诗经》研究，有一种互相影响、互相启发的关系。在研究《诗经》的过程中，吴敬梓的人格不断升华，《儒林外史》的内涵也逐渐深化。

这里可以举两个例子。吴敬梓的《诗说》中有《鸡鸣》一则，对《诗经·郑风·女曰鸡鸣》一诗作了如下解读：

> 朱子读《女曰鸡鸣》之诗，曰："此诗意思甚好，读之有不知使人手舞足蹈者。"诸儒所解亦甚多，究未得此诗之妙在何处。窃意此士乃乐天知命而又化及闺房者也。……此士与女，岂惟忘其贫，亦未尝有意于隐。遇凫雁则弋，有酒则饮，御琴瑟则乐，有朋友则相赠。士绝无他日显扬之语以骄其妻，女亦无他日富贵之想以责其夫。悠游暇日，乐有余闲。此惟在三代太和宇宙时，民间或不乏此。

南宋朱熹的《诗集传》曾认定《女曰鸡鸣》是"贤夫妇相警戒之词"：夫妻二人互相勉励，以期于世有补。吴敬梓却断言，诗中的这一对夫妇，安贫乐道，绝无功名富贵之念。在他看来，所谓于世有补，不过是热衷于功名富贵的另一种说法。

并非偶合，《儒林外史》第三十四回将《诗说》对《女曰鸡鸣》的新解融入小说情节。几位朋友谈及《女曰鸡鸣》，杜少卿说了自己的新解：

> 但凡士君子，横了一个做官的念头在心里，便先要骄傲妻子。妻子想做夫人，想不到手，便事事不遂心，吵闹起来。你看这夫妇两个，绝无一点心想到功名富贵上去，弹琴饮酒，知命乐天。这便是三代以上修身齐家之君子。这个，前人也不曾说过。

杜少卿的话，其实是把《诗说》的解读用口语说了出来。

吴敬梓在《儒林外史》中谈他关于《女曰鸡鸣》的新见，主要不是为了展开学术讨论，而是从儒家经典中为两对无意于功名富贵的杜少卿夫妇和庄绍光夫妇寻找依据。杜少卿辞掉朝廷征辟，隐居南京，换了汲汲富贵的人，岂能忍受得了？但杜少卿和他的妻子却过得十分惬意。庄绍光辞爵还家，隐居玄武湖，他的生活如同一首清澈的小诗。这两对夫妇，正是吴敬梓所赞许的"绝无一点心想到功名富贵上去"的修身齐家之君子。

又如，孔子曾在《论语》中这样表彰泰伯："泰伯，其可谓至德也已矣！三以天下让，民无得而称焉。"孔子赞美泰伯的让德，而《儒林外史》中的人物虞育德，正是践行这种让德的典范。他的人品如此之高，学问如此之好，担任的却是一个无关紧要的闲职。难得的是，虞育德并不因此而抱怨，而是乐天知命，努力发挥人格表率的作用。

吴敬梓《诗说》中的《简兮》一篇，谈怀才不遇的士君子何以自处，与《儒林外史》的虞育德形象，正好形成呼应关系：

> 余反复《简兮》之诗，而叹硕人之所见浅也。"士君子得志则大行，不得志则龙蛇。遇不遇，命也。""鸿飞冥冥，弋人何篡"，何必以仕为？即不得已而仕，抱关击柝可矣，孰迫之而伶官？既俯首于伶官，即当安于籥翟之役，必曲折引申以自明其所思于庸夫耳目之前，谁其听之耶？《卞和论》云："兰生幽谷，不以无人不芳；玉产深山，不以无工不良。雕之琢之，取以为器，人之乐，非玉之幸也。和既以玉刖矣，以玉殉可也，以玉隐可也，必涕泣涟洏以自明其为玉，何其愚也！"观此，可为诗人进一解。

《诗经·邶风》中的《简兮》一诗，东汉郑玄和南宋朱熹的解读大体相近，认为贤人时值卫之衰世，怀才不遇，仕于伶官，乃以自誉而实自嘲的方式表明自己的人品之高。而吴敬梓认为，一个安贫乐道的贤人，何必在世俗社会之中洗刷自己？何必在意世俗社会的荣辱毁誉？当然，对造成贤者怀才不遇的体制，吴敬梓是有批评的，而且批评得极为尖锐。

由这两个例子可以看出，吴敬梓的《诗经》研究和《儒林外史》写作，虽然一个是学术研究，一个是小说创作，但却相得益彰。吴敬梓从原始儒家获得了安身立命的勇气和底气，观察和思考社会生活的水准也得到了提升。在这个过程中，他的社会关怀在《儒林外史》中逐渐占据了主导地位。

◎《儒林外史》集中表达了吴敬梓的社会关怀

吴敬梓在人生后期潜心从事《儒林外史》创作，其人格升华与创作转向之间，有着密切的内在关联。他对科举制度的不满不再是基于个人失意，而是着眼于这一制度给社会带来的负面后果：科举制度让太多的读书人挤在一座独木桥上，浪费了大量的人力资源，在把许多读书人的生活弄得一塌糊涂的同时，也造成了整个社会热衷追求功名富贵的心理。

王又曾《书吴征君敏轩先生〈文木山房诗集〉后》之"但诋父师专制举"句下自注引了吴敬梓的两句诗："如何父师训，专储制举才。"吴敬梓的这一质询意味深长。钱穆《中国历代政治得失》曾如此评价唐代的科举制：

　　唐代的科举制度，实在亦有毛病。姑举一端言之，当时科举录取虽有名额，而报名投考则确无限制。……唐代前后三百年，因政权之开放，参加考试者愈来愈多，于是政府中遂设有员外官，有候补官，所谓士十于官，求官者十于士，士无官，

> 官乏禄，而吏扰人，这是政权开放中的大流弊。此项流弊，直
> 到今日仍然存在。

所谓"专储制举才"，是说人才过于集中于科举一途，造成了人才的积压和浪费。

科举制在带来官员人数膨胀的同时，也造成了诸多读书人的困顿。所有的读书人都以做官为目标，但做不上官的一定是大多数，部分读书人不免陷于穷困潦倒的境地。《儒林外史》中的老秀才倪霜峰就是例证。他生了六个儿子，一个死了，四个因为没有吃用卖到了他州外府，最小的一个也因为生活无着出继给经营戏班的鲍文卿；他本人则靠修补乐器为生。谈起人生的潦倒，倪霜峰感慨说："我从二十岁上进学，到而今做了三十七年的秀才。就坏在读了这几句死书，拿不得轻，负不得重，一日穷似一日，儿女又多，只得借这手艺糊口，原是没奈何的事！"

在《儒林外史》的第五十五回，吴敬梓写了四个市井奇人，他们都是读书人：一个会写字的，叫季遐年，寄食于僧寺；一个围棋下得好，叫王太，卖火纸筒子为生；一个画画得好，叫盖宽，开茶馆为生；一个琴弹得好，叫荆元，做裁缝为生。他们对考试做官都没有兴趣。书中这样写道：

> 朋友们和他（指荆元）相与的问他道："你既要做雅人，为甚么还要做你这贵行？何不同些学校里人相与相与？"他道："我也不是要做雅人，也只为性情相近，故此时常学学。至于

我们这个贱行，是祖、父遗留下来的，难道读书识字，做了裁缝就玷污了不成？况且那些学校中的朋友，他们另有一番见识，怎肯和我们相与？而今每日寻得六七分银子，吃饱了饭，要弹琴，要写字，诸事都由得我。"

这表明吴敬梓确已有几分近代意识：在应考做官之外，读书人不妨另谋生路，不要把做官当成读书的唯一目标。

《儒林外史》充分彰显了一个事实：科举挤压了真儒的生存空间，无助于社会风气的改善。虞博士是《儒林外史》中的"第一人"，他在体制内的被边缘化，不是因为人品不好，而是因为人品太好。五十岁的他中了进士，"那知这些进士，也有五十岁的，也有六十岁的，履历上多写的不是实在年纪。只有他写的是实在年庚五十岁。天子看见，说道：'这虞育德年纪老了，着他去做一个闲官罢。'当下就补了南京的国子监博士"。科举时代的履历，有实年与官年之别：实年就是真实年庚，官年就是表上的年龄，通常比实年要小。诚信的人吃亏，弄虚作假的人占便宜，这并非个别情况，虞博士只是一个有代表性的个案而已。

《儒林外史》第四十六回，唐二棒椎向虞华轩请教一个荒唐的问题："我前科侥幸，我有一个嫡侄，他在凤阳府里住，也和我同榜中了，又是同榜，又是同门。他自从中了，不曾到县里来，而今来祭祖。他昨日来拜我，是'门年愚侄'的帖子，我如今回拜他，可该用个'门年愚叔'？"余大先生听说了这事，气得两脸紫涨，愤怒地说："请问人生世上，是祖、父要紧，是科名要紧？""既知是祖、父要紧，如何才中了个举人，便丢了天属之亲，叔侄们认起同年同门来？"
在科名和"天属之亲"之间，五河县人居然把科名看得更重，其骨
子里是对富贵的看重，所以该回目用了"五河县势利熏心"来形容。
科举考试有一个理论上的目的，即引导考生下功夫研读儒家经典，
按照儒家的规训为人处事，结果却在一定程度上助长了势利之风。

　　吴敬梓早期对八股文的憎恶与他个人的功名不遂直接相关，而
《儒林外史》对八股文的调侃则超越了个人关切。程晋芳《文木先生
传》说吴敬梓"生平见才士，汲引如不及；独嫉时文士如仇，其尤工
者，则尤嫉之。余恒以为过，然莫之能禁。缘此，所遇益穷"。程
晋芳所描述的，是处于人生前期的吴敬梓。《儒林外史》同样不恭维
八股文，但考虑问题的角度迥然相异。小说中写了两个翰林：高翰
林和鲁翰林。翰林理所当然是八股文写作的顶尖高手，而两位翰林
最得意的也是就八股文发表高论。第十一回，鲁翰林这样谈论八股
文的妙用：

　　　　八股文章若做的好，随你做甚么东西，要诗就诗，要赋就赋，
　　都是一鞭一条痕，一掴一掌血。若是八股文章欠讲究，任你做
　　出甚么来，都是野狐禅、邪魔外道！

八股文是讲究起承转合的，因而要注意思路的贯通；八股文是讲究
对仗等修辞技巧的，因而与诗赋有相通之处。由此看来，鲁翰林的
话自有其依据。但是他把八股文说得如此神乎其神，却正是所谓
不可向迩的"翰林气"。

第四十九回，高翰林这样谈论"揣摩"的妙用：

> "揣摩"二字，就是这举业的金针了。小弟乡试的那三篇拙作，没有一句话是杜撰，字字都是有来历的，所以才得侥幸。若是不知道揣摩，就是圣人也是不中的。那马先生讲了半生，讲的都是些不中的举业。他要晓得"揣摩"二字，如今也不知做到甚么官了！

考场上的八股文，顺应风气的，得中的概率往往更高。努力随着风气的变化而调整写作风格，就是所谓长于"揣摩"。所以，高翰林的话，从应试的角度看自有其合理性。但一个身居庙堂、理当兼济天下的人，却仅仅以擅长考试"揣摩"之道高视阔步，不也甚为可鄙吗？《儒林外史》的这一类描写，延续了吴敬梓"嫉时文士如仇，其尤工者，则尤嫉之"的一面；但就《儒林外史》整体来看，这些描写又是后期吴敬梓社会关切的体现。

《儒林外史》第四十七回比照年轻时愤世嫉俗的吴敬梓写了一个虞华轩，而以后期吴敬梓的眼光对他作出了评价：

> 话说虞华轩也是一个非同小可之人。他自小七八岁上就是个神童。后来经史子集之书，无一样不曾熟读，无一样不讲究，无一样不通彻。到了二十多岁，学问成了，一切兵、农、礼、乐、工、虞、水、火之事，他提了头就知到尾，文章也是枚、马，诗赋也是李、杜。况且他曾祖是尚书，祖是翰林，父是太守，真正

是个大家。无奈他虽有这一肚子学问，五河人总不许他开口……虞华轩生在这恶俗地方，又守着几亩田园，跑不到别处去，因此就激而为怒。他父亲太守公是个清官，当初在任上时过些清苦日子。虞华轩在家省吃俭用，积起几两银子。此时太守公告老在家，不管家务。虞华轩每年苦积下几两银子，便叫兴贩田地的人家来，说要买田、买房子。讲的差不多，又臭骂那些人一顿，不买，以此开心。一县的人都说他有些疯气，到底贪图他几两银子，所以来亲热他。

在《儒林外史》中，杜少卿是吴敬梓的自况，其实这里的虞华轩，和"一朝愤激谋作达"的青年吴敬梓之间，也有某些对应关系：五河就是全椒；虞华轩的家世背景，与吴敬梓的家世背景，可以大致相合；虞华轩的人品、学问，同样是比照吴敬梓来设定的。被视为败家子的吴敬梓，对全椒耿耿于怀：如果不是这个恶俗地方，他怎么会激而为怒又落得个卖田卖宅的境地呢？吴敬梓偶尔会借《儒林外史》的写作来洗刷自己的败家子形象，这样一种动机，不必曲为隐讳。但《儒林外史》对虞华轩的愤世嫉俗并未一味喝彩，而是在与虞博士、庄绍光等人的对比中，表明并不赞成他的为人处世。向虞博士、庄绍光认同，而不是向虞华轩认同，这是后期吴敬梓的社会关怀的表现。

　　由此可以看出，写作《儒林外史》时的吴敬梓，与前期的诗文作者吴敬梓，确有巨大的人格差异。作为一个科举时代的典型失意者，吴敬梓曾经焦虑、愤怒，并将挫折感倾泻在他的诗文之中。

但在《儒林外史》的写作中，支配他的已不再是个人关切，而是以一个在野儒者的视野，观察和描述他所熟悉的读书人的生活，真正做到了"以公心讽世"，他的《儒林外史》也因此具有不朽的价值。

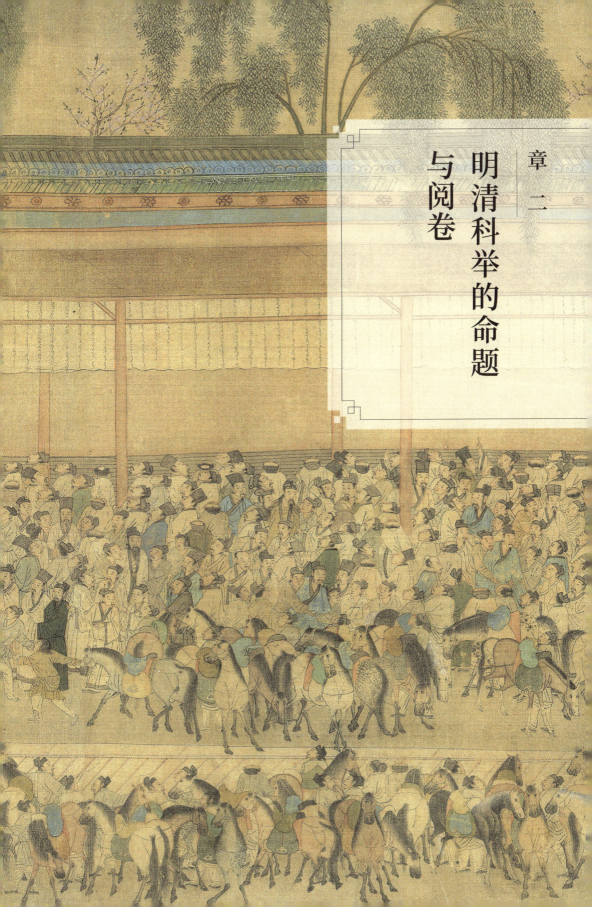

章 二

明清科举的命题与阅卷

　　明清时期的科举考试分为三级：第一级是院试，选拔出的人才称为生员，俗称秀才；第二级是乡试，选拔出的人才称为举人；第三级，包括会试、复试和殿试，选拔出的人才称为进士，会试的第一名称为会元，进士的第一名称为状元。这三个层级的考试，各有其命题特征和阅卷标准。院试选拔生员，其主要依据是考生正场试卷的得分，兼顾考生平日声誉；考官评阅试卷与平日读文章的方式有一些不容忽略的区别。不同于院试重点考查应试者的天分和文字驾驭能力，出"小题"较多，乡试重点考查应试者对儒学经典的整体把握和系统阐释能力，通常都是典雅宏大、内容完整的题目，即所谓"大题"，其评阅以"清真雅正"为标准。明清会元的选拔，有其特殊的标准和难度：既要大雅平正，又不能平凡平庸，不能有"大众脸"；既要自出胸臆，又要有规矩可循，不能剑走偏锋，其间的分寸很难把握。主考往往全力以赴，以期不辱使命。

　　目前学界对明清考试制度、流程、社会功能等宏观方面的研究都有了质和量的突破，而对各级考试的命题、阅卷的研究还有待加强。这一章拟从院试阅卷的特点、院试与乡试考查重点的差异、会元选拔的主要依据等方面梳理明清科举的评分依据与考官职权，以期为解读《儒林外史》提供必要的背景知识。

◎从"周学道校士拔真才"看院试阅卷

院试由学道或学政主持，在府城或直隶州的治所举行。院试之前，有两场预备考试。第一场为州县试，由知县或知州主持，考中的称童生；第二场为府试，由知府或直隶州知州主持。这两场考试没有名额限制，知县或知府一般总是让考生通过，以便他们有机会参加院试。

院试是决定童生能否成为生员的关键考试，录取的比例极小，100 名考生中通常只有 1 至 2 名。院试过关，考生便取得了生员或秀才的资格，正式成为下层绅士的一员。虽然秀才不能直接做官，但一方面，他们从此在经济上免于赋税和徭役，国家还给予一定的例银或其他津贴，在社会地位上高出平民百姓一等，见知县时不必下跪；另一方面，他们可以参加举人等更高级别的考试，有希望跻身上层绅士的行列。

院试选拔生员，其主要依据是考生正场制艺（俗称"八股文"）的得分。从理论上说，评分是有客观依据的，每一份试卷的得分，与其实际水准理当基本相符。但在实际操作中，很难避免出现误差。其原因有三：一是考官的精力不可能总是饱满的。清代的纪昀，多次担任考官，每次阅卷之前，他都要拜文昌帝君，不求别的，但求让他一直保持良好的阅卷状态，以免因精神疲惫而判分失当。纪昀的担心表明，因阅卷时间太长，每一个考官都不免有疲惫的时候，甚至可能长时间硬撑着改卷。二是考官必须保持阅卷进度，不大可能对每一份考卷都细加推敲。三是考官的水平和趣味不可能完全一致。有的水平高一些，有的水平低一些；有的喜欢才华横溢的试卷，有的喜欢脉理分明的试卷，这些差异也会在一定程度上影响评分。

《儒林外史》"周学道校士拔真才"一节，写考官评阅试卷，有助于读者了解院试阅卷的一般情形。周进做了广东学道，第三场考南海、番禺两县童生，五十四岁的老童生范进第一个交卷。周学道将范进的卷子用心用意看了一遍，心里不喜，道："这样的文字，都说的是些甚么话！怪不得不进学。"丢过一边不看了。又坐了一会儿，还不见一个人来交卷，遂再次拿过范进的卷子来看，看完，觉得有些意思。当他将范进的卷子看过三遍后，印象更好了，不觉叹息道："这样文字，连我看一两遍也不能解，直到三遍之后，才晓得是天地间之至文，真乃一字一珠！可见世上糊涂试官不知屈煞了多少英才！"忙取笔细细圈点，卷面上加了三圈，即填了第一名。

考生的中与不中，存在偶然性，于此可见一斑。假如周进只看一遍，范进岂不是还得做童生？而只看一遍的阅卷方式，在院试中正是普遍现象。清代流传有以快、短、明三字衡文的说法。所谓快，即交卷越快越好；所谓短，即篇幅越短越好；所谓明，即文章的意思越明快越好。之所以产生这样的共识，是因为督学使者按临各郡考试秀才和童生，每次须分十多场，往往因公事烦冗，期限太紧，不可能从容评阅考卷。为了赶时间，录取名额一满，尽管考试还没结束，录取名单照样公布。有些写得不够快的考生，或因文章篇幅长而拖延了时间的考生，说来是既可怜又可笑的：他们正伏案苦思，或挥笔疾书时，忽然间听到鼓吹聒耳，见龙门洞开，才知道是公布了录取名单，于是，不等写完考卷，便跟跟跄跄地走出考场。

"定弃取于俄顷之间，判升沉于恍惚之际"，出现一些失误是在所难免的。范进的运气好，他第一个交卷，占了"快"的优势，否则周学道连看第二遍都来不及，遑论第三遍。范进的文章是否"短"，《儒林外史》未作交代。但可以断定，绝对不属于"明快"一类，倒是写得相当含蓄，需要反复品味，才能体会出其用笔的高妙。

一般说来，以含蓄见长的八股文不适于应试。晚清宣鼎的传奇小说集《夜雨秋灯录》，其三集卷二《科场》记有吴兰陔的一段科场经历。"吴兰陔者，时文中之名手也。其门下从学之徒数百人，发科甲入词林者甚众。惟先生落笔高古，屡困场屋，时年已五旬外矣，功名之念甚切。"未几入闱应试，试题为《乡人皆好之》。吴兰陔早先作有此题，但入闱前已为本家吴生某抄去，兰陔不胜悔恨，"得意之作既被人录去，谅天意终身不得售矣"，遂信笔一挥，交卷而出。录取的结果是令人啼笑皆非的：吴生归，不作第二人想，却居然落第；吴兰陔已不指望被录取，然"是科竟中"。吴兰陔带着旧作去见座师，说那篇信手写的考场文章实在代表不了自己的水平，请求用旧作换下那篇。座师同意了，但补充说明道："虽然，此文若在场中，未必中式，盖阅卷时走马看花，气机流走者，易于动目。此文非反复数过，不知其佳处，试官有此闲情乎？"座师的话，直截了当，道出了考场阅卷与平时读文章的区别。

为了弥补院试中考官阅卷可能出现的失误，明清时代有一个不成文的做法：生员的录取，可以不完全依据正场制艺，如果考生的平日声誉不错，或者确有才情，学道或学政有权破格录取。比如蒲松龄的友人张笃庆，就是因为诗写得好而被录取的。袁世硕《蒲松龄事迹著述新考》中记载：

> 顺治十三年（1656）冬，施闰章奉使督学山东，翌年正月，试各郡所取童生，宣示："能作诗赋者，许各展所长。"年仅十六岁的张笃庆颇有点"初生犊儿不畏虎"的气概，按题作完八股文，于交卷后，请题赋诗。施闰章命以"画牛"为题，张笃庆略加构思，挥笔而就。施闰章是位饱学之士，又是著名诗人，远非一般试官可比。他看出这个少年人颇有些诗才，连正场所作制艺写得如何都置之不顾，便"面许采芹"了。

这样一种做法，兼顾考生的平日声誉和才情，保留了几分传统的"乡举里选"遗风。

兼顾考生平日声誉的做法也有副作用，可能引发一些人的刻意"营谋"。比如，据《祁彪佳文稿》记载，明末忠臣祁彪佳在福建兴化府做推官时，曾受人之托向当时的提学道上过一道禀帖，举荐了三名童生。之所以有人托祁彪佳向提学道"荐贤"，正是因为提学道有权根据平日声誉决定是否录取某一个童生。

◎乡试与院试的考查重点不同

乡试比院试高一级，每三年考一次，地点是北京、南京及各省省城。乡试前的预试称科考，由学政主持，主要功能是确定哪些生员有资格参加乡试。乡试的主持官员称主考，有正有副，由皇帝选派。考试的试场称为贡院。

乡试中被正式录取的称为举人。考举人的竞争之激烈，至少与考生员相当，每百名生员中，幸运者仅一两名。举人的功名则比生员重要得多。因为，举人不但可以参加会试投考进士，即使考不中进士，也能参加"大挑"，或做知县，或做学官，从此步入仕途；再退一步，哪怕不做官，在地方上以其绅士的身份，也实际上参与大量地方事务的管理，拥有相当大的权力。考上举人是读书人成为上层绅士的标志，在读书人的人生经历中是极为关键的一环。

《儒林外史》第四十九回，高翰林谈到了"小场"与"大场"的区别，其实就是院试与乡试的区别。高翰林道："那马纯上讲的举业，只算得些门面话，其实，此中的奥妙他全然不知。他就做三百年的秀才，考二百个案首，进了大场总是没用的。""凡学道考得起的，是大场里再也不会中的；所以小弟未曾侥幸之先，只一心去揣摩大场，学道那里时常考个三等也罢了。"高翰林称"乡试"为"大场"，与学道主持的院试相对，院试自然就是"小场"了。"小场""大场"的区分，可能与院试多出小题、乡试多出大题有关。

院试重在考查考生的天分和文字驾驭能力，多出活泼轻灵的小题，以便考生有较多自由发挥的空间。题目总是一两个字，或一两句书，或半句，或截搭等题，总而言之都名曰小题。院试的题目，虽然和乡试、会试一样，都来自"四书""五经"，却不一定一本正经。比如，据路大荒《蒲松龄年谱》记载，蒲松龄被录取为生员的那一次院试，第一道八股文题为《蚤起》，出自《孟子·离娄》篇的"齐人有一妻一妾"章。孟子的原文本已写得"嬉笑怒骂皆成文章"，蒲松龄的应试作文更是诙谐幽默，把齐人之妻欲伺察齐人外出真相而早起的复杂心理和情态，惟妙惟肖地呈现了纸上。施闰章的评语赞赏道："将一时富贵丑态，毕露于二字之上，直足以维风移俗。"也就是说，蒲松龄这篇八股文的长处，在于生动描写富贵丑态，而不在于阐述儒学义理。由此可以看出蒲松龄潜在的小说家才能，却不能看出他的儒学素养有多么深厚。其他小题，如"岁寒"（出自《论语·子罕》）、"信书"（出自《孟子·尽心下》），也都有轻灵活泼的特点。

乡试重在考查考生对儒学经典的整体把握水准和系统阐释能力，通常都是典雅宏大、内容完整的题目。兹以清道光朝湖北乡试的"四书"题为例：

清道光朝湖北乡试"四书"题

	《论语》	《中庸》	《孟子》
道光五年乙酉科（1825）	迩之事父，远之事君，多识于鸟兽草木之名。（《阳货》）	天地之大也。	若伊尹、莱朱则见而知之，若文王则闻而知之。由文王至于孔子，五百有余岁。若太公望、散宜生，则见而知之。（《尽心章句下》）
道光二十年庚子恩科（1840）			有安社稷臣者，以安社稷为悦者也。（《尽心章句上》）

	《论语》	《中庸》	《孟子》
道光二十三年癸卯科（1843）	古之矜也廉。（《阳货》）	博厚则高明，博厚所以载物也；高明所以覆物也。	秋省敛而助不给。（《告子章句下》）
道光二十九年己酉科（1849）	信近于义，言可复也。恭近于礼，远耻辱也。（《学而》）	尊其位，重其禄，同其好恶。	禹疏九河，瀹济、漯而注诸海，决汝、汉，排淮、泗而注之江，然后中国可得而食也。当是时也，禹八年于外，三过其门而不入，虽欲耕，得乎？后稷教民稼穑，树艺五谷。五谷熟而民人育。（《滕文公章句上》）

上表显示：这四科乡试题分别为一句题、两句题，或是一章题，没有小场出现的截搭题、一字题、二字题等题目类型。其内容紧扣各书主旨，体现了《论语》《中庸》《孟子》的核心理念，如《论语》题，"多识于鸟兽草木之名"，涉及孔子关于学《诗》的论述，整章的意思是告诉门人，加强《诗》的修养，不仅可以获得"鸟兽草木"方面的知识，也有助于治国、平天下。而《学而》篇中的"信""义""恭""礼"，则是支撑儒家仁爱学说的重要概念。考生围绕这些题目写一篇制艺，必定触及原著的完整内容和儒家思想体系，否则就不能充分阐发题旨。

明清乡试阅卷由主考官和同考官合作完成，而明代产生的乡试、会试"十八房"阅卷制度在清代得到进一步巩固和完善。同考官（"十八房"的房师）负责批阅所有的考卷，将自己认为优秀的卷子举荐给主考官，由主考官决定是否取中。

　　明代的官方条例中尚没有关于制艺评价标准的统一表述，但重视文章表述的典雅切实、文理纯正是一贯的。据明俞汝楫编《礼部志稿》卷二十三《科举》记载，洪武四年（1371），令"科举凡词理平顺者皆预选列"；嘉靖六年（1527），令"科场文字务要平实典雅，不许浮华险怪以坏文体"。万历十五年（1587），大学士沈鲤上疏说："今乡、会试进程录必曰中式，则典雅切实、文理纯正者，祖宗之式也。"据有关学者统计，目下所见乡试、会试八股文批语字数最多达147字，常见的批语有"典雅""明确""得体""典则""精结""得经传旨""文理俱足""清顺客观""明畅可嘉""纯雅切实"等。这些评语是明代考官运用词句对比、证据考查、经义衡量等不同方法得来的共识。

　　至清代，八股文写作已有数百年历史，在实践中逐渐形成了关于制艺评价标准的统一表述，即"清真雅正"。率先采用这一表述的是雍正皇帝，稍后又得到乾隆皇帝的倡导和推动，举国上下皆奉为准的。如晚清徐菜《利试文格序》所云："国朝文格以清真雅正为宗，凡试者合格则利，远则否。"据龚延明、高明扬《清代科举八股文的衡文标准》一文分析，"清真雅正"是从理、法、辞、气四个方面对制艺提出的具体要求："理"指的是儒家的"纲常伦理"；"法"指的是"文章的做法"，包含"御题之法和行文之法"，既要审定、把握文题，同时要遵循八股文破、承、起讲、起股、中股、后股、束股、结语等一套功令格式；"辞"指的是"文采，文章字句的表达"；"气"指的是"应试者蕴含在文章中的思想才情的浓度……来自于作者涵养的积累，借助于文辞，外化而为文章行文之'气势'"。

◎会元选拔中的房师、座师及其阅卷特点

在最高一级的考试中，会试具有决定性的意义：会试录取后，一般不会被淘汰。会试由礼部主持，参加考试的是各省的举人。被录取者称为贡士，经复试、殿试，才正式取得进士的称号。进士几乎都能做官。他们在绅士阶层中社会地位最高，威望和影响也最大。名列前茅的进士通常被选入翰林院。《儒林外史》中的高翰林，他那不可一世的气概，就与其翰林身份密不可分。

会试阅卷官同乡试一样，除两名主考官外，还有多名同考官。如果考生答卷被某位同考官赏识并取中，则这位同考官就是该生的房师，主考官则是其座师。同考官有荐卷的权利与义务，但取中与否得由主考官拍板。一般说来，主考官尤为重视会元的选拔，他的权力在这一方面运用得最为充分。至于其他考生录取与否，如无异常情况，主考官大都尊重同考官的意见。偶有同考官不配合主考官的事，倒也别有意味。比如明神宗万历二年（1574）甲戌，王希烈为两位会试主考官之一，受首席大学士张居正之托，给同考官沈一贯打招呼，让他想法找出张居正的儿子张敬修的卷子，推荐上来。沈一贯倒是找出了张敬修的卷子，却故意藏着，不让王希烈发现。张居正知道后大恨，他的儿子张敬修至下科才中。

明代李开先《大中大夫太仆寺卿愚谷李公合葬墓志铭》记载了嘉靖二年（1523）癸未科定李舜臣为会元的具体程序：癸未会试，蒋敬所、石熊峰为主考官，同考官叶成规得李舜臣（号愚谷）卷："惊

叹以为词雄气厚，学博才高，不露锋锷，超出笔墨畦径之外，若不拘北卷，作会元自当服天下人矣！遂上之二公，二公持示高陵吕泾野、泰和王改斋，王极称赏，吕以王言为是，令中书声音洪亮者诵二卷，其一乃姚明山，众遂定愚谷第一。"可以看出，李舜臣被确定为会元之事，在负责改卷的同考官和两位主考之外，其他同考官也参与了讨论，在取得了广泛共识之后，才最终确定下来。又如万历十一年（1583）癸未，余有丁、许国主会试，取晋江人李廷机为会元。据沈德符《万历野获编》卷十六《科场·癸未丙戌会元》记载，同样广泛地征询了诸位同考官的意见："李晋江取元时，各房俱无异议，惟书一房为吾邑冯具区太史，独以邹安福卷为当第一。即两领房亦不能决，时大主考以询先人，先人为书二房，谓李卷为胜，众始和之，榜遂定。"由这些事例可见，会元的确定，乃是会试过程中极其重要的一个环节。

与上面说的程序成为对照，有些会元的试卷并非由同考官推荐，而是由主考官从落卷中搜罗出来，比如明代的岳正。据李东阳《蒙泉翁补传》记载，正统戊辰会试，岳正的试卷已被同考官判为不及格，主考官之一的杜宁从落卷中搜出，赞许说："此我辈中人。"遂定为会元。杜宁的道德文章为时人所景仰，所以他的"独断专行"不仅未受非议，反而受到舆论的推崇。而岳正之所以有被杜宁发现的机缘，是因为主考官有权搜寻落卷，这一规定旨在弥补同考官可能出现的失误。

无论是所有考官都参与会元选拔的讨论，还是主考官搜求落卷再征询各位考官的意见，都说明会元选拔有其特殊的难度。其困难在于，对会元的制艺有特殊的要求：既要大雅平正，又不能平凡平庸，不能有"大众脸"；既要自出胸臆，又要有规矩可循，不能剑走偏锋，其间的分寸很难把握。

明代袁黄的《游艺塾文规》是一部讨论制艺的专书，经常提到"元作"（会元的制艺）与其他高水平制艺的区别，揭示了"元作"所独有的一些特性。《游艺塾文规》卷二《破题》在列举了几位会元制艺的破题后，归纳说："大率皆冠冕妥帖，春容蕴藉，并不钻研小巧，只是口头语，令人无处觅，此便是会元家数也。"《游艺塾文规》卷三《起讲》也说："元作专贵切题，自魁以下，要精采动人，须说人所不说的道理，方能醒目。""凡会元文字，只平平说去，而道理自彻，不类小家，用句用意，须奇特也。"《游艺塾续文规》卷四《了凡袁先生论文》进一步强调："大率元之作，多纯多雅，多正多的当。新而未纯，奇而未正，时有一段精光，咄咄逼人，此魁作也。"《游艺塾文规》卷四《正讲一》的结论更为明确："自古会元虽丰约异态，朴艳殊辙，总之，皆醇粹和平，正大尔雅，如端人正士，垂绅正笏而立于庙堂之上；又如宿儒讲学，雍容理窟，刻画逼真，而咳唾皆成珠玉，绝无崎岖乖僻之状。然文字有元之格，有元之识，有元之意，有元之词，有元之气，一一辨明，然后可以取法而入彀。"剑走偏锋的文章，或以才气勃发取胜，或以思致新颖见长，其长处容易看出，通常都会被录取。但这样的制艺，肯定是不能夺元的。而能够夺元的制艺，往往不是一眼看去就"精光逼人"，鉴别的难度反而更大。明清科举制度，考生于"五经"试题里各认考一经，录取时，取各经之第一名合为前五名，称"五经魁"（因分房关系，实际不止五名），亦称"会魁"。袁黄所说的"魁作"，并不单指"会魁"的制艺，而是包括了会试中所有被录取者的制艺。

会元选拔的另一困难在于，所选出的会元必须深孚众望，与社会舆论保持一致。

清代李调元《制义科琐记》卷二《元可操券》举了四个明代的例子，说明会元的制艺自有其公认的卓越之处，并非某个考官的青睐使然。第一个例子是：

一人出闱，得意自以为会元矣。偶夜散步，闻有误堕泥中者，急呼曰："谁来救会元！"其人急往，挽之起，抵其寓阅文，果高一筹，曰："真恨事，我第二矣。"已而榜发，果然。

第二个例子是：

董思白将赴南宫，往辞其尊公，公叹曰："儿入场须加意，我向决汝为元，今不稳矣。以吾前阅陶孝廉（名望龄）文，出汝上也。"宗白（伯）谨受教。畜马乘题，聚敛句已重顿矣，忆其尊公言，欲驾陶上，复改之。已而场中定元，以董平发，不及陶，遂置第二。

第三个例子是：

冯公梦正会试年，有贵介子弟预购闱题，闻有两公密议曰：

"斗筲字，要之何用？"遂知为"行己有耻"三节矣。冯即邀一契友，入西山静养半月，得一破曰："圣人与贤者论士，而其所重者可知矣。"得意甚，曰："我会元矣。"已而出闱，偏（遍）讯同袍文，但闻其破，曰："不及我也。"榜发，果然。

第四个例子是：

汤宣城宾尹读书山寺，上科某会元来访传衣钵者。偶过其地，见汤徘徊于寺廊下，忽疾走狂笑，大击寺钟无数。某公问之，则曰："我作一元文，乐甚也。"索观之，曰："是矣，但未尽善。"因指其隙，汤大服，请教，遂以元脉授之。已而果得元。

正是从上述这类不无传奇色彩的情形中，阮吾山得出了一个结论："有明墨牍，皆有程式相传，奉为元程。惟主司明眼拔尤，考官声名由是而起。……天下承平，士之起家非科目不贵，科目非元不重，闭门造车，出而合辙，作者与识者如针石之相投也。"（引自梁章钜《制义丛话》卷十二）阮吾山的话中，"惟主司明眼拔尤，考官声名由是而起"一句，不能草草读过。盖那个有资格夺元的考生，社会舆论已初步形成共识，难的是考官怎么能够识别出他的卷子。明代乡试、会试的改卷，不仅是匿名的，而且内帘考官改的不是考生亲笔写的那份卷子，是经过外帘重新抄写过的卷子。在这样的情况下，要识别出这份卷子，并非易事。主考官之所以在这件事上全力以赴，是因为这与他的声望直接相关。

明清两代，选拔会元主要是依据正场制艺，尤其是首场"四书"文。这一做法，在明代几乎没有例外，在清代则偶有以策文优劣决定会元人选的例子。比如乾隆三十六年（1771）辛卯恩科，主考官刘统勋得一佳卷，以示同考官朱筠。朱筠说："此余姚邵晋涵也，故知名士。"遂力赞将此卷拔居第一。及拆卷，果真是邵晋涵。问朱筠何以知之，朱筠回答说："今士之绩学者，某莫不与之游，读其文如觌其面，宁或失之耶？"之所以出现这种以策文优劣决定会元人选的事例，是因为清代乾、嘉年间注重实学，一些考官认为，在会试阅卷中兼重对策，有助于选拔学识渊博的人才。不过，这些考官的做法未能改变以八股定去取的格局，其原因在于，"四书"文的优劣评价，比起对策来，标准要客观一些，较有可操作性。

经会试选拔出来的考生，还需要经过殿试，之后才能被称为进士。殿试是非淘汰性的，其功能主要是根据殿试策排定考生名次，并赋予所有进士以"天子门生"的光环。这里就不细说了。

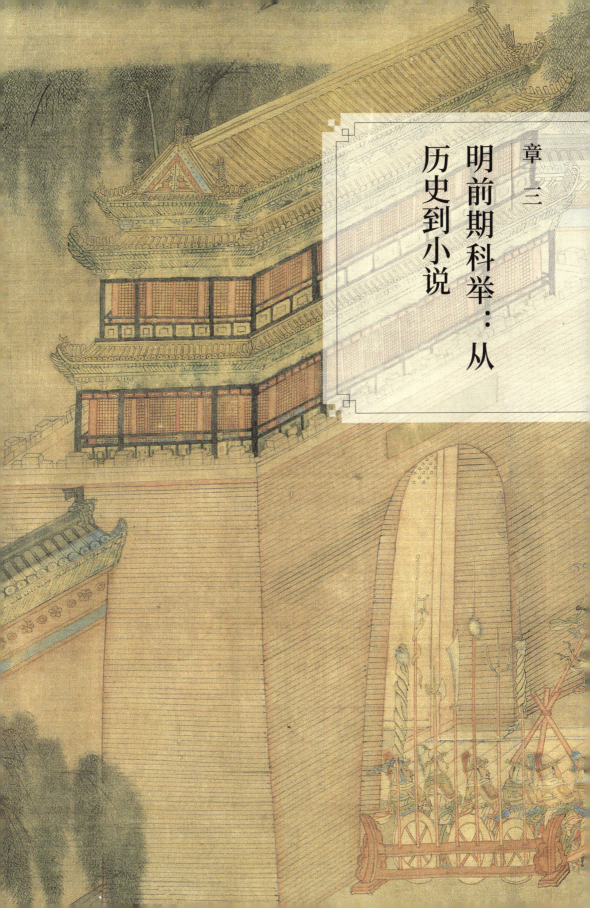

《儒林外史》的科举叙事，明前期包括了两个时间段：洪武至天顺年间（1368—1464），成化至正德年间（1465—1521）；明后期也包括了两个时间段：嘉靖、隆庆年间（1522—1572），万历至崇祯年间（1573—1644）。第一个时间段的科举状况仅在《儒林外史》第一回作为背景加以交代，并未展开描写，第四回则以第一个时间段的刘基等人作为小说人物谈论的话题，既是对小说人物的刻画，也是有意唤起读者对明初科举的关注；第二个时间段占了九回，即从《儒林外史》第二回到第十回，叙事密度显著加大；第三个时间段一共占了四十四回，即从第十一回到第五十四回，构成《儒林外史》的主体；第四个时间段只有一回，即第五十五回，是全书的尾声。第五十六回《幽榜》是否系吴敬梓原作，学界尚存争议。本章拟以这四个时间段为脉络，就《儒林外史》中的明代前、后期科举和历史上的明代科举加以对比、参照，以期人们对吴敬梓关于明代科举的历史记忆和深刻的文化反思有较为亲切的理解。

◎《儒林外史》中的明初科举与历史参照

《儒林外史》第一回"说楔子敷陈大义，借名流隐括全文"，从王冕的视角对明初所定的用"五经"、"四书"、八股文的取士之法作了简约而老辣的评述：

> 不数年间，吴王削平祸乱，定鼎应天，天下一统，建国号大明，年号洪武。乡村人各各安居乐业。到了洪武四年，秦老又进城里，回来向王冕道："危老爷已自问了罪，发在和州去了。我带了一本邸抄来与你看。"王冕接过来看，才晓得危素归降之后，妄自尊大，在太祖面前自称老臣。太祖大怒，发往和州守余阙墓去了。此一条之后，便是礼部议定取士之法：三年一科，用"五经"、"四书"、八股文。王冕指与秦老看，道："这个法却定的不好！将来读书人既有此一条荣身之路，把那文行出处都看得轻了。"

这一段叙事，虽然篇幅不长，却构成了《儒林外史》科举叙事的总纲。其要点有三：其一，明代的科举"取士之法"，被简要概括为三年一科，用"五经"、"四书"、八股文；其二，对于明代的科举取士之法，《儒林外史》的基本判断是："这个法却定的不好！将来读书人既有此一条荣身之路，把那文行出处都看得轻了。"其三，明代的科举制度将导致"一代文人有厄"，或者说，一代文人将在这种体制下沉沦，要么堕落，要么随波逐流，要么被生活的苦难所压倒。尽管有几个"星君"来维持世道，但终归是无济于事的。

《儒林外史》第四回"荐亡斋和尚吃官司，打秋风乡绅遭横事"，写举人张静斋夸夸其谈，随口编造明初掌故，可以视为第一回科举叙事的余波：

　　张静斋道："老世叔，这话断断使不得的了。你我做官的人，只知有皇上，那知有教亲？想起洪武年间，刘老先生……"汤知县道："那个刘老先生？"静斋道："讳基的了。他是洪武三年开科的进士，'天下有道'三句中的第五名。"范进插口道："想是第三名？"静斋道："是第五名。那墨卷是弟读过的。后来入了翰林。洪武私行到他家，就如'雪夜访普'的一般。恰好江南张王送了他一坛小菜，当面打开看，都是些瓜子金。洪武圣上恼了说道：'他以为天下事都靠着你们书生！'到第二日，把刘老先生贬为青田县知县，又用毒药摆死了。这个如何了得！"

　　据王世贞《弇山堂别集》卷八十一，明初乡试始于洪武三年（1370）八月，会试始于洪武四年（1371）二月。张静斋说刘基是洪武三年开科的进士，犯了两个错误：洪武三年的乡试，录取的是举人，不是进士，换句话说，"洪武三年开科的进士"这个表述就是信口胡诌；刘基是元末进士，洪武三年的乡试主试，说他是明初进士，更是一个笑话。吴敬梓写举人张静斋等闹出这样违背常识的笑话，呼应了他在第一回对明代科举所作的基本判断："这个法却定的不好！"

　　明代科举考试的文体，《儒林外史》仅仅强调了八股文，究竟有多大的合理性？

　　据洪武十七年（1384）礼部颁行的《科举成式》，其关于乡试、会试的考试内容这样记载：

　　　　凡三年大比，子午卯酉年乡试，辰戌丑未年会试。举人不拘额数，从实充贡。乡试八月初九日第一场，试"四书"义三道，每道二百字以上，经义四道，每道三百字以上，未能者许各减一道。"四书"义主朱子《集注》；经义，《诗》主朱子《集传》，《易》主程朱《传》《义》，《书》主蔡氏《传》及古注疏，《春秋》主左氏、公羊、穀梁、胡氏、张洽《传》，《礼记》主古注疏。十二日第二场，试论一道，三百字以上，判语五条，诏、诰、章、表内科一道。十五日第三场，试经史策五道，未能者许减其二，俱三百字以上。次年礼部会试，以二月初九日、十二日、十五日为三场，所考文字与乡试同。

《科举成式》所提到的考试文体，包括后世俗称为八股文的"四书"义、经义，也包括八股文之外的论、判、诏、诰、章、表、经史策等，文体类型多种多样。之所以把这些文体类型纳入考试范围，乃是基于这样的考量：未来的国家文官，就来自这些参与考试的读书人，他们在处理公务的过程中，会经常用到这些文体。应该说，要求考生掌握众多应用性的文体，确有其必要性。

一方面考试内容的设计注重众多文体，另一方面在实际操作中又明显偏重八股文，这是明代科举中一个明白无疑的事实。这一现象的产生，缘于明代科举对头场"四书"义和经义的重视。洪武十七年（1384），明太祖恢复取消十一年之久的科举考试，废弃元代科举所设的"经疑"，第一场"四书"义和经义由元代的各一道增加至总共七道；科举宗旨也由"任陈时事"变为"代圣人立言"。"四书"义、经义即后来俗称的八股文，考生是否被录取，这几道题占有决定性的权重，久而久之，无论是考官，还是考生，也就习惯性地将八股文视为最重要的考试文体，而把其他文体看得无足轻重了。《儒林外史》将明朝科举定性为八股取士之法，就是基于这一既成事实。

洪武至天顺年间，"四书""五经"作为八股文题库的地位一直没有改变，但如何使用这个题库，永乐年间是一个关键时段。明成祖朱棣在凭借武力夺取帝位后，尤急于建立御用的意识形态来赋予其统治以合法地位。永乐十二年（1414）年末，朱棣令一批翰林学士汇编程朱学派关于"四书""五经"的注疏，以《五经大全》《四书大全》和《性理大全书》为名，于永乐十五年（1417）颁行。他极其热衷于这桩事情，原因有二：第一，由这样一批经典所造成的意识形态的一致性，有助于正统观念的确立。朱棣在将自己塑造为奉行理学的圣君形象时，他也获得了打击异端的权力。据陈鼎《东林列传》卷二："饶州儒士朱季友，诣阙上书，专诋周、程、张、朱之说，上览而怒曰：'此儒之贼也。'命有司声罪杖遣，悉焚其所著书。"明成祖是绝不允许向他钦定的理学经典质疑的。这样的做派，其深远后果是窒息了所有新鲜活泼的思想。第二，以功名作为诱饵，引导读书人集中研习几部有限的经典，甚至只研习有关的注疏，客观上使广泛阅读和富于创造性的学术探索失去了基础。何良俊《四友斋丛说》卷三指出："太祖时，士子经义皆用注疏，而参以程朱传注。……自程朱之说出，将圣人之言死死说定，学者但据此略加敷演，凑成八股，便取科第，而不知孔孟之书为何物矣。以此取士，而欲得天下之真才，其可得乎？呜呼！"士子的目标是科场得意，如果仅读程朱传注便可以达到目的，他又何必潜心体味原著、广泛阅读其他学者的著述？而在一个原著搁置、阅读范围狭窄的时代，其整体的儒学水准绝不可能太高。永乐至天顺年间，其思想文化状况常常给人一种荒漠之感，缘由在此。

《儒林外史》浓墨重彩渲染了"贯索犯文昌，一代文人有厄"的凄迷氛围。古人以为天空星位的移动和人事有关。贯索有九星，连在一起，被认为是牢狱的象征；文昌有六星，如半月形，被认为是文运的主持。"贯索犯文昌"是说象征牢狱的贯索星侵犯了主持文运的文昌星，对下界文人不利。"一代文人有厄"的要义，是说知识阶层丧失了精神的独立。

著名历史学家许倬云在其《中国古代文化的特质》一书中曾经分析过中国传统的文官体系与王权之间的对抗关系。书中写道：

> 文官制度选拔的背后有一大群社会精英，他们受过专业训练，等着出仕，但能够出仕者往往只是其中少数，而未出仕的人仍留在社会的一端，站在儒家意念的立场，监督政府的作为。为了培养文官制度，中国也同时培养了一大群以天下为己任的士大夫，带动社会来抗衡国家。

中国古代的士大夫，兼有双重身份。一方面，作为文官体系的一员，他们属于官吏；另一方面，作为儒家知识分子，他们理应成为社会的良心。其中一部分人偏于官吏的属性，可能沦为浊流；另一部分人执着于"仁以为己任"的原则，比较充分地体现了儒家的社会责任感和士的超越精神，是为清流。中国历史上的诸多大义凛然的士大夫，就是从清流中产生的。

许倬云所说的，是汉代以来的一般状况。而就明代政治而言，其特点是皇权的极端膨胀。皇权对士大夫阶层的压制在明初达到了罕见的程度。宋代偃武修文，士大夫阶层得到空前的礼遇。一方面，宋代不诛文臣，对文臣的优容"超越古今"；另一方面，宋代明确承认士大夫与皇权是并立的政治主体，共治天下，共商国是，士大夫阶层的政治地位得到体制层面的保障。而在明代，自开国之日起，就针对士大夫阶层设立了种种凌辱和杀害的方法。明朝文臣被诛戮是司空见惯的事，贬谪和挨廷杖更是史不绝书。废除历时一千余年的丞相制度和历时七百多年的三省（中书、门下、尚书）是制度设计上的一件大事，它表明只有皇权才是政治主体，士阶层不过是服务于皇权的政治工具而已。明永乐、宣德年间，朝廷又致力于削弱诸王权力、建立内阁制度，进一步巩固、发展了皇权。作为极端皇权的附属品，奸臣专权和宦官干政是明代政治生活中反复出现的严重问题。

朱元璋对孟子的憎恶是中国思想史上一桩令人悚然的史实。孟子的思想中，包含了若干提倡民主精神和批判精神的因素。他与齐宣王讨论过君臣关系，他认为："君之视臣如手足，则臣视君如腹心；君之视臣如犬马，则臣视君如国人；君之视臣如土芥，则臣视君如寇仇。"根据名实必须相符的原理，孟子确信，桀、纣虽有君之名，却未行君之实，因此，他们不配居于君位，"汤放桀，武王伐纣"，并非臣弑其君，而是代表民众除掉了两个"残贼之人"。这样一位孟子，不受专制帝王待见是自然的。洪武三年（1370），朱元璋读到《孟子》中这些对君上不客气的地方，大为恼怒，下令国子监撤除孔庙中孟子配享的神位，把孟子逐出孔庙。洪武二十七年（1394），又敕命组织一套班子检删《孟子》一书，领衔执行这一"圣旨"的是当时的老儒刘三吾。此次检删一共删去了85条，如《尽心篇》的"民为贵，社稷次之，君为轻"，《离娄篇》的"桀纣之失天下也，失其民也；失其民者，失其心也"一章，《万章篇》的"天与贤则与贤"一章等，删减之后，全书仅剩下170余条，是为《孟子节文》，刻板颁行全国学校。所删掉的85条，"课士不以命题，科举不以取士"，无异于成为禁书。明成祖朱棣在建立御用的意识形态方面，手笔更大，编刊科举考试的通用教材《五经大全》《四书大全》和《性理大全书》，就是他的代表作之一。

清初廖燕作《明太祖论》，曾断言"明太祖以制义取士，与秦焚书之术无异"，他推论说："士惟习四子书，兼通一经，试以八股，号为制义，中式者录之。士以为爵禄所在，日夜竭精敝神以攻其业，自'四书'一经外，咸束高阁，虽图史满前，皆不暇目，以为妨吾之所为，于是天下之书不焚而自焚矣；非焚也，人不复读，与焚无异也。"假如廖燕把题目改成"明太祖、成祖论"，也许可以说得更为透彻，因为明成祖下令编纂的几部"大全"，尤为充分地发挥了"愚天下之心"的效用。

◎成化至正德年间的重要科举史实

作为《儒林外史》科举叙事的参照，历史上的成化、弘治、正德年间，确曾发生过诸多引人注目的事件或事实。

其一，成化年间大开纳粟为国子监生之例。据黄佐《南雍志》卷十五《储养考》记载：

> 宣德中，始令年四十五岁生员入监，谓之例贡，然行之不久。景泰以来为因边方多事，始开纳粟上马补监生事例，自是太学始有不由科贡而进者，前代所未有也，然是时不过千余人或八九百人而止。吏部尚书王直、礼部尚书姚夔前后奏革。成化二十年，山西、陕西大饥，民至相食，大臣以救荒无善政，不得已又开纳粟入监事例，自本年十月起至二十二年五月止，两监乃至六七千人，比之往时多至数倍。礼部题准纳粟依亲者，与科贡相兼行取。

明初的国子监生本是生员中的佼佼者，一度享有崇高地位。一旦可以花钱买得，监生当然就大为贬值了，为人轻视也就理所当然。《儒林外史》中的严监生，之所以受尽了大房严贡生的气，这是一个重要的背景。

其二，永乐至天顺年间，场屋经义以程朱传注为依据，考生的视野已经受到了极大的限制；成化以迄正德，进一步演变为仅仅以朱注为依据，对于考生思想的禁锢就更为严密了。陆容《菽园杂记》卷十五云：

> 朱子注《易》，虽主尚占立说，而其义理未尝与程《传》背驰。

> 故《本义》于卦文中，或云说见程《传》，或云程《传》备矣。又曰：看其《易》，须与程《传》参看。故本朝诏告天下，《易》说兼主程、朱，而科举取士以之。予犹记幼年见《易经》义多兼程《传》讲贯，近年以来，场屋经义，专主朱说取人，主程《传》者皆被黜。学者靡然从风，程《传》遂至全无读者。尝欲买《周易传义》为行箧之用，遍杭城书肆求之，惟有朱子《本义》，兼程《传》者绝无矣。盖利之所在，人必趋之，市井之趋利势固如此，学者之趋简便亦至此哉！

连程《传》也成了书肆中买不到的书，可以想见，一般受教育的人，读到的也就只剩朱熹传注的"四书""五经"读本了。科举时代，教育的主心骨是科举考试，成化至正德年间唯以朱说为判卷依据，这一事实彰显的是国民阅读的荒芜状况。

不妨一提的是，即便是心学大师王阳明的八股文，其弘治年间的作品也同样谨守朱注。如其《诗云鸢飞戾天（一节）》，方苞的评语是："清醇简脱，理境上乘。阳明制义，谨遵朱注如此。"连心学大师王阳明也谨守朱注，可见朱熹传注作为举业正宗的地位稳固至极。

其三，这一时期的八股文代表作家，非王鏊莫属，其作被誉为八股文正体的典范。李乐《见闻杂记》卷五说：

> 本朝举业文字，自永乐、天顺间非无佳者，然开创首功，惟文恪王公鏊为正宗。弘治则有钱公福，嘉靖则有唐荆川顺之、薛方山应旂、瞿昆湖景淳三先生。文恪"周公兼夷狄、驱猛兽

而百姓宁"，会试文字何等气格，何等精练，当百世不磨。三先生文佳者何可指数。今后生小子将数公文字置之高阁，即见以为不时，不加工夫模仿细玩，如何学得好文字出。

李乐的话，代表了当时的社会舆论。

其四，成化以后，经义之文始有"八股"之称。顾炎武《日知录》卷十六《试文格式》说：

> 经义之文，流俗谓之八股，盖始于成化以后。股者，对偶之名也。天顺以前，经义之文，不过敷演传注，或对或散，初无定式，其单句题亦甚少。成化二十三年会试，"乐天者保天下"文，起讲先提三句，即讲"乐天"四股，中间过接四句，复讲"保天下"四股，复收四句，再作大结。弘治九年会试，"责难于君谓之恭"文，起讲先提三句，即讲"责难于君"四股，中间过接二句，复讲"谓之恭"四股，复收二句，再作大结。每四股之中，一反一正，一虚一实，一浅一深。其两扇立格，则每扇之中，各有四股。其次第之法，亦复如之。故今人相传谓之八股。若长题则不拘此。嘉靖以后，文体日变，而问之儒生，皆不知八股之何谓矣。《孟子》曰："大匠诲人，必以规矩。"今之为时文者，岂必裂规偭矩矣乎？

八股文作为科举考试的核心文体，它本是成化以后经义的一个别名，没想到俗语流为丹青，以致许多人只知有八股文，而不知道有经义了。

其五，弘治十七年（1504）三月，祭酒章懋奏修举学政事宜，建议在岁贡之外，增设选贡，也就是拔贡。黄佐《南雍志》卷四《事纪》云：

> 弘治十七年三月，祭酒章懋奏修举学政曰：欲行选贡之法，不分廪膳、增广生员，令提学宪臣精加考选，务要行著乡闾，学通经术、年富力强、累试优等者，乃以充贡。通计天下之广，约取五七百人，分送两监，今年首行一次，以后或三年或五年，量在监人材多少，间一行之……

明清时的生员出贡，包括五种途径，即岁贡、优贡、拔贡、副贡、恩贡。岁贡又叫"挨贡"，每年按资历依次在各府州县的廪生中选拔。通常，府学每年一名，州学三年二名，县学二年一名。《儒林外史》第四回严贡生所说"幸叨岁荐"，即指岁贡。第四十五回余持说的"生员离出贡还少十多年哩"，也指岁贡。优贡在学行兼优的廪生和增生中选拔，每三年一次，由总督、巡抚和学政会考；名额很少，小省二人，大省也才六人。《儒林外史》第二十回匡超人"补了廪，以优行贡入太学"，即指优贡。拔贡又叫"选贡"，每十二年考选一次，府学二名，县学一名，人数极少。副贡即副榜，乡试时，每有五名中举者，就可增一名副榜，贡入太学，叫作副榜贡生，简称"副榜"。恩贡是朝廷恩赐的贡生，遇国家庆典或皇帝即位时，按资历选拔。

上述五个方面，当然不能穷尽成化、弘治、正德年间的科举情形，但已足以显示这一时段的特点。

◎成化至正德年间科举叙事的三个特点

成化至正德年间的科举叙事在《儒林外史》中占了九回，即从第二回到第十回。这九回的叙事，呈现出三个相互关联的特点。

第一，作者吴敬梓明确交代了故事发生的时间。如《儒林外史》第二回"王孝廉村学识同科，周蒙师暮年登上第"：

> 那时成化末年，正是天下繁富的时候。……原来明朝士大夫称儒学生员叫做"朋友"，称童生是"小友"。比如童生进了学，不怕十几岁，也称为"老友"；若是不进学，就到八十岁，也还称"小友"。就如女儿嫁人的：嫁时称为"新娘"，后来称呼"奶奶""太太"，就不叫"新娘"了；若是嫁与人家做妾，就到头发白了，还要唤做"新娘"。

吴敬梓写生员（秀才）与童生的区别，用了妻和妾的区别来打比方，颇为准确和生活化。了解这一区别，才能体会出老童生周进的辛酸和秀才梅玖调侃童生周进的轻薄。周进哭贡院、范进中举以及严贡生、严监生、王德、王仁、王惠、荀玫等人的事情，都发生在成化、弘治、正德年间。

又如《儒林外史》第七回"范学道视学报师恩，王员外立朝敦友谊"：

　　会试已毕，范进果然中了进士。授职部属，考选御史。数年之后，钦点山东学道，命下之日，范学道即来叩见周司业。周司业道："山东虽是我故乡，我却也没有甚事相烦，只心里记得训蒙的时候，乡下有个学生叫做荀玫，那时才得七岁，这又过了十多年，想也长成人了。他是个务农的人家，不知可读得成书，若是还在应考，贤契留意看看，果有一线之明，推情拔了他，也了我一番心愿。"范进听了，专记在心，去往山东到任。

周进在薛家集做蒙师，时值成化末年，"又过了十几年"，正是弘治十一年至弘治十八年间。

　　再如《儒林外史》第三十六回"常熟县真儒降生，泰伯祠名贤主祭"：

　　话说应天苏州府常熟县有个乡村，叫做麟绂镇，镇上有二百多人家，都是务农为业。只有一位姓虞，在成化年间，读书进了学，做了三十年的老秀才，只在这镇上教书。这镇离城十五里，虞秀才除应考之外，从不到城里去走一遭，后来直活到八十多岁，就去世了。他儿子不曾进过学，也是教书为业。到了中年，尚无子嗣，夫妇两个到文昌帝君面前去求，梦见文昌亲手递一纸条与他，上写着《易经》一句："君子以果行育德。"当下就有了娠。到十个月满足，生下这位虞博士来。太翁去谢了文昌，就把这新生的儿子取名育德，字果行。

虞博士的祖父是成化间秀才，虞博士则主要生活在嘉靖年间。这样一些具体的时间刻度，表明吴敬梓写《儒林外史》，具有较为明晰的编年史意识。他依照时间顺序安排人物出场顺序，有意将小说情节与历史时间结合在一起。

第二，作者有意在叙事中提到了弘治、正德年间几个真实的历史人物，如李梦阳、何景明、王守仁（即王阳明）。

《儒林外史》第七回"范学道视学报师恩，王员外立朝敦友谊"：

> 内中一个少年幕客蘧景玉说道："老先生这件事倒合了一件故事。数年前有一位老先生点了四川学差，在何景明先生寓处吃酒，景明先生醉后大声道：'四川如苏轼的文章，是该考六等的了。'这位老先生记在心里，到后典了三年学差回来，再会见何老先生，说：'学生在四川三年，到处细查，并不见苏轼来考，想是临场规避了。'说罢，将袖子掩了口笑。"

第十回"鲁翰林怜才择婿，蘧公孙富室招亲"：

> 牛布衣又说起："范学台幕中查一个童生卷子，尊公说出何景明的一段话，真乃'谈言微中，名士风流'。"因将那一席话又述了一遍，两公子同蘧公孙都笑了。

何景明是弘治十五年（1502）进士，与李梦阳等并称"前七子"，是弘治、正德年间的诗坛巨擘，在古文领域也有巨大影响。《儒林外史》

提及何景明，吴敬梓的同时代人是不会感到陌生的，他们不难因为这个名字而联想到一个时代，蘧景玉、牛布衣的活动年代都以何景明为时间坐标。

《儒林外史》第七回把李梦阳这个标志性人物用来给小说人物陈礼（字和甫）确定活动年代：

> 陈礼道："各位仙人都可请，就是帝王、师相、圣贤、豪杰，都可启请。不瞒二位老先生说，晚生数十年以来，并不在江湖上行道，总在王爷府里和诸部院大老爷衙门交往。切记先帝弘治十三年，晚生在工部大堂刘大老爷家扶乩，刘大老爷因李梦阳老爷参张国舅的事下狱，请仙问其吉凶，那知乩上就降下周公老祖来，批了'七日来复'四个大字。到七日上，李老爷果然奉旨出狱，只罚了三个月的俸。"

李梦阳曾于弘治十八年（1505）上书明孝宗，淋漓尽致地指陈"二病"（士气日衰、中官日横）、"三害"（兵害、民害、庄场饥民之害）、"六渐"（匮之渐、盗之渐、坏名器之渐、弛法令之渐、方术蛊惑之渐、贵戚骄恣之渐），最后直指皇后之弟张鹤龄"招纳无赖，罔利而贼民，势如翼虎"。因这封疏，他一度被逮下狱。正德元年（1506），李梦阳又因反对宦官刘瑾下狱，几乎被杀，赖康海等说情而获释。《明史》以"国士"目之，他是当之无愧的。陈礼在言谈中和李梦阳搭上关系，一方面抬高了自己的身份，另一方面也标明了时间刻度。有意味的是，李梦阳入狱是在弘治十八年，陈礼信口开河，说成弘治十三年，正是江湖术士口吻。

《儒林外史》第八回"王观察穷途逢世好，娄公子故里遇贫交"，提到了更为著名的标志人物王守仁：

> 适值江西宁王反乱，各路戒严，朝廷就把他（王惠）推升了南赣道，催趱军需。……次年，宁王统兵破了南赣官军。……宁王闹了两年，不想被新建伯王守仁一阵杀败，束手就擒。……蘧太守也换了葛巾野服，拄着天台藤杖，出来陪坐。摆出饭来，用过饭，烹着清谈。说起江西宁王反叛的话："多亏新建伯神明独运，建了这件大功，除了这番大难。"娄三公子道："新建伯此番有功不居，尤为难得。"四公子道："据小侄看来，宁王此番举动，也与成祖差不多。只是成祖运气好，到而今称圣称神，宁王运气低，就落得个为贼为虏，也要算一件不平的事。"蘧太守道："成败论人，固是庸人之见，但本朝大事，你我做臣子的，说话须要谨慎。"四公子不敢再说了。

宁王反叛，时在正德十四年（1519）六月，历时两个月，即被王守仁讨平。守仁是弘治十二年（1499）己未进士，他不仅是杰出的理学家，也是杰出的政治家。平定宸濠之乱，书写了他人生中气势磅礴的一笔。对王惠、蘧太守、娄家两公子的活动年代来说，正德十四年是一个显著的时间刻度。《儒林外史》在叙事中穿插真实的历史人物，有助于增强小说的历史感。

第三，吴敬梓对"举业"与"杂览"的区别以及八股文写作中的才气与理法之争已有较多关注。

《儒林外史》第三回"周学道校士拔真才，胡屠户行凶闹捷报"，写学道周进判卷的情形：

> 那童生道："童生诗词歌赋都会，求大老爷出题面试。"学道变了脸道："'当今天子重文章，足下何须讲汉唐！'像你做童生的人，只该用心做文章，那些杂览学他做甚么！况且本道到此衡文，难道是来此同你谈杂学的么？看你这样务名而不务实，那正务自然荒废，都是些粗心浮气的说话，看不得了。左右的，赶了出去！"……周学道虽然赶他出去，却也把卷子取来看。看那童生叫做魏好古，文字也还清通。学道道："把他低低的进了学罢。"因取过笔来，在卷子尾上点了一点，做个记认。……点到二十名，魏好古上去，又勉励了几句"用心举业，休学杂览"的话，鼓吹送了出去。

所谓杂览，指与举业无关的诗词歌赋。《儒林外史》第五回"王秀才议立偏房，严监生疾终正寝"，则集中涉及八股文写作中的"才气"与"法则"之争。

《红楼梦》第八十一回，贾代儒教训宝玉说："诗词一道，不是学不得的，只要发达了以后，再学还不迟呢。"所谓发达，即中了进士，至少也要中举。贾代儒所谓发达以后再学诗词，意在将人生分为举业和杂览两个阶段、两个侧面。举业是发达之道，杂览是发达后之事；以举业为终身之事，失之于陋，以杂览为发达之业，失之于迂。

不陋不迁，因时制宜，这种人生安排才被认为是恰当的。周进反对童生魏好古留意于杂览，却又给他一个进学的机会，表明周进并非一概否定杂览，而是反对在发达之前留意于杂览。

◎从童生到举人：功名路上的喜剧和悲剧

这一情节单元以冷峻的笔墨写了科举路上读书人的辛酸或得意，童生周进、秀才范进、监生严致和、举人王惠给读者留下的印象尤为深刻。

先说童生周进。

梅玖年纪轻轻考上了秀才，于是，他便时时处处记得自己是进过学的，比那成千成万的童生高出一等，倒霉的六十多岁的老童生周进就这样成了他调侃、戏谑的对象。周进是《儒林外史》中出场很早的人物之一。第二回，我们看见这位老童生来汶上县薛家集教私塾糊口，黑瘦面皮，花白胡子。正月十六日，薛家集人招待塾师周进，请梅玖做陪客，周进入门时，梅玖睬也不睬，直到申祥甫拱手让周进来到堂屋，梅玖方才慢慢立起来和他相见。就座时，众人以为，论年纪长幼也是周先生该坐首席。梅玖竟回过头来向众人道："你众位是不知道，我们学校规矩，老友（秀才）是从来不同小友（童生）序齿的。"其目中无人、妄自尊大、轻薄至极的情态由此可见一斑。

更轻薄的言行还在后面。酒席中间，梅玖当场念了一首"做先生的一字至七字诗"："呆，秀才，吃长斋，胡须满腮，经书不揭开，纸笔自己安排，明年不请我自来。"念完，用嘲讽的口气"注释"道：

"像我这周长兄如此大才，呆是不呆的了。"接着又说道："'秀才'，指日就是；那'吃长斋，胡须满腮'，竟被他说一个着！"说罢，哈哈大笑。

老童生周进最伤心的是未进过学，六十多岁了，还是个童生。可梅玖居然当众指出周进年纪已大到胡须满腮还不是秀才的事实，弄得周进不好意思。骄人傲人到了随意伤害他人自尊心的地步，梅玖实在是太轻狂了。周进后来在贡院痛哭，这次羞辱无疑是诱因之一。

嘲弄他人与炫耀自己其实是一回事。席间，申祥甫说到做梦，梅玖连忙接过话头："做梦倒也有些准哩……就是侥幸（指考上秀才）的这一年，正月初一日，我梦见在一个极高的山上，天上的日头，不差不错，端端正正掉了下来，压在我头上。"把一个偶然的梦说成是考上秀才的预兆，把一个小小的秀才与"天上的日头"并提，可见他的得意。因此，比他高一个等级的举人王惠后来嘲笑道："他进过学，就有日头落在他头上，像我这发过（中过举人）的，不该连天都掉下来，是俺顶着的了？"

同样是这个周进，同样是这个梅玖，两人的身份竟然发生了戏剧性的转换。几年后，周进由童生而监生而举人而进士而部属而学道而国子监司业，他在汶上县薛家集观音庵也就越发受到尊崇：观音庵里有一张供桌，供着周进的金字牌位，那是薛家集里人和观音庵僧人合伙供奉的。堂屋中间墙上还是周进写的对联，尽管因为时间太久，红纸都已变白。尤其有趣的是，过去称他为周长兄、而目下还是秀才的梅玖，现在见了对联，却对和尚这样发话："还是周大老爷的亲笔，你不该贴在这里，拿些水喷了，揭下来裱一裱，收着才是。"由周长兄而周老师而周大老爷，梅玖对周进的称谓随周进的升迁而升迁。这里，"倚仗功名富贵而骄人傲人"与"心艳功名富贵而媚人下人"，乃是同一硬币的两面。

再说秀才范进。

范进考中秀才，与周进的阅卷关系很大。卧闲草堂刻本《儒林外史》第三回的一则总评说："周进之为人本无足取，胸中大概除墨卷之外了无所有，阅文如此之钝拙则作文之钝拙可知。空中白描出晚遇之故，文笔心细如发。"深文周纳，似于周进过于苛酷。"周学道校士拔真才"，这八字回目不妨从正面看，不必认为作者处处暗藏针砭（自然，这"真才"是指写八股文的"真才"）。至少，吴敬梓笔下的周学道，无一丝一毫达官贵人的做派，不失为读书君子。比如，他虽也请了几个看文章的相公，但并不依赖他们。他的想法是："我在这里面吃苦久了，如今自己当权，须要把卷子都要细细看过，不可听着幕客，屈了真才。"诚心实意地想识拔"真才"，做到这一步并不容易。《聊斋志异·何仙》叙述了这样一个故事：李生应试的文章，公认为一等，发案时却居四等。毛病出在主考的不负责任，主考公事繁杂，根本不关心考试的事，一切委托给幕客，而幕客中不少是粟生、例监，这些连句读都弄不清的人，其升降当然是颠倒黑白了。比起《何仙》中的主考来，周进是值得尊敬的。

《儒林外史》第三回还有一个细节：当面黄肌瘦、花白胡须、头上戴一顶破毡帽、身上穿一件朽烂的麻布直裰、冻得乞乞缩缩的范进走进考场时，"周学道看看自己身上，绯袍金带，何等辉煌"，同情之感油然而生，这与王惠、梅玖的得意、自负、轻狂迥然相异。

吴敬梓把握住周进作为一个厚道试官的心理，写他细读范进的文章，笔墨之间，并无憎嫌之意。

同时，吴敬梓对周学道的调侃谐谑也是有的。满场考生，才交了两份卷子，可第一名、第二十名已经定下，这就很难说是恰当的了。此外，他所选拔的"真才"范进，除堪称八股行家外，其他方面的才能也不敢恭维。第二十名魏好古，替人作了一个荐亡的疏，"倒别了三个字"，看来学问也有限得很。但这种弊病是伴随所有考试制度而来的，责任不能由周学道一个人来负。

对于秀才范进的中举，《儒林外史》写得尤为浓墨重彩，意蕴丰厚。

身为秀才的范进，他的中举之路充满了辛酸。他想去考举人，因没有盘费，去同岳父商议，结果被胡屠户骂了个狗血淋头：

> 不要失了你的时了！你自己只觉得中了一个相公，就"癞蛤蟆想吃起天鹅肉"来！……如今痴心就想中起老爷来！这些中老爷的都是天上的文曲星！你不看见城里张府上那些老爷？都有万贯家私，一个个方面大耳。像你这尖嘴猴腮，也该撒泡尿自己照照，不三不四就想天鹅屁吃！

明清时代，中国民间社会对举人怀有强烈的迷信心理。在胡屠户一辈人眼里，举人是天上文曲星，与普通百姓是大不一样的，尖嘴猴腮的范进怎么能跟文曲星连起来呢？然而，出乎他的意料，范进居然中了！中了，这就证实了范进确是天上文曲星，确是地上老爷，区区胡屠户与天上文曲星相比，自觉卑微至极，再也摆不出丈人的架子来，因此，当范进突然发疯，众人要胡屠户打他一个嘴巴时，胡屠户为难地说：

> 虽然是我女婿，如今却做了老爷，就是天上的星宿。天上的星宿是打不得的！我听得斋公们说，打了天上的星宿，阎王就要拿去打一百铁棍，发在十八层地狱，永不得翻身。我却是不敢做这样的事！

胡屠户好不容易壮着胆子打了范进一下，便不觉那只手隐隐地疼将起来：自己看时，把个巴掌仰着，再也弯不过来。他心里懊恼道："果然天上文曲星是打不得的！而今菩萨计较起来了。"想一想，更疼得很了。

上述情节经常被用来说明胡屠户的势利性格。胡屠户固然势利，但以上描写却侧重于揭示市井小民对举人的迷信心理，他们天真地相信举人是上天降下的星君，绝不能当作寻常人看待。他们打心眼里崇拜举人，绝不只是出于利害算计，如严贡生之讨好范进。当"范举人先走，屠户和邻居跟在后面，屠户见女婿衣裳后襟滚皱了许多，一路低着头替他扯了几十回"时，当胡屠户高叫"老爷回府了"时，胡屠户对范举人的迷信心理无疑居于主导地位，巴结的意味倒在其次。

小民胡屠户对于举人的迷信心理源于科举制度。科举制度为读书人参与国家管理提供了一条通道，民间社会对于成了举人的读书人的崇拜，就是在科举制度下产生的一个普遍现象。

周进本来是一名童生，离考举人还差着一个档次，吴敬梓何以安排他在乡试的试场——贡院大哭？其原因，正在于举人的身价比秀才重得多，人情冷暖、世态炎凉在中举这个环节呈现得尤为分明。周进中举时，"汶上县的人，不是亲的也来认亲，不相与的也来认相与，忙了个把月。申祥甫听见这事，在薛家集敛了分子，买了四只鸡，五十个蛋和些炒米、欢团之类，亲自上县来贺喜"。而正是这个申祥甫，在砸童生周进的塾师饭碗时充当过主角。

范进在得知自己居然中举的那一瞬间，他的反应既出乎意料，又在情理之中。他一眼望见捷报，不看便罢，看了一遍，又念一遍，自己把两手拍了一下，笑了一声道："噫！好了！我中了！"说着，往后一跤跌倒，牙关咬紧，不省人事。范进的三个感叹句很有层次。"噫！"表示喜出望外，难以置信。是呀，中举如此艰难，他居然中了。"好了！"当范进确认自己已中举时，他的第一个念头便是：从此再也不必挣扎在饥饿线上了。苦尽甘来，命运的突然转折使范进松了一口气。中举前，范进家早已断炊两三天，母亲饿得两眼都看不见了；已是初冬，范进却只能穿"麻布直裰，冻得乞乞缩缩"。一切辛酸到此画上了句号。这便是"好了"的内涵。"我中了！"这最后说出的一句话是范进命运转折的前提，但在他的下意识中，重要的不是举人的称号，而是举人身份带来的新的生活。因此，首先涌入脑际的是"好了"，然后才是"我中了"。"好了"才是他所真正关心的。做了举人，转眼之间成为上层绅士的一员，即所谓"天上人间一霎分"，难怪读书人梦寐以求，难怪民间社会视举人为"天上文曲星"了。不是文曲星，怎么当得起这样大的"福气"？

三说监生严致和。

《儒林外史》第五回"王秀才议立偏房，严监生疾终正寝"和第六回"乡绅发病闹船家，寡妇含冤控大伯"中那个胆小怕事的严监生，与他胆大妄为的哥哥严贡生形成对照。

监生严致和在许多读者的心目中是个典型的吝啬鬼。"两茎灯草"的细节似乎便足以佐证这一看法——临死还为两茎灯草费油操心，这不是吝啬鬼是什么？可回头打量严监生的为人处世，总嫌这结论不够妥当。

严监生一辈子最大的遗憾，不是钱攒得不多，而是受他哥的欺负。他哥是贡生，已挨着上层绅士的边，他却只是监生，花钱买来的功名，通称例监，或称"捐监"。异途出身的监生属于下层绅士，其地位不能与贡生相提并论。在"终日受大房里的气"的窝囊境遇中，严监生养成了胆小的性格，凡事只要别人不惹他的麻烦，不找他的茬子，钱他是不很在乎的。所以，当严贡生惹出官司溜到省城去了之后，严监生花了十几两银子来收拾残局。原配妻子王氏即将去世，严监生想把"生儿子的妾"赵氏扶正，这与外人本没有什么关系，他想这么做也就不妨这么做。但他不敢得罪王德、王仁两位舅爷，岂止不敢得罪，他还要借重这二位与严贡生抗衡呢！怎么办呢？只好拿银子来笼络两位舅爷。数千银子在两茎灯草的反衬下更显出量的巨大。看得出来，他在讨好他人时是不大在乎钱的。

用银子来讨好、巴结别人，其另一侧面便是卑视自己、作践自己，自己的钱却不敢大大方方花在自己身上。严监生似乎觉得，用钱来奉承自己，事实上就得罪了别人。不错，站在严贡生、王德、王仁的角度，区区严监生哪配潇洒走一回？他家平日连猪肉也舍不得买一斤，却把数千银子给别人用。如此自我压缩，不是太可怜了吗？

甚至在他临近人生的终点，病得骨瘦如柴时，还舍不得花银子吃人参。

严监生这种自我压缩、自我作践的性情，潜移默化，也传染给了原配妻子王氏和后来扶正的赵氏。她们不敢享受，却忘不了为他人提供享受，与严监生如出一辙！只是，在严监生临死之前，还有一件事放心不下，那就是赵氏还不能理解他的一片苦心。他一个监生尚且处处委曲求全，一个妇道人家更必须压缩自己的生活。在他眼里，可怕的不是两茎灯草费油，可怕的是赵氏尚未充分意识到压缩自己的必要性。如果是为了严贡生、王德、王仁，即使点一百茎灯草，他严监生也不会在意。然而，这是赵氏在"享用"，那便万万不可，那会带来灾祸的。畏惧灾祸是贯穿严监生一辈子的主题，这一主题的重要性远远超过了他人生的其他问题。所以，只有当赵氏亲手挑掉一茎灯草时，他才放心地走了，卑微地走了。

严监生不是习惯说法中的守财奴。习惯意义上的守财奴是没有人情味的，而严监生却极富人情味，他的病即因思念亡妻而起。他绝不是满身铜臭气的小丑，而只是一个不敢享受人生的胆小怕事的可怜人。

四说举人王惠。

举人王惠的性格标签是自负。

秀才梅玖在老童生周进面前得意扬扬，身为举人的王惠自然更胜一筹。梅玖还会说句"今日不同，还是周长兄请上"的客套话，而举人王惠来到观音庵时，却也不谦让，就在上首坐了，周进在下面相陪。王惠吃过饭，撒了一地的鸡骨头、鸭翅膀、鱼刺、瓜子壳，他自己不扫，也不叫管家扫，却留给周进去扫。居高临下、趾高气扬，他哪里能体会得出老童生周进心头的酸楚。

说到王惠的自负，还要提到两个细节。一个细节在《儒林外史》第二回。王惠在跟周进聊天时提到，他曾梦见自己和荀玫同年中进士，而荀玫当时只是个上学不久的孩子，连荀玫的老师周进也只是童生，与王惠的堂堂举人身份差得远着呢！因此王惠自命不凡地宣称："难道和他同榜不成！""可见梦作不得准！况且功名大事，总以文章为主，那里有甚么鬼神！"只是，《儒林外史》故意跟王惠开了个玩笑，他后来与荀玫果然同榜。

还有一个细节在第七回。陈和甫请来的乩仙"伏魔大帝关圣帝君"，在为荀玫的同榜进士王惠指示吉凶时，填了一首《西江月》词。此时，已须发皓白的王惠仍然进取之志不衰，口口声声不离"事业"。这一次，听陈和甫破译《西江月》词，说他可升至宰相之职，不胜欢喜。举人王惠不信有什么鬼神，进士王惠却因"神示"而内心欢喜，一疑一信，全以狂热的进取心和自负心理为前提。

其实，只要平心静气地读《西江月》词，就能看出，那绝不是什么吉兆。结句"一盏醇醪心痛"，尤其凄惘至极。如果说这首词真是神谕，那便是警示王惠不要太热衷于做官，不要一味进取。可王惠丝毫不予理会，仍一心做他的宰相梦。结果，"卒致颠蹶"，落得"更姓改名，削发披缁"的下场。他身败名裂的结局使我们想起王冕母亲的话："做官怕不是荣宗耀祖的事，我看见这些做官的都不得有甚好收场。"吴敬梓写王惠不理会神谕，由进取而得祸，在为世上贪图功名富贵者敲响警钟的同时，还进一层写出了王惠因贪图功名而从未计及宦海风波的性格侧面。

第四章

明后期科举：从
历史到小说

明代后期，包括两个时段，万历之前的嘉靖、隆庆年间为第一个时段，1573 年至明亡的 1644 年为第二个时段。

嘉靖、隆庆年间，明代八股文由成熟走向鼎盛，明代公认的八股文四大家王鏊、唐顺之、瞿景淳、薛应旂，嘉靖年间占了三家。又有八大家之说，是指吴县王鏊、武进唐顺之、常熟瞿景淳、武进薛应旂、昆山归有光、德清胡友信、归善杨起元、临川汤显祖，嘉靖年间占了四家。

并非偶合，《儒林外史》以功名富贵为一篇之骨的宗旨，在这一情节单元表现得尤为充分。《儒林外史》中的贤人，如虞博士、庄征君、迟衡山、杜少卿等，也主要活动于嘉靖、隆庆年间。因而嘉靖、隆庆年间的科举叙事，便格外丰富多彩。

◎嘉靖、隆庆年间的重要科举史实

历史上嘉靖、隆庆年间的科举情形，为《儒林外史》的科举叙事提供了宏大而清晰的背景，值得关注的史实至少有四个方面。

其一，嘉靖四十三年（1564）闰二月，礼部答复南道御史史官所陈两京乡试革弊事宜，定为条例。《明世宗实录》卷五百三十一记载：

（嘉靖四十三年闰二月）丙子，礼部覆南道御史史官所陈两京乡试革弊事宜。一、今后两京主考不用本省人。如资序挨及，南人用北，北人用南，以别嫌疑。二、同考用京官进士出身者，《易》《诗》经各二员，《春秋》《礼记》各一员，其余参用教官，以便觉察。三、誊录用书手，对读用生员，以防洗改。但此三事专为两京乡试而设，其各省及会试亦当因其说而广之。因更上六事：一、会试及两京乡试监试官，预于二十日前选差，以便防范。二、巡视搜检务加严慎，以杜奸弊。三、各省务精选才望内帘官，无令外帘干预去取。四、申明各处科举名数。照原定解额，每举人一名，取应举生儒二十五名。五、中式之文，务崇简实。凡浮靡冗杂，诡僻不经，悉行黜汰。仍参取后场，以采实学。六、解原卷到部，以凭稽查，不用公据。得旨：各省乡试，但照旧规。令监临官公同考官揭书出题，提调、监试等官不得干预。余皆如议行。

其中所说的种种弊端，从《儒林外史》的描写中亦可见一斑。

其二，嘉靖四十五年（1566）六月，礼部奏请议处国子监及各地儒学事宜，报可。凡各地书坊私自刊刻的应考范文之类，连同书版一并销毁。《明世宗实录》卷五百五十九记载：

（嘉靖四十五年六月）辛酉，礼部奏国家内设大学以教育天下之英才，外设儒学以作养民间之俊秀。二百年来，名世多从此出。迩者国子监学舍倾圮，生徒止二百人。又四方读书缀文

之士，争务剽窃，以图捷径。于是教化学术，悉为虚文，而朝
廷不得真才之用……至于文体敝坏，内而两都，外而列郡，靡
然同风，其弊皆由书肆刊文盛行，便于采摘。请悉按天下，私
鬻冗书无当实用者，一切铲毁。

《明世宗实录》的记载，与《儒林外史》所写八股文选本泛滥的情形
可以相互参照。

其三，隆庆元年（1567）八月，浙江道御史凌儒上言：监生
应乡试，务必革除代考等弊端。黄儒炳《续南雍志》卷三《事纪》
记载：

（隆庆元年八月乙巳）浙江道御史凌儒上言……一曰革倩代
之弊。臣等伏见科场奸弊，莫甚于顾倩，而监生为多。其稽察
生儒，已经礼部题奏，令同人互相觉察检举，无容议矣。监生
中多世家富室，财力可以通神，又以四方萍合之人，无从诘辩，
往往一人赴监部，随从数人，或曰朋友，或曰业师，隐姓讳名，
以为倩代之地，冒甲为乙，孰发其奸？

浙江道御史凌儒所说的"倩代"之弊，表明《儒林外史》所写的"枪
手"代考等情形，确有其现实依据。而国子监生的素质之低下，由
此亦可想见。

其四，隆庆二年（1568）的会试，程文把《庄子》的话写进制义，
表明八股文已偏离了依循朱注的传统。顾炎武《日知录》卷十八《破

题用庄子》指出：

> "五经"无真字，始见于老、庄之书……隆庆二年会试，为主考者厌"五经"而喜老、庄，黜旧闻而崇新学，首题《论语》"子曰由诲汝知之乎"一节，其程文破云：圣人教贤者以真知，在不昧其心而已。始明以《庄子》之言入之文字。自此五十年间，举业所用，无非释、老之书。

"代圣贤立言"的八股文中之所以出现庄子言论，是因为阳明心学的影响进一步扩大。阳明心学兴盛于正德、嘉靖年间。正德十三年（1518）七月，《古本大学》录刻成书，标志着阳明学派的成立。王阳明对官方认定的程朱之学不满进而予以批判，引发了朝廷上下的围剿，如《明世宗实录》卷十九记载：

> （嘉靖元年十月乙未）礼科给事中章侨言："三代以下论正学莫如朱熹，近有聪明才智足以号召天下者倡异学之说，而士之好高务名者靡然宗之。大率取陆九渊之简便，惮朱熹为支离，及为文辞务崇艰险。乞行天下痛为禁革。"时河南道御史梁世骠亦以为言。礼部覆议，以二臣之言深切时弊，有补风教。上曰："然。祖宗表章'六经'，颁降敕谕，正欲崇正学、迪正道、端士习、育真才，以成正大光明之业。百余年间，人材浑厚，文体纯雅。近年士习多诡异，文辞务艰险，所伤治化不浅。自今教人、取士一依程朱之言，不许妄为叛道不经之书，私自传刻，以误正学。"

章侨所谓"聪明才智足以号召天下者"，指的就是王阳明。明世宗重申程朱的独尊地位，将阳明心学定性为"叛道不经"，严禁天下私自传刻其书。嘉靖八年（1529）二月，明世宗命吏部集会群臣论议王守仁功罪，桂萼倡言免夺其封爵，申禁其学说。明世宗虽未削去阳明封爵，但不予恤典，且令都察院榜谕天下，不准传习阳明学说，如有敢犯，重治不饶。

阳明心学既不能为朝廷容纳，当然也不能成为举业所宗，所以，即使是阳明弟子，也有人始终不以心学入八股。据梁章钜《制义丛话》记载：

> 新建之学，衍于正、嘉而盛于隆、万。季彭山本师承阳明，著书数百万言，皆行于世。夫宗阳明者，其说不能无弊，而大旨归于心得，是以可传。然终不以入时文，时文必宗考亭，考亭正宗也，象山旁支也。彭山制义恪守传注，谨严法度，阳儒阴释之语，无能涉其笔端，与口谈考亭而文词浮诞者相去远矣。

"考亭"指的是朱熹，"象山"指的是陆九渊。阳明弟子之所以不以心学入八股，是因为他们参加科举考试的目的，乃是被录取，而以心学入八股的结果，必然是落选。他们信奉心学，而不以心学入八股，所显示的是权衡现实的明智，而不是哲学信念的抉择。这种现实的权衡，说明程朱作为举业正宗的地位仍相当稳固。

与此形成对照的是另一种情形：如果以心学应试也不妨碍录取的话，阳明弟子更愿意采用老师的见解。这种情形在正德、嘉靖年间的殿试中时有出现。据顾炎武《日知录》卷十八《举业》记载："正德末，异说者起，以利诱后生，使从其学，毁儒先，诋传注，殆不啻弁髦矣。由是学者侊侊然莫知所从。欲从其旧说，则恐或主新说；从其新说，则又不忍遽弃传注也。"而若干阳明弟子更不时以阳明学说对策于朝堂，如"正德十一年，湖广乡试，有司以'格物致知'发策，先生（冀元亨）不从朱注，以所闻于阳明者为对，主司奇而录之"（引自黄宗羲《明儒学案》）。又如"嘉靖二年癸未廷试，策问阴诋守仁。欧阳德，王氏弟子也，与同年魏良弼、黄直，直发师训无所阿附，竟登第。与探花徐阶善，共讲王氏学焉"（引自李调元《制义科琐记》卷二《王氏学》）。阳明弟子以心学入策论，一方面是为了传扬师说，扩大心学的影响，另一方面也有与压制心学者抗争的意味。但他们选择在殿试时这样做，其实仍有对现实的权衡。盖八股文评卷完全是匿名的，以心学入试，必然被刷且毫无社会影响；而殿试策文的阅卷并非匿名，且读卷官中不乏偏袒心学者，以心学入试，不一定妨碍录取，还可以造成社会影响。这一事实表明，阳明心学已开始动摇程朱传注作为举业正宗的地位。

阳明心学的弘扬，逐渐获得了体制内的资源。隆庆二年（1568），庄子之说进入制义，可以说是八股文风向明末演变的一个节点，程朱理学的举业正宗地位已进入岌岌乎殆哉的状态。《儒林外史》虽未对隆庆二年庄子之说进入制义一事予以特别关注，但小说对万历以降的否定性描写，表明吴敬梓并不赞成这样一种八股文风。与权贵化的儒生相比，他是一个在野的儒者；而与庄、禅的信奉者相比，他是一个信仰坚定的儒者。

◎嘉靖、隆庆年间的科举叙事

《儒林外史》中嘉靖、隆庆年间的科举叙事，与成化、弘治、正德年间相比，可以说是同中有异、异中有同。

先说与上一情节单元的异中之同。

上一情节单元常以具体的时间刻度和历史上的真人真事来提示读者，这一情节单元也是如此。

具体的时间刻度，如《儒林外史》第二十回"匡超人高兴长安道，牛布衣客死芜湖关"，明确记下了牛布衣去世的时间为嘉靖九年八月初三日，嘉靖九年即 1530 年。第二十五回"鲍文卿南京遇旧，倪廷玺安庆招亲"，明确记下了倪廷玺过继鲍文卿、改名鲍廷玺的时间是嘉靖十六年十月初一日，嘉靖十六年即 1537 年。第三十五回"圣天子求贤问道，庄征君辞爵还家"，记庄征君入京的时间是嘉靖三十五年十月初一日，入朝引见的时间是十月初六日，便殿朝见的时间是十月十一日，具体到了哪一天，郑重至极。天子在庄征君朝见时说："朕在位三十五年。"从嘉靖元年（1522）到嘉靖三十五年（1556），正是三十五年。这位"天子"，当然就是明世宗了。

第三十六回"常熟县真儒降生，泰伯祠名贤主祭"与第三十七回"祭先圣南京修礼，送孝子西蜀寻亲"，这两回写泰伯祠大祭，与庄征君便殿朝见相接，时为嘉靖三十六年（1557）。第三十五回说："转眼过了年。到二月半间，迟衡山约同马纯上、蓬骁夫、季苇萧、萧金铉、金东崖，在杜少卿河房里商议祭泰伯祠之事。"第三十七回开头："话说虞博士出来会了这几个人，大家见礼坐下。迟衡山道：'晚生们今日特来，泰伯祠大祭商议主祭之人，公中说，祭的是大圣人，必要个贤者主祭，方为不愧，所以特来公请老先生。'虞博士道：'先生这个议论，我怎么敢当？只是礼乐大事，自然也愿观光。请问定在几时？'迟衡山道：'四月初一日。'"以如此郑重的方式交代泰伯祠大祭的具体时间——嘉靖三十六年四月初一日，当然是意味深长的。主祭的这位虞博士，乃是《儒林外史》中的"第一人"。

据金和《儒林外史·跋》等资料记述，吴敬梓曾与"同志诸君，筑先贤祠于雨花山之麓，祀泰伯以下名贤凡二百三十余人"。他甚至卖掉了全椒老屋以资助这一盛事，足见他对此举之看重。在《儒林外史》中，吴敬梓不厌其烦地叙述祭祀的前后过程，并且将先贤祠改为泰伯祠，以突出无意于功名富贵的"让德"。贤人们执着于理想，与生于"天下滔滔"之时却"知其不可而为之"的孔子、孟子是一脉相承的。所谓"天行健，君子以自强不息"，"地势坤，君子以厚德载物"，正是贤人们人格精神的写照。

虞、庄、杜、迟等贤人倾其全力和心血经营礼乐事业，目的是以泰伯三让天下的至德感召世人，挽回日渐颓败的世道人心。只是，如此轰轰烈烈的举动，最终却归于风流云散。第四十八回"徽州府烈妇殉夫，泰伯祠遗贤感旧"，十多年后，当王玉辉前来瞻仰泰伯祠的时候，虽然当年迟衡山贴的祭祀仪注单和派的执事单还在壁上，但已布满灰尘。那些乐器、祭器也无声无息地躺在锁着的柜子里，很久都没有人动过了。邓质夫叹道："小侄也恨的来迟了！当年南京有虞博士在这里，名坛鼎盛，那泰伯祠大祭的事，天下皆闻。自从虞博士去了，这些贤人君子，风流云散。"第五十三回"国公府雪夜留宾，来宾楼灯花惊梦"，陈木南说道："可惜我来迟了一步。那一年，虞博士在国子监时，迟衡山请他到泰伯祠主祭，用的都是古礼古乐，那些祭品的器皿，都是访古购求的。我若那时在南京，一定也去与祭，也就可以见古人的制度了。"徐九公子也说："十几年来我常在京，却不知道家乡有这几位贤人君子，竟不曾会他们一面，也是一件缺陷事。"第五十五回"添四客述往思来，弹一曲高山流水"，看到已是断壁残垣的泰伯祠，盖宽叹息道："这样名胜的所在，而今破败至此，就没有一个人来修理。多少有钱的，拿着整千的银子去起盖僧房道院，那一个肯来修理圣贤的祠宇！"这是二十多年后的情形。江河日下，令人不胜感慨。

《儒林外史》还不失时机地将嘉靖、隆庆年间的真人真事穿插其间，作为小说人物活动年代的坐标。如第二十八回"季苇萧扬州入赘，萧金铉白下选书"：

次日早晨，一个人坐了轿子来拜，传进帖子，上写"年家眷同学弟宗姬顿首拜"。季苇萧迎了出去，见那人方巾阔服，古貌古心。进来坐下，季苇萧动问："仙乡尊字？"那人道："贱字穆庵，敝处湖广。一向在京，同谢茂秦先生馆于赵王家里。"

谢茂秦即谢榛。赵康王朱厚煜喜招聚文士，嘉靖九年（1530），谢榛即曾慕名赴安阳拜谒；嘉靖十三年（1534），谢榛侨居邺下，被赵康王延为上客，从此开始了以安阳为中心的漫游生涯。宗姬说赵王家在京，也许是吴敬梓故意错乱史实，但谢榛确是嘉靖年间的著名诗人。

又如第三十回"爱少俊访友神乐观，逞风流高会莫愁湖"：

> 次早，季苇萧同着王府里那一位宗先生来拜。进来作揖坐下，宗先生说起在京师赵王府里同王、李七子唱和。杜慎卿道："凤洲、于鳞，都是敝世叔。"又说到宗子相，杜慎卿道："宗考功便是先君的同年。"那宗先生便说同宗考公是一家，还是弟兄辈。

李攀龙，字于鳞，嘉靖二十三年（1544）进士；王世贞，号凤洲，嘉靖二十六年（1547）进士；宗臣，字子相，嘉靖二十九年（1550）进士，曾任考功员外郎。王、李唱和始于王世贞中进士之后，鼎盛于宗臣等人中进士以后。

再如第五十三回"国公府雪夜留宾，来宾楼灯花惊梦"：

> 陈木南下楼来进了房里，闻见喷鼻香。窗子前花梨桌上安着镜台，墙上悬着一幅陈眉公的画……

陈眉公即陈继儒，是嘉靖、万历年间的名人。陈继儒，字仲醇，号眉公，又号麋公，华亭（今上海松江区）人，书画家兼文学家。年未三十，即"取儒衣冠焚弃之"，自号山人，居小昆山，名重一时。稍晚于他的曹臣，编过一部《舌华录》，其中与陈继儒直接相关的便有二十余则。这些片段集中渲染的是陈继儒的隐士品格。据说，陈继儒还曾归纳出山居胜于都市的八种好处：不责求苛细的礼节，不见不熟悉的客人，不胡乱饮酒吃肉，不争田产，不听世态炎凉，不纠缠是非，不用怕人征求诗文而躲避，不议论官员的籍贯。而嘲讽陈继儒的也大有人在。原因在于，他自号山人，却周旋于达官贵人之间。清人赵吉士编的《寄园寄所寄》卷十二载，陈继儒一向负高隐重名，著名戏曲家汤显祖清楚他的底细，因而看不起他，跟他合不来。时值曾任宰相的江苏太仓人王荆石去世，汤显祖去吊唁，陈继儒代主人陪客，汤显祖忍不住大声说："吾以为陈山人当在山之巅，水之涯，名可闻而面不可见者，而今乃在此会耶？"弄得陈继儒十分羞愧，无地自容。

《儒林外史》所提及的真人真事，以第十一回"鲁小姐制义难新郎，杨司训相府荐贤士"的信息与八股文关系最为密切：

　　话说蘧公孙招赘鲁府，见小姐十分美貌，已是醉心，还不知小姐又是个才女，且他这个才女，又比寻常的才女不同。鲁编修因无公子，就把女儿当作儿子，五六岁上请先生开蒙，就读的是"四书""五经"；十一二岁就讲书、读文章，先把一部王守溪的稿子读的滚瓜烂熟。教他做"破题""破承""起讲""题比""中比"成篇。送先生的束脩、那先生督课，同男子一样。

这小姐资性又高，记心又好，到此时，王、唐、瞿、薛，以及
诸大家之文，历科程墨，各省宗师考卷，肚里记得三千余篇。
自己作出来的文章又理真法老，花团锦簇。

鲁小姐当然是个小说人物，但王（王鏊）、唐（唐顺之）、瞿（瞿景
淳）、薛（薛应旂）却是明代著名的八股文四大家。王鏊是成化十一
年（1475）会元，唐顺之是嘉靖八年（1529）会元，瞿景淳是嘉靖
二十三年（1544）会元，薛应旂是嘉靖十四年（1535）会试第二名。
四人中，除王鏊外，全是嘉靖年间的八股文名家，且唐、瞿俱为会
元。薛应旂虽不是会元，却也高居会试第二名。《儒林外史》以"王、
唐、瞿、薛"并称，在小说第十一回开头即叙及他们巨大的影响力，
表明从这一回起，到第五十四回止，都以嘉靖、隆庆和万历初叶为
背景。

再说与上一情节单元的同中之异。

与上一情节单元相比，嘉靖、隆庆年间的科举叙事更为集中地
表现了"其书以功名富贵为一篇之骨"的宗旨。

闲斋老人《儒林外史·序》云："其书以功名富贵为一篇之骨：
有心艳功名富贵而媚人下人者；有倚仗功名富贵而骄人傲人者；有
假托无意功名富贵自以为高，被人看破耻笑者；终乃以辞却功名
富贵，品地最上一层为中流砥柱。"在闲斋老人看来，吴敬梓自始
至终以对待功名富贵的态度作为区分俗儒、真儒或臧否人物的首
要标准。

芜湖县的市井细民牛浦郎是"心艳功名富贵而媚人下人"的标

本之一。这个平日爱念两句诗破破俗的小伙子，一天，拿到牛布衣的两本锦面线装的诗稿，读了，不觉异常兴奋。原来他见那题目上都写着"呈相国某大人""怀督学周大人""娄公子偕游莺脰湖分韵，兼呈令兄通政""与鲁太史话别""寄怀王观察"，其余某太守、某司马、某明府、某少尹，不一而足。牛浦郎想："这相国、督学、太史、通政以及太守、司马、明府，都是而今的现任老爷们的称呼，可见只要会做两句诗，并不要进学、中举，就可以同这些老爷们往来。何等荣耀！"于是打定主意冒充诗人牛布衣。

自己做不了官，相与几个官也是好的——这便是牛浦郎的如意算盘，真乃所谓自己没有功名富贵而慕人之功名富贵者。他的预想居然很快便实现了：举人董瑛在京师会试归来，特登门拜访这位假牛布衣。为抬高自己的身价，牛浦郎让舅丈卜信充当仆人。董瑛走后，受了侮辱的卜信、卜诚跟牛浦郎吵了起来，其中的几句对白极为生动：

牛浦道："不是我说一个大胆的话，若不是我在你家，你家就一二百年也不得有个老爷走进这屋里来。"卜诚道："没的扯淡！就算你相与老爷，你到底不是个老爷！"牛浦道："凭你向那个说去！还是坐着同老爷打躬作揖的好，还是捧茶给老爷吃，走错路，惹老爷笑的好？"卜信道："不要恶心！我家也不稀罕这样老爷！"

牛浦郎热衷于相与老爷，坐着同老爷打躬作揖，卜信、卜诚先还只是看不起"到底不是个老爷"的牛浦郎，后来索性道出"我家也不稀罕这样老爷"，卜氏兄弟的口气越硬，越显出牛浦郎对功名富贵的艳羡心理之卑陋可笑。

"心艳功名富贵而媚人下人"的标本无疑以五河县最多。此时五河县有两个得意的人家，一家姓彭，另一家姓方，于是五河县人，包括某些世家子弟，都争先恐后去奉承巴结。吴敬梓将世家子弟中的慕势者分为两种：一种是呆子，另一种是乖子。所谓呆子，其特点是一门心思地要和方、彭两家结亲攀友。除了方、彭，他任何别的亲友都可以不要。这样的人，自己觉得势利透了心，其实呆串了皮。所谓乖子，其特点是编造与方、彭两家亲密来往的谎话，到处说了吓人。有人信了他这些话，也就时常请他去吃杯酒，借他这些话再吓同席吃酒的人。这就是五河县的世家子弟，这就是五河县的风俗！

没有功名富贵的要媚人下人，有了功名富贵的便要骄人傲人。

靠八股文起家的高翰林曾在高谈"龙虎榜"时得意扬扬地向万中书等人传授科举成功的秘诀。在他看来，"揣摩"二字，就是举业的金针。若是不知道揣摩，哪怕是圣人也是不会考中的。

如果以为高翰林是信口开河，那就把《儒林外史》看得太简单了。吴敬梓厌恶高翰林，是厌恶他的"翰林气"，即"官气格外重，架子格外成"。如果把高翰林写成连八股文都不懂，反而不能揭示其真正的丑陋处。

高翰林是举业中的得意者，也是生活中的得意者。他曾傲然不屑地断言："诸公莫怪学生说，这少卿是他杜家第一个败类！……学生在家里，往常教子侄们读书，就以他为戒。每人读书的桌子上写一纸条贴着，上面写道：'不可学天长杜仪。'"万中书推想迟衡山、武正字的学问必定是好的，高翰林当即不容置辩地反驳道："那里有甚么学问！有了学问倒不做老秀才了。"如此目空士类，正是"翰林气"的绝好形容。

举业无凭，功名偶然，于是有人故意诋毁举业、嘲弄功名，以山人自居，以隐士自居。杨执中、权勿用、陈和甫、景兰江、赵雪斋、支剑峰、浦墨卿等就是这群读书人的代表。他们以退为进，以隐邀名，走的是唐人所谓的"终南捷径"。其人生目标，与科场中人同样卑微。比如，景兰江曾不加掩饰地宣称："可知道赵爷虽不曾中进士，外边诗选上刻着他的诗几十处，行遍天下，那个不晓得有个赵雪斋先生？只怕比进士享名多着哩！"如此心态，如此声口，不正是典型的俗儒吗？这就是所谓"假托无意功名富贵自以为高，被人看破耻笑者"。

《儒林外史》中"辞却功名富贵，品地最上一层"者，指的是虞博士、庄绍光、迟衡山、杜少卿这一类读书人。他们退出势利场，不受功名富贵的牢笼，当得起"富贵不能淫"的评价。

根据西方学术界的一般理解，所谓"知识分子"，除献身于专业工作以外，同时还必须深切地关怀着国家、社会以至世界上一切有关公共利害之事，而且这种关怀又必须是超越于个人（包括个人所属的小团体）的私利之上的。一句话，知识分子必须既学识渊博又人格崇高。中国古代的士，其理想的标准很接近于此。《论语》提醒读书人不可不抱负远大、意志坚强，因为责任重大而道路遥远。以仁为己任，不重大吗？死而后已，不遥远吗？北宋范仲淹在《岳阳楼记》中说到，士当"先天下之忧而忧，后天下之乐而乐"。这表明，中国古代读书人在学识之外兼重或更重社会使命感的人生态度是一贯的。虞博士、庄绍光、迟衡山、杜少卿等便大体具备这两种素质。他们以其中流砥柱的风采，屹立在《儒林外史》中，也屹立在读者的心中。吴敬梓的道义理想，由这些人物承载和传达，其厚重感和深沉感，是明清时代其他小说难以比拟的。

◎八股文鼎盛期的鲁小姐和马二先生

这一单元中的鲁小姐和马二先生，充分彰显出八股文风靡天下的情形。

第十一回"鲁小姐制义难新郎，杨司训相府荐贤士"，对比着写了鲁编修及其女儿鲁小姐和女婿蘧公孙：

> （鲁编修）闲居无事，便和女儿谈说："八股文章若做的好，随你做甚么东西，要诗就诗，要赋就赋，都是一鞭一条痕，一掴一掌血。若是八股文章欠讲究，任你做出甚么来，都是野狐禅、邪魔外道！"小姐听了父亲的教训，晓妆台畔，刺绣床前，摆满了一部一部的文章，每日丹黄烂然，蝇头细批。人家送来的诗词歌赋，正眼儿也不看他。……落后鲁编修听见这些话，也出了两个题请教公孙，公孙勉强成篇。编修公看了，都是些诗词上的话，又有两句像《离骚》，又有两句"子书"，不是正经文字，因此心里也闷，说不出来。

以一女子精于举业，则此女子之俗可知。但吴敬梓的用意却不只是塑造一个俗不可耐的女性，而是要从侧面渲染出鲁小姐的父亲之俗。然则编修之俗何来？还在于"这个法却定的不好"。为了写出八股取士制度对社会生活广泛而深刻的支配，吴敬梓把笔触伸向了闺房：这里，本应多一些自然的感情，少一些人为的雕饰，但即使是在闺房里，也充斥着八股文的气息，这能不使人喟然叹息吗？一种制度可以改变闺房的气氛，一种制度可以让女孩子的心灵"体制化"到如此程度，这种制度的影响力真是太大了。

鲁小姐这样一个"才女"与蘧公孙这样一个"名士"结偶，蕴含着浓郁的讽刺意味。

鲁小姐懂诗，但从不正眼看它。家里虽有几本《千家诗》《解学士诗》，东坡、小妹诗话之类，倒把与伴读的侍女采藏、双红们看；闲暇时也教她诌几句诗，以为笑话。鲁小姐所信奉的，是那种"花团锦簇"的八股文。所以，她曾经以为，与自己门户相称、才貌相当的如意郎君对新房里满架的八股文章必定早已烂熟于心，夫妻二人正好可以切磋交流。然而，蘧公孙对那些八股文章全不在意，倒是喜欢拿一本诗在灯下吟哦。此情此景，鲁小姐不免对郎君的文章功夫起了疑问。忍了多次，终于有一天忍不住了：

　　（鲁小姐）知道公孙坐在前边书房里，即取红纸一条，写下一行题目，是"身修而后家齐"，叫采藏过来，说道："你去送与姑爷，说是老爷要请教一篇文字的。"公孙接了，付之一笑，回说道："我于此事不甚在行。况到尊府未经满月，要做两件雅事，这样俗事，还不耐烦做哩！"

这样的场景读者或许感到似曾相识。是的，"鲁小姐制义难新郎"的情节实是变相模拟明清时代妇孺皆知的佳话"苏小妹三难新郎"。只不过，吴敬梓褪去了这段佳话的诗性色彩，把它还原到八股文化的现实中来而已。在鲁小姐眼里，以作诗为"雅事"，因作诗、刻诗而成了"少年名士"的蘧公孙是不值得一提的："自古及今，几曾看见不会中进士的人可以叫做个名士的？"反过来，以蘧公孙的眼光，举业行家鲁小姐也只是一派俗气而已。如此一对互不青睐的"才子佳人"，不是极其别致吗？唐人传奇中没有这样的生活图景，元杂剧中没有这样的生活图景，只有在吴敬梓笔下，我们才看到了这对互不买账的才子佳人。其实，在他们的婚宴上，一连串不和谐的场景早已暗示出了这种尴尬：

　　须臾，酒过数巡，食供两套，厨下捧上汤来。那厨役雇的是个乡下小使，他靸了一双钉鞋，捧着六碗粉汤，站在丹墀里尖着眼睛看戏。管家才揍了四碗上去，还有两碗不曾端，他捧着看戏，看到戏场上小旦装出一个妓者，扭扭捏捏的唱，他就看昏了，忘其所以然，只道粉汤碗已是端完了，把盘子向地下一掀，要倒那盘子里的汤脚，却"叮当"一声响，把两个碗和粉汤都打碎在地下。他一时慌了，弯下腰去抓那粉汤，又被两个狗争着，咂嘴弄舌的来抢那地下的粉汤吃。他怒从心上起，使尽平生气力，跷起一只脚来踢去，不想那狗倒不曾踢着，力太用猛了，把一只钉鞋踢脱了，踢起有丈把高。陈和甫坐在左边的第一席，席上上了两盘点心，一盘猪肉心的烧卖，一盘鹅油白糖蒸的饺儿，热烘烘摆在面前。又是一大深碗索粉八宝攒汤，正待举起箸来到嘴，忽然席口一个乌黑的东西的溜溜的滚了来，"乒乓"一声，把两盘点心打的稀烂。陈和甫吓了一惊，慌立起来，衣袖又把粉汤碗招翻，泼了一桌。满坐上都觉得诧异。

吴敬梓用处理闹剧的手法来处理这一对"才子佳人"的婚宴场景，意在提醒读者：八股贤媛与少年名士，他们满怀对知音的期待走到一起，不料彼此之间却格格不入。

《儒林外史》写马二先生，笔力之健拔，笔墨之充沛，尤令人击节。

无论是作为八股文选家，还是作为生活中的朋友，马二先生都是最靠谱的。对于八股文写作，他强调理法的重要性，而人生的第一要务，在他看来便是举业。第十三回具体写了他对蘧公孙的指点：

公孙问道："尊选程墨，是那一种文章为主？"马二先生道："文章总以理法为主，任他风气变，理法总是不变，所以本朝洪、永是一变，成、弘又是一变，细看来，理法总是一般。大约文章既不可带注疏气，尤不可带词赋气。带注疏气不过失之于少文采，带词赋气便有碍于圣贤口气，所以词赋气尤在所忌。"公孙道："这是做文章了，请问批文章是怎样个道理？"马二先生道："也是全不可带词赋气。小弟每常见前辈批语，有些风花雪月的字样，被那些后生们看见，便要想到诗词歌赋那条路上去，便要坏了心术。古人说得好，'作文之心如人目'，凡人目中，尘土屑固不可有，即金玉屑又是着得的么？所以小弟批文章，总是采取《语类》《或问》上的精语。时常一个批语要做半夜，不肯苟且下笔，要那读文章的读了这一篇，就悟想出十几篇的道理，才为有益。将来拙选告成，送来细细请教。"

马二先生豪爽、天真、厚道，他说的这些话，都是为朋友着想。读者可以嘲笑他的迂腐，但不能不敬佩他的古道热肠。正如天目山樵的评语所说："马二先生十分真诚"，"言虽可笑，其意却可感"。齐省堂本评语也赞许道："马二先生逢人教诲，谆谆不倦，自是热肠一片。莫以其头巾气而少之也。"

第十五回"葬神仙马秀才送丧，思父母匡童生尽孝"，写马二先生对匡超人的指点，话题还是八股文和举业：

> 马二先生大喜，当下受了他两拜，又同他拜了两拜，结为兄弟。留他在楼上，收拾菜蔬，替他饯行。吃着，向他说道："贤弟，你听我说。你如今回去，奉事父母，总以文章举业为主。人生世上，除了这事，就没有第二件可以出头。不要说算命、拆字是下等，就是教馆、作幕，都不是个了局。只是有本事进了学，中了举人、进士，即刻就荣宗耀祖。这就是《孝经》上所说的'显亲扬名'，才是大孝，自身也不得受苦。古语道得好：'书中自有黄金屋，书中自有千钟粟，书中自有颜如玉。'而今甚么是书？就是我们的文章选本了。贤弟，你回去奉养父母，总以做举业

为主。就是生意不好，奉养不周，也不必介意，总以做文章为主。那害病的父亲，睡在床上，没有东西吃，果然听见你念文章的声气，他心花开了，分明难过也好过，分明那里疼也不疼了。这便是曾子的'养志'。假如时运不好，终身不得中举，一个廪生是挣的来的，到后来，做任教官，也替父母请一道封诰。我是百无一能，年纪又大了；贤弟你少年英敏，可细听愚兄之言，图个日后宦途相见。"说罢，又到自己书架上，细细检了几部文章，塞在他棉袄里卷着，说道："这都是好的，你拿去读下。"

他对匡超人的教诲，头巾气之重与情意之真切，两者是成正比的。前者可笑，而后者可敬。

作为八股文选家的马二先生，他的选本流传广泛，知名度极高，书中不止一回对此进行描述，马二先生因此也受到不少同行的忌妒。如第十八回"约诗会名士携匡二，访朋友书店会潘三"：

（随岑庵）又问卫先生道："近来那马静选的《三科程墨》可曾看见？"卫先生道："正是他把个选事坏了！他在嘉兴蘧坦庵太守家走动，终日讲的是些杂学。听见他杂览倒是好的，于文章的理法，他全然不知，一味乱闹，好墨卷也被他批坏了！所以我看见他的选本，叫子弟把他的批语涂掉了读。"

然而，使众多读者不平的是，马二先生这样一位虔诚的举业信奉者和著名的八股文选家，居然未能中举，他到头来得到的最高功名竟只是优贡。

马二先生何以不能中举？

是马二先生不懂八股文吗？选家卫体善确曾菲薄马二先生于文章的理法全然不知，但明眼的读者心里清楚，马纯上生平最厌恶杂览。齐省堂本《儒林外史》第十三回的评语说："马二先生论举业，真是金科玉律，语语正当的切，足为用功人座右铭。其评选亦必足为后学津梁，岂若信口乱道、信手乱涂者哉！"

高翰林则以不会"揣摩"作为马纯上不能中举的理由。第四十九回"翰林高谈龙虎榜，中书冒占凤凰池"：

> 高翰林道："老先生，'揣摩'二字，就是这举业的金针了。……那马先生讲了半生，讲的都是些不中的举业。他要晓得'揣摩'二字，如今也不知做到甚么官了！"

高翰林所说的"揣摩"，是指揣摩"风气"，应试者应读近科中式之文，以投考官所好。这倒真是马二先生的短处。他执着地认为："任他风气变，理法总是不变，所以本朝洪、永是一变，成、弘又是一变，细看来，理法总是一般。"洪、永指洪武、永乐年间，这是八股文体制初具规模的时期，文风崇尚简朴，虽注重对偶，却没有几股的限制；成、弘指成化、弘治年间，这是八股文的成熟时期，文风趋向繁复，对偶工整，体式更加严谨；隆庆、万历以后，更以机锋侧出和借题发挥取胜。这表明，风气的不断演变是客观存在的。但注重风气，忽视理法，却与朝廷的宗旨相悖。马二先生强调理法，这是他的诚实处，而忽视风气，也许正是他落第的原因之一。

不过，吴敬梓持另一种看法，他将马二先生的不中归结于录取的偶然性。迟衡山讲得直接："上年他（马二）来敝地，小弟看他着实在举业上讲究的，不想这些年还是个秀才出身，可见这举业二字原是个无凭的。"这也就是归有光所谓"场中只是撞着法"，《儒林外史》开场词所谓"功名富贵无凭据"。深于举业，文章出色，却照样困于场屋，这在明清时代并非个别现象。清人诸联《明斋小识》卷四《中式有命》记载叶大绅"雄才绩学，为世所推。甲午秋试，考据详核，文更古茂，以为必售。及发榜，又落孙山"。诸联为之叹息道：如此结局，殆"命矣夫"。马二先生的"命"，或者说马二先生的运气，大概也不怎么好。

◎万历以降的科举叙述与历史参照

万历以降的科举叙述在《儒林外史》中仅占一回，即第五十五回"添四客述往思来，弹一曲高山流水"。

《儒林外史》在嘉靖、隆庆这个时间段已大量描写了读书人的堕落或沦落，有考试作弊的，如第二十六回"向观察升官哭友，鲍廷玺丧父娶妻"：

> 鲍文卿领了命，父子两个在察院里巡场查号。安庆七学共考三场。见那些童生，也有代笔的，也有传递的，大家丢纸团，掠砖头，挤眉弄眼，无所不为。到了抢粉汤、包子的时候，大

家推成一团，跌成一块。鲍廷玺看不上眼。有一个童生，推着
出恭，走到察院土墙跟前，把土墙挖个洞，伸手要到外头去接
文章，被鲍廷玺看见，要采他过来见太爷。

有贿买生员未能得手的，如第三十二回"杜少卿平居豪举，娄
焕文临去遗言"：

> 杜少卿道："你有甚话说罢。"臧蓼斋道："目今宗师考庐州，
> 下一棚就是我们。我前日替人管着买了一个秀才，宗师有人在
> 这里揽这个事，我已把三百两银子兑与了他，后来他又说出来：
> '上面严紧，秀才不敢卖，倒是把考等第的开个名字来补了廪
> 罢。'我就把我的名字开了去，今年这廪是我补。但是这买秀才
> 的人家，要来退这三百两银子，我若没有还他，这件事就要破！"

有官年与实年不符的，如第三十六回"常熟县真儒降生，泰伯
祠名贤主祭"：

> 又过了三年，虞博士五十岁了，借了杨家一个姓严的管家
> 跟着，再进京去会试。这科就中了进士，殿试在二甲，朝廷要
> 将他选做翰林。那知这些进士，也有五十岁的，也有六十岁的，
> 履历上多写的不是实在年纪。只有他写的是实在年庚五十岁。
> 天子看见，说道："这虞育德年纪老了，着他去做一个闲官罢。"

还有描写国子监生素质低下的，如第三十七回"祭先圣南京修礼，送孝子西蜀寻亲"：

> 武书道："这一回朝廷奉旨要甄别在监读书的人，所以六堂合考。那日上头吩咐下来，解怀脱脚，认真搜检，就和乡试场一样。考的是两篇'四书'，一篇经文，有个习《春秋》的朋友，竟带了一篇刻的经文进去。他带了也罢，上去告出恭，就把这经文夹在卷子里，送上堂去。"

只是，写读书人的堕落或沦落，嘉靖、隆庆年间的科举叙事还属于举例性质，而万历以降的科举叙事，则采用了概述的方式，展示的是文官制度内读书人的整体败坏。第五十五回开章明义，就这样写道：

> 话说万历二十三年，那南京的名士都已渐渐销磨尽了。此时虞博士那一辈人，也有老了的，也有死了的，也有四散去了的，也有闭门不问世事的。花坛酒社，都没有那些才俊之人；礼乐文章，也不见那些贤人讲究。论出处，不过得手的就是才能，失意的就是愚拙；论豪侠，不过有余的就会奢华，不足的就见萧索。凭你有李、杜的文章，颜、曾的品行，却是也没有一个人来问你。所以那些大户人家，冠、昏、丧、祭，乡绅堂里，坐着几个席头，无非讲的是些升、迁、调、降的官场；就是那贫贱儒生，又不过做的是些揣合逢迎的考校。那知市井中间，又出了几个奇人。

这样的概述，具有举例所不具备的震撼力量。黄茅白苇中，只有四大市井奇人显出几抹亮色。

四大市井奇人主要靠生意为生，但又都是读书人：一个是做裁缝的，这人姓荆，名元，在三山街开着一个裁缝铺，平日有空了就弹琴写字；一个是卖火纸筒子的，这人姓王，名太，自小儿最喜下围棋；一个是会写字的，这人姓季，名遐年；一个是开茶馆的，这人姓盖，名宽，本来是个开当铺的人，后来画的画好，也就有几个作诗画的同他往来。

四大市井奇人从不与学校中的朋友交往。原因在于，学校中的朋友志在以八股文博取功名富贵，或者已经博取了功名富贵；不结交他们，不贪图人的富贵，这便维护了人格的独立与尊严。《儒林外史》对此作了淋漓尽致的渲染。第五十五回这样写荆元：

> 朋友们和他相与的问他道："你既要做雅人，为甚么还要做你这贵行？何不同些学校里人相与相与？"他道："我也不是要做雅人，也只为性情相近，故此时常学学。至于我们这个贱行，是祖、父遗留下来的，难道读书识字，做了裁缝就玷污了不成？况且那些学校中的朋友，他们另有一番见识，怎肯和我们相与？而今每日寻得六七分银子，吃饱了饭，要弹琴，要写字，诸事都由得我，又不贪图人的富贵，又不伺候人的颜色，天不收，地不管，倒不快活？"朋友们听了他这一番话，也就不和他亲热。

　　四大市井奇人靠经商等自由职业为生，不再依赖文官制度而生存，因而获得了较大的自由，可以从事对于现存秩序和现实各种价值的反省思考。移居南京的吴敬梓，其实就是这样一个不做官的在野的儒者，他超越了同时代的乾嘉之学，为中国思想史贡献了一部以小说方式写成的富于思想史意义的著作，四大市井奇人则是吴敬梓塑造的几个光彩照人的在野儒者。许倬云在《中国古代文化的特质》一书中曾这样分析：

　　　　中国的社会和国家是重叠和制衡的，政治和文化不分，所以思想往往和政治特权结合，而导致思想的正统化。少数的知识分子成为社会少数的贵族，他们为了保持既得的利益，和政治权力结合，以致本来应是思想的先锋者而沦为政治的保镖，丧失独立的开创性而成为保守、守旧者，终于导致社会制度及思想的僵化，在学术上只是从事烦琐的注释工作。在汉代"粤若稽古"四个字的注解可以长达数万字，而乾嘉之学也是在小问题上转圈圈，这就是僵化的现象。幸而儒家有一个最大的优点，就是永远有一批在野的儒者以儒家的思想体系为标准来批评现有政制。

　　知识分子都是背负文化传统、传承文化传统的人。但其传承指向有两个可能，一种是谨守正统、倾向于保守的，另一种是突破传统、倾向于开创的。这些突破传统的知识分子，在谨守正统者眼里，时常被定位为异端。但异端也可能发展为大传统的一个部分，只要有充分的时代依托，就可以最终取代以往的正统。如果没有充分的时代依托，所谓异端就形成不了气候。四大市井奇人就是一群缺少时代依托的异端，虽然风采照人，但改变不了明末灰暗阴沉的基调。正如《儒林外史》虽然对社会弊端作了入木三分的刻画，却未能引发伟大的社会变革。

那么，历史上的明末，有哪些值得注意的科举事件呢？吴敬梓何以要用明末的情形来隐喻他所生活的清代乾隆年间？

自明代万历二十年（1592）始，会试房刻日渐兴盛，有"十八房兴而廿一史废"之讥。房刻所选的都是进士考卷。之所以说"十八房兴而廿一史废"，是因为房刻泛滥，应试者只需记诵那些应时的进士考卷就行了，认真阅读经典原著不仅无助于高中，反倒可能有副作用。

清代大学者纪昀曾以光为喻，认为"学如郑、孔，文如屈、宋、班、马者"，其光"上烛霄汉，与星月争辉。次者数丈，次者数尺，以渐而差，极下者亦荧荧如一灯"，唯功令文字只是团团黑烟。纪昀的意思是：用于求取功名的八股文、策论之类，只是"黑烟"，其中没有真学问。只有郑玄、孔安国等人与功名无关的汉学，才"字字皆吐光芒"，是真学问。

在《儒林外史》中，吴敬梓写范进不知道苏轼是何许人，马二先生不知道李清照是何许人，张静斋胡诌刘基是洪武三年开科的进士，用意都是说学校中的朋友没有学问。清代钱泳《履园丛话》卷十三《科举·立品》也说过同样的意思："科第之得不得，在衡文之中不中，与其人之人品学问，原不相涉，不是中鼎甲、掇巍科者，就有学问也。"科举考试得中与否，与应试者的学问原不相干，不是中进士、登高科者，就有学问。

万历四十七年（1619），艾南英刊行其为诸生（秀才）时应试之文，他将应试所经历的种种辛酸，一一写进了自叙。艾南英的这些应试之文，包括两种类型，一为学政主持的岁考和科考之文，一为参加乡试时的考卷。

对于学政主持的岁考和科考，艾南英最为铭心刻骨的是作为考生所经历的"困于寒暑"之苦、"手足絷系"之苦、"胥吏不谨"之苦以及"拘牵文法"之苦。这些困苦，使知识精英的尊严在这个过程中日渐销蚀，有可能最终荡然无存。这样的后果，在剥夺知识阶层的精神独立性的同时，极大地强化了专制体制的权威。

对于乡试，艾南英最为铭心刻骨的是房师的水平低劣和举业无凭，那些"登贤书"即中举的，往往是些并无真才实学的人。他这样写道：

> 至入乡闱，所为搜检防禁，囚首垢面，夜露昼曝，暑暍风沙之苦，无异于小试，独起居饮食稍稍自便，而房师非一手，又皆簿书狱讼之余，非若督学之专静屏营，以文为职。而予七试七挫，改弦易辙，智尽能索。始则为秦、汉子史之文，而闱中目之为野；改而从震泽、毗陵，成、弘正大之体，而闱中又目之为老。近则虽以《公》、《穀》、《孝经》、韩、欧、苏、曾大家之句，而房司亦不知其为何语。每一试已，则登贤书者，虽

空疏庸腐，稚拙鄙陋，犹得与郡县有司分庭抗礼。（艾南英《艾千子自叙》）

清初蒲松龄《聊斋志异》中的一些作品可与艾南英的自叙参看。例如《贾奉雉》对帘内考官的讽刺。"贾奉雉，平凉人。才名冠一时，而试辄不售。"原因在于，他的文章太好，而"帘内诸官"却压根辨别不出；真想猎取功名，就得"俯而就之"。在郎秀才反复督促下，"贾戏于落卷中，集其阘冗泛滥，不可告人之句，连缀成文"，郎秀才一见，便喜曰："得之矣！"贾用此等"文"应试，竟中经魁。和贾奉雉的不遇一样，艾南英之不中，不是由于写得不好，而是由于写得太好。只是，贾奉雉毕竟听从了郎生的告诫，改弦更张，故意以不可告人的草率文字应试，终于高中。艾南英没法委屈自己的信念，遂只好长做老诸生。他在怀才不遇的境遇中郁积了太多痛苦和不平，他要找一个发泄的渠道。编选为诸生时的应试之文，就是他的发泄渠道之一。

从上面的情形看来，明末科场的确给人一种末世之感。这也是清初许多人的共识。《儒林外史》的表述，其实只是对一个共识的认同，没有太多殊异之处。吴敬梓的异乎寻常之处在于，他生活的乾隆年间，一向被视为"康乾盛世"的一个组成部分，而在吴敬梓的感觉中，却和明末一样暗淡无光。他把自己的感受融入对明末科场的描写之中，这是表达了他深刻的历史洞见呢，还是仅仅因为他个人的不遇和愤懑？

可以说，《儒林外史》的科举叙事当然与吴敬梓个人的不遇和愤懑有关，却也显示了他深刻的历史洞见。吴敬梓以明末状况影写清乾隆时代的情形，从文化的角度看，确有其充分的合理性。所谓康乾盛世，其实是一个失去了文化活力的时代。

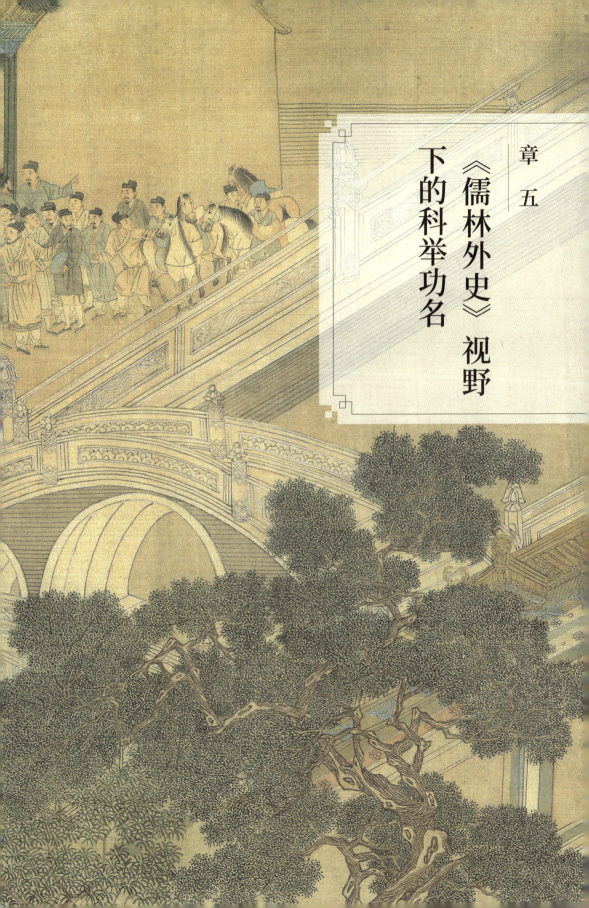

章 五

《儒林外史》视野
下的科举功名

　　《儒林外史》从功名与人品、功名与风水、功名与"揣摩"等不同角度展现了科举时代围绕功名而展开的社会生活。吴敬梓的描写，有助于我们全面把握科举制度的利弊，也有助于我们深入了解科举时代的中国文化。

◎功名与人品

　　明清时期有一项重要规定：科举以"四书""五经"为基本考试内容。这一规定是耐人寻味的。《论语》《孟子》等儒家经典是秦汉以来中国传统社会维系人心、培育道德感的主要读物。我们经常表彰"中国的脊梁"，一个毋庸置疑的事实是，秦汉以降，"中国的脊梁"大都是在儒家经典的教育下成长起来的。以南宋末年文天祥为例，他曾在《过零丁洋》诗中说："人生自古谁无死？留取丹心照汗青。"丹心，就是蕴蓄着崇高道德感的心灵。他还有一首《正气歌》，开头一段是："天地有正气，杂然赋流形。下则为河岳，上则为日星。于人曰浩然，沛乎塞苍冥。皇路当清夷，含和吐明庭。时穷节乃见，一一垂丹青。"身在治世，正气表现为安邦定国的情志；身在乱世，正气则表现为忠贞坚毅的气节。至元二十年（1283），文天祥在元大都（今属北京）被杀害。事前他在衣带中写下了这样的话："孔曰'成仁'，孟曰'取义'。惟其义尽，所以仁至。读圣贤书，所学何事？而今而后，庶几无愧。""四书""五经"的教诲，确乎是他的立身之本。明清科举制度规定以"四书""五经"为基本考试内容，希望借此取得端士习、崇正学的效果，正是基于这样一些事实。清顺治九年（1652），朝廷在各省学宫立卧碑，开门见山即云："朝廷建立学校，选取生员，免其丁粮，厚以廪膳；设学院、学道、学官以教之，各衙门官以礼相待，全要养成贤才，以供朝廷之用。"此后的康熙帝、雍正帝亦一脉相承地强调"养成贤才"这一宗旨。

朝廷的这种努力，不能说完全没有成效。在《儒林外史》中，那个主考的学道听知县李本瑛叙说了匡超人行孝的事后，立即热情表示："'士先器识而后辞章。'果然内行克敦，文辞都是末艺。"答应一定录取匡超人。这表明，有些官员还是听信朝廷的话，注重培养贤才的。

但教育目标与实际状况的两歧也是生活中的普遍情形。以"四书""五经"为考试内容，朝廷的本意是灌输圣贤之道，而应试者却大都只将儒家经典当成猎取功名富贵的工具，根本不打算身体力行。孔孟的著作，朱子的言论，一旦沦为高翰林说的"教养题目文章里的辞藻"，还有谁当真照着去做？《儒林外史》对这种教育目标与实际情形分道扬镳的状况进行了极富讽刺意味的描绘。

用代圣贤立言的八股文博取富贵，延伸到日常生活中，便是用美妙的合乎纲常的言论来为一己的私利服务，王德、王仁便是如此。严监生因原配王氏快要死了，跟这两位舅丈商议扶正赵氏，两位"把脸本丧着，不则一声"，但当他们各得到严监生的一百两银子后，态度立即大变，催他赶快扶正赵氏。王仁甚至拍着桌子道："我们念书的人全在纲常上做工夫，就是做文章，代孔子说话，也不过是这个理。你若不依，我们就不上门了！"言辞多么冠冕堂皇，可骨子里是为了那一百两银子。

用代圣贤立言的八股文来博取富贵，可能导致的另一后果是：儒家经典读得越来越熟，八股文写得越来越好，人品却越来越差。匡超人便是一例。这个农家子弟，起初是何等孝顺、淳朴，但等到读了书，考了一个秀才，又因为提携他的知县李本瑛被革了职，他怕被连累，逃到杭州，碰上了景兰江、赵雪斋等人，学他们做斗方名士，又从一个衙门潘三那里，学了很多做坏事的本领，从此，他变成了一个卑鄙无耻的人。匡超人的堕落，责任在谁？齐省堂本评语归罪于八股取士的科举制度；卧闲草堂评语则以为，主要在于匡超人所遇非人，假如他碰上的尽是马二先生辈，是不至于陡然变为势利熏心之人的。

比较而言，卧闲草堂评语无疑更为公正。但从"《春秋》责备贤者"的角度来看，马二先生也负有不可推卸的责任。他是匡超人早期的生活导师，可他不引导匡超人先做一个合格的人，然后谈举业、功名，却一个劲儿地鼓励他"出头"、荣宗耀祖、宦途相见，为了举业，甚至可以不管病在床上的父亲，这能说是恰当的吗？这样的举业，当然无助于人品的改善。

匡超人与潘三交往的前前后后，尤其令读者质疑科举教育"养成贤才"的功效。

潘三这个人物，三言两语很难说清。据他的堂兄潘保正介绍其是个极慷慨的人，读者也觉得他着实慷慨。匡超人与他无亲无故，只因潘保正托他照应，遂尽心竭力。他为匡超人办了好几件不寻常的事：指点迷津，教匡超人"在客边要做些有想头的事"，莫同斗方名士鬼混；先后资助匡超人数百两银子；操办匡超人的婚事。一句话，对匡超人，潘三够朋友！

但潘三又是个地地道道的猾吏。在旧日正派读书人的心目中，猾吏属于十恶不赦的那种人。以潘三为例：他包揽欺隐钱粮、私和人命、短截本县印文及私动朱笔、假雕印信、拐带人口、重利剥民、买嘱枪手……"如此恶棍，岂可一刻容留于光天化日之下"。他最终的结局也是罪有应得。

匡超人与潘三的命运呈戏剧性的转换：当潘三被逮，跌进人生的低谷时，匡超人却在岁考中被取在一等第一；又被学政提了优行，贡入太学肄业；又得到李给谏（即从前的乐清县知县李本瑛）的扶持，考取教习（皇室宗学的教师）。

匡超人春风得意，回本省地方取结。他还记得老朋友潘三吗？早忘到脑后去了。我们只听见他滔滔不绝地对着景兰江吹牛皮，与口口声声自称乡绅的严贡生非常相似。

可潘三还记得匡超人。不只记得，他还指望与这位朋友会一会，叙叙苦情。照我们的想法，匡超人自会一口应承，想想当初潘三待他的恩情，岂有不应承之理！

然而读者估计错了。听蒋刑房转达了潘三的意愿后，匡超人非但不应承，还振振有词地发表了一通"原则性"极强的议论：

　　本该竟到监里去看他一看，只是小弟而今比不得做诸生的时候，既替朝廷办事，就要照依着朝廷的赏罚，若到这样地方去看人，便是赏罚不明了。……潘三哥所做的这些事，便是我做地方官，我也是要访拿他的。如今倒反走进监去看他，难道说朝廷处分的他不是？这就不是做臣子的道理了。

　　这又是严贡生的口气。读者记得，王德、王仁曾与严贡生谈起严监生之死，惋惜因参加科举考试未能与严监生当面道别，严贡生却坦然地说："自古道：'公而忘私，国而忘家。'我们科场是朝廷大典，你我为朝廷办事，就是不顾私亲，也还觉得于心无愧。"严贡生以"为朝廷办事"为由，践踏兄弟之情；匡超人则以"替朝廷办事"为由，践踏朋友之情。"为朝廷办事"已成为行刻薄寡情之实的借口。《儒林外史》第二十回卧闲草堂评语说：

　　潘三之该杀该割，朝廷得而杀割之，士师得而杀割之，匡超人不得而杀割之也。匡惟不得而杀割之，斯时为超人者，必将为之送茶饭焉，求救援焉，纳赎锾焉，以报平生厚我之意然后可耳。乃居然借口昧心，以为代朝廷行赏罚，且甚而曰，使我当此，亦须访拿，此真狼子野心，蛇虫螫毒未有过于此人者。昔蔡伯喈伏董卓之尸而哭之，而君子不以为非者，以朋友自有朋友之情也。使天下之人尽如匡超人之为人，而朋友之道苦矣。

　　所谓"朋友自有朋友之情"，强调的是"义"的原则，是对知己的刻骨铭心的感戴。读书人向来倡导士为知己者死，以性命报答知己是一种崇高的人格境界。千古流传的高山流水的故事，结束于钟子期死，伯牙终身不复鼓琴，其所隐喻的含义正是：为了知己，自身的所有利益均可放弃。一切其他的考虑，统统让位于知己之情。

卧闲草堂评语中提到的"蔡伯喈伏董卓之尸而哭之"一事，史书中有所记载。蔡伯喈即汉末著名文人蔡邕，董卓则是汉末残暴专横的豪强。据《资治通鉴》第五十九卷记载，五原太守王智曾诬陷蔡邕谤讪朝廷，蔡邕被迫亡命江湖达十二年之久；董卓闻蔡邕之名，征聘他做官，蔡邕借口有病拒绝了。董卓以灭族相威胁，蔡邕才勉强出来任职。董卓见蔡邕，大喜，一月间三次升他的官，拜为侍中，很是倚重。后董卓被诛，蔡邕闻之惊叹，王允斥责蔡邕不该怀董卓私遇，同情大贼，遂将蔡邕处死。《三国演义》第九回具体描绘了蔡邕伏尸而哭的情节，并由蔡邕自我表白："邕虽不才，亦知大义，岂肯背国而向卓？只因一时知遇之感，不觉为之一哭。"

对于蔡邕的行为，清初毛宗岗评点《三国演义》，提出了这样的看法：

> 今人俱以蔡邕哭卓为非，论固正矣；然情有可原，事有足录。何也？士各为知己者死，设有人受恩桀、纣，在他人固为桀、纣，在此人则尧、舜也。董卓诚为邕之知己，哭而报之，杀而殉之，不为过也。犹胜今之势盛则借其余润，势衰则掉臂去之，甚至为操戈，为下石，无所不至者。毕竟蔡为君子，而此辈则真小人也。

其见解与卧闲草堂评语一致。的确，对于忘恩负义的小人，"原则"早已成为他们作恶的辩护词，既然如此，还不如扔掉这些"原则"，撕开小人的伪装。

与蔡邕相比，匡超人这个大言不惭地宣称"替朝廷办事"的家伙，不是卑污得很吗？他的"原则性"极强，可他的人格呢？这些体制之内的人物，他们哪里还记得孔子、孟子的训诲！

用代圣贤立言的八股文博取富贵，到头来，富贵取代了圣贤，于是势利熏心、世风日下便成为题中应有之义了。五河县就是这样一个标本。即使是曾经活跃过虞博士一辈人的南京，最终也不免一派污浊之气。朝廷的教育目标只能是一厢情愿的设想，一个常常不能兑现的设想。

◎功名与风水

功名富贵无凭据，于是信命数、信风水。对于部分读书人的这种畸形心态，《儒林外史》一一作了喜剧性的展示。

全椒吴氏家门鼎盛，据说是因为吴姓的全椒始祖吴凤的葬地选得好。清人李调元《制义科琐记》"神术"条记载，吴凤死后，他的儿子吴谦请了一个名叫简尧坡的风水先生为之选择墓地，整整三年，还没有找好。一天，吴谦与简尧坡同往梅花山中，遇大雪，遂共饮于陈家市酒楼。简尧坡倚栏远眺，终于发现二里外有一片吉地。他仔仔细细端详了许久，天晴后，又再去审视了一番，才郑重地告诉吴谦：这块地葬了您的先人，您的儿子还不会发迹，到您的孙子，才大发，一定是兄弟同发。对面文峰秀绝，发必鼎甲，但稍微偏了一些，未必是状元（鼎元），可能是第二（榜眼），可能是第三（探花），而且不只是发这一代。吴谦于是在这儿安葬了他的父亲。果然，他的孙子国鼎中明崇祯癸未进士；国缙中清顺治己丑进士；国对和国龙是一对孪生兄弟，国对顺治戊戌进士及第，第一甲第三名（探花），官翰林侍读，国龙为癸未进士，官礼科都给事中。国龙的儿子吴晟、吴昺，又先后中了进士。

上面这段渲染神术的故事，是吴昺亲自讲给他的座师王士禛听的，故事中的吴国对即吴敬梓的曾祖父。

也许令读者感到意外的是，吴敬梓却压根儿不信风水。

葬地有吉凶的说法，大概是从晋代盛行起来的。《世说新语·术解》中就有好几则相关的记载，如"折臂三公"：

> 人有相羊祜父墓，后应出受命君。祜恶其言，遂掘断墓后，以坏其势。相者立视之，曰："犹应出折臂三公。"俄而祜坠马折臂，位果至公。

《世说新语》是一部纪实性的笔记，但上述故事，显然荒诞不经。这表明，相地术在当时非常流行，以致如此荒诞的传说也能被人们作为真事接受。

相地术在晋代被说得神乎其神，而其主角是东晋郭璞。郭璞，字景纯，河东闻喜（今属山西）人。西晋灭亡，他随晋室南渡，后为王敦记室参军，因反对王敦谋反被杀。他以长于卜筮、相地著名，相传《葬书》便是他写的，故被后来讲风水的人奉为祖师。

"祸，福之所倚；福，祸之所伏。"事情总是有两个方面。郭璞在被视为风水先生的祖师爷的同时，也成了不信风水的人所集中嘲讽的对象。明人沈周曾作《郭璞墓》一诗，内容颇为雄辩："气散风冲那可居，先生埋骨理何如？日中尚未逃兵解（被杀），世上人犹信《葬书》！"《儒林外史》第四十四回，迟衡山引用了这首诗，并进一步指出："小弟最恨而今术士托于郭璞之说，动辄便说：'这地可发鼎甲，可出状元。'请教先生：状元官号始于唐朝，郭璞晋人，何得知唐有此等官号，就先立一法，说是个甚么样的地就出这一件东西？这可笑的紧！"迟衡山的逻辑是：郭璞是晋代人，他怎么会预先知道唐代的典章制度？种种以郭璞名义流行的相地理论毫无疑问乃是出于伪托。郭璞本人的相地术尚且不灵验，伪托的相地理论更不足据了。

吴敬梓不信风水，其意不止于破除迷信，更在于破除对于功名富贵的执迷。世人信风水，骨子里是图发富发贵，热衷于功名富贵与迷信风水搅在一块，遂演为一出出闹剧、丑剧。比如吴敬梓笔下的施御史兄弟。施二先生说乃兄中了进士，他不曾中，都是太夫人的地葬得不好，遂急于迁坟。风水先生又拿话吓他，说："若是不迁，二房不但不做官，还要瞎眼。"他越发慌了，到迁坟那日，他恭恭敬敬地跪在那里，才掘开坟，坟里一股热气，直冲出来，冲到眼上，两只眼顿时瞎了。这岂不是一出闹剧？

风水先生是否一无是处呢？也不尽然。虞育德就做过风水先生。

但选择葬地，只要地下干暖，无风无蚁，得安先人，就够了。那些发富发贵的话，都听不得。余大先生不请以"发富发贵"为话头的余殷、余敷为太老爷择地，而托付给张云峰，理由在此。这也正是吴敬梓的意思。《儒林外史》对风水术的质疑，建立在对功名富贵并不一味热衷的基础上。

◎功名与"揣摩"

靠八股文起家的高翰林曾在高谈"龙虎榜"时得意扬扬地向万中书等人传授成功的秘诀。在他看来，"揣摩"二字，就是举业金针。"若是不知道揣摩，就是圣人也是不中的。"自负老子天下第一，开口便是"中了去"，这就是杜少卿所极为反感的"进士气"。

高翰林所说的"揣摩"，含义有二，这里分开来谈。

第一层含义是"讲求时尚"。科举考试中，试官的口味不同，录取的标准也就不同。这就需要应试者刺探大场主考官之所好，看准风向，否则只能是"不中的举业"。于是，应试者不读经书或先辈之文，而只读近科中式之文，以致文格低落，世风日下。这一意义上的"揣摩"，一向为有识者所轻视。如清人纪昀《阅微草堂笔记》卷十九以鄙夷的口气提到当时流行的"揣摩秘本"：

> 有举子于丰宜门外租小庵过夏，地甚幽僻。一日，得揣摩秘本，于灯下手钞。闻窗外似窸窣有人，试问为谁。外应曰："身是幽魂，沈滞于此，不闻书声者百余年矣。连日听君讽诵，

怅触凤心，思一晤谈，以消郁结。与君气类，幸勿相惊。"……
鬼乃探取所录书，才阅数行，遽掷之于地，奄然而灭。

纪昀的言外之意是很清楚的：连凤嗜读书之鬼也厌恶揣摩秘本，足见它除供人博取科名外，实在不值得过目。

"揣摩"的第二层含义是悉意探求，以期合于本旨。亦即像戏曲演员一样，遥体人情，悬想事势，无论喜怒哀乐，恩怨爱憎，一一设身处地，不以为戏而以为真，使人看了也觉得和真的一样。

八股文与揣摩之间的因缘颇深。八股文始于北宋，但一般自出议论，南宋的杨万里开始注意代古人的语气，至明太祖朱元璋，则规定八股文必须代圣贤立言，即作者必须充当圣贤的代言人，所以通常用"意谓""若曰""以为""且夫""尝思"等字眼领起。八股文古称"代言"，理由在此。

写八股文既然是代圣贤立言，也就需要揣摩孔子、孟子等人的情事，要善于体会，妙于想象，这便与戏曲相通了。晚明倪元璐《孟子若桃花剧序》指出，在各种文体中，经史与诗歌属于一类，元曲与八股文属于一类。元曲与八股文的相通之处是"皆以我慧发他灵、以人言代鬼语"，也就是都以第一人称口吻代替别人说话，表达别人的思想和感情。不同之处仅在于戏曲多代普通人立言，八股文则是代圣贤立言。清人袁枚《答戴敬咸进士论时文》亦云："从古文章皆自言所得，未有为优孟衣冠，代人作语者。惟时文与戏曲，则皆以描摹口吻为工。如作王孙贾，便极言媚灶之妙；作淳于髡微生亩，便极诋孔孟之非。犹之优人，忽而胡姐，忽而苍鹘，忽而忠臣孝子，忽而淫妇奸臣，此其体之所以卑也。"

明清两代流传过不少传奇剧有益于举业的佳话。据晚明贺贻孙《激书》卷二"涤习"条记载，黄君辅致力于举业，拜汤显祖为师。每次君辅拿自己的八股文向汤显祖求教，汤显祖都扔到地上，很不满意。一次，汤显祖直率地批评黄君辅笔无锋刃，墨无烟云，砚无波涛，纸无香泽，这四友不灵，即使再用功也无益。君辅流泪求教。汤显祖于是劝黄君辅烧掉所作的八股文，澄怀荡胸，看他创作的戏曲。君辅连声答应，于是汤显祖授给他《牡丹亭》。此后，君辅发奋练笔，很快写出数篇，呈给老师看。汤显祖高兴地称赞他锋刃已具，烟云已生，波涛荡漾，香泽滋润，以往的臭恶一变而为芳鲜。黄君辅赶紧去参加乡试，果然中举，人称吉州名士。

贺贻孙与汤显祖的次子太耆、三子开远、四子开先，同为复社成员。他的记载当是可信的。汤显祖既是明代万历时期著名的戏曲家、诗人，也是独树一帜的八股名家。晚明汤宾尹《睡庵稿》称赞他的科举之文，"如霞宫丹箓，自是人间异书"，"制义以来，能创为奇者，汤义仍一人而已"。他教人从戏曲悟八股门径，无疑是行家之言。

高翰林以为"揣摩"是举业的金针，从技术的观点看，吴敬梓恐怕也并不打算予以否定。但作家显然别有会心。他从举业与戏曲的相通处，感到"高贵"的八股行家不过近于"贱行"的戏曲演员，于是他构想出高翰林的一种风流性情：格外喜欢梨园中的演员钱麻子的谈吐；聚会时如果没有钱麻子，他便感到满座欠雅。高老先生何以喜欢钱麻子？个中原因，大概即在于钱麻子擅长揣摩，能够说出投高老先生所好的话，并且会下棋唱曲，还会假作斯文地扮出一副士大夫模样，鲍文卿就亲眼看见钱麻子头戴高帽，身穿宝蓝缎直裰，脚下粉底皂靴，独自坐在茶馆里吃茶，俨然是一位翰林、科、道老爷。在高翰林眼里，这不是有趣得紧吗？

吴敬梓的用意还有一层。在小说家看来，士大夫阶层负有独立思考和移风易俗的责任，其表率作用是异常重要的。高翰林身居高位，理当维护社会的尊卑等级，如《儒林外史》第二十四回卧闲草堂评语所说："优伶贱辈，不敢等于士大夫，分宜尔也。"然而，高翰林辈自诩风流，歌酒场中，往往拉此辈同起同坐，以为雅趣。其结果，礼被破坏，优伶贱辈甚至敢于轻视贫寒的读书人。钱麻子意态不凡地宣称："南京这些乡绅人家寿诞或是喜事，我们只拿一副蜡烛去，他就要留我们坐着一桌吃饭。凭他甚么大官，他也只坐在下面。若遇同席有几个学里酸子，我眼角里还不曾看见他哩！"社会风气败坏至此，以揣摩为看家本事的高翰林能辞其咎吗？这些身居显位的读书人，不仅自己丧失了独立的人格，甚至成了庸俗风气的推波助澜者。

章六

科举时代的
中流砥柱

狀元

"天下有道则见，无道则隐。"贤人即使身在江湖，也不会放弃所肩负的社会责任，也依然可以影响和改造社会风气，只是实践的方式与出仕时有所不同而已。《儒林外史》所展现的正是这样一种实践方式。一群退隐或有隐逸品格的贤人，如虞博士、庄征君、迟衡山、杜少卿，把养家活口视为基本的人生责任，虽"高尚其志"，却绝不自命不凡，其人生气象和诗人气质足以包容杜慎卿、虞华轩一类才士。这样一群贤人，能够延续道统，也能够延续文统，能够处庙堂之高，也能够处江湖之远。他们是科举时代的中流砥柱。

◎虞博士以"养家活口"为人生第一要务

吴敬梓偏爱隐士，是因为在世俗的权力面前，隐居有助于保持精神的独立。但《儒林外史》并没有把虞博士等人写成不食人间烟火的世外高人，相反，对于他们的世俗生活，尤其是对于家庭的责任以及与之相应的生存能力，却给予了格外关注。这是因为，虞博士等人，一方面是清高的，另一方面又是入世的，他们有着极强的责任感。换句话说，精神的独立是以完成基本的人生责任为前提。没有"养家活口"的基本能力，哪里还谈得上承续道统？

这一点在虞博士身上表现得尤为充分。

　　虞育德是《儒林外史》着力推崇的"真儒"。他令吴敬梓佩服的自然首先是难进易退、襟怀冲淡，不把功名富贵放在眼里的品行，而他"治生"即养家活口的能力也受到作者的高度赞许。

　　在虞博士的人生历程中，"治生"一直是他首要的人生课题。虞博士的故乡常熟，是人文荟萃之地。当时有一位云晴川先生，古文诗词天下第一，虞博士到了十七八岁，就随着他学诗文。吟诗作文，自然是高雅的事情，但邻居祁太公却从自己的生活经验出发，知道养家活口乃是一切高雅事情的前提，他劝虞博士说："虞相公，你是个寒士，单学这些诗文无益，须要学两件寻饭吃的本事。我少年时也知道地理（看风水），也知道算命，也知道选择（挑选吉日），我而今都教了你，留着以为救急之用。"虞博士接受了他的教诲。后来，虞博士又按照祁太公的建议，读了几本考卷，出去应考，成了秀才。何以要做秀才呢？用祁太公的话说："进个学，馆也好坐些。"果然，进学的第二年，二十里外杨家村一个姓杨的就包了虞博士去教书，每年三十两银子，这笔收入足以赡养全家数口。

　　吴敬梓写虞博士与写王冕一样，正面立传，原原本本地交代其履历，这在《儒林外史》中属于特例。即使是写杜少卿，作者也未如此郑重。而详细铺叙虞育德的"治生"，更表达了吴敬梓对人生的一个"看似寻常最奇崛"的见解：读书人首先必须具备基本的生存能力，否则精神的独立就是一句空话。

　　原始儒家对"治生"似乎比较忽视。孔子曾表扬颜渊吃的是一筐子饭，喝的是一瓢水，住的地方是僻陋的小巷子，别人受不了这种苦，颜回却不改变自己的快乐。西汉韩婴在《韩诗外传》卷一中更以戏剧化的对比手法推出了两个人物。一个是孔子的弟子原宪，他住着茅草盖的房屋，蓬户瓮牖，上漏下湿；戴着楮皮做的帽子，拄着藜草茎做的手杖；正一正头上的冠，则缨带断，扯一扯衣襟，则肘部露出，提一提鞋子，则后跟断裂，够贫困的了！另一个是子贡，也是孔子的弟子，做生意赚了大把的钱。骑着骏马，穿着轻裘，"中绀而表素，轩车不容巷"，够豪华的了！子贡造访原宪，取笑他"病"到这步田地。原宪听了，非但不惭愧，反而高扬着头，豪迈地谈论贫与病的区别：没有财产叫作贫，学了而不能照着做才叫病；并嘲笑子贡迎合世俗，相互利用，学以为人，教以为己，不讲仁义，而一味注重车马的装饰、衣裘的华丽。结果，倒是子贡面有惭色，不辞而去，原宪于是缓步曳杖，高歌《商颂》，"声满于天地，如出金石"。这真是一曲精神战胜物质的凯歌。

不过，原始儒家所标示的这种乐道安贫的境界并没有赢得后世的绝对认同。西晋的石崇就不满于原宪的艰难人生。他说："士当令身名俱泰，何至以'瓮牖'语人！"明代的钟惺也认为，读书人要想清高自许，首先得让衣食之需得到起码的满足，才能无求于世。如今一些人动辄摆出一副名士面孔，看见别人营治生计，就说这太俗了。等到自己穷困潦倒，有的甚至做起了乞丐，连一点操守都不要了，"其可耻又岂止于俗而已乎！"

除此之外，我们也不能忽略吴敬梓笔下的寒儒倪霜峰的形象。倪霜峰共有六个儿子，死了一个，其他五个都因衣食欠缺，或卖在他州外府，或过继给"贱行"人家，连家庭完整也不能维持，哪里还顾得上脸面？他自己也只能靠修补乐器糊口。倪霜峰在追溯他穷困至此的原因时，辛酸地说："我从二十岁上进学，到而今做了三十七年的秀才。就坏在读了这几句死书，拿不得轻，负不的重，一日穷似一日，儿女又多，只得借这手艺糊口，原是没奈何的事！"其实，在周进、范进发迹之前，他们也不比倪霜峰强多少。周进失掉薛家集的馆后，在家日食艰难，灰溜溜地去帮人记账。范进参加乡试归来，家里已是饿了两三天，到了出榜那日，他仍抱着家中仅有的一只生蛋的母鸡，东张西望地在集镇上寻找买主。这一幅幅潦倒不堪的生活图景，是偶然的吗？周进的姐夫对他说："人生世上，难得的是这碗现成饭。"周进、范进、倪霜峰所缺少的正是弄碗饭吃的本事。

倪、周、范是老实人，虽潦倒已极，仍不至堕落。但因潦倒而堕落的却也大有人在，从第二十回开始登场的牛浦郎便是这样一位后生。他娶亲后，牛老让他当家。过了一个多月，牛老把账盘一盘，本钱已是十去其七，气得眼睁睁说不出话来。到晚，牛浦郎回家，牛老问着他，总归不出一个清账，口里只管"之乎者也"，胡扯一气。牛老气成一病，不过十天，便归天去了。

牛浦郎将来如何生活？如果他像倪霜峰一样循规蹈矩，便不免终生在饥寒交迫中挣扎。不过，他不是倪霜峰，他比倪霜峰"精明"。在小店尚未破产时，他见牛布衣的诗中有"呈相国某大人""怀督学周大人"一类题目，便意识到只要会作两句诗，并不需进学、中举，就可以同达官贵人们往来，于是他就打定了冒充牛布衣的主意。小店破产后，他果然"夹七夹八"地与几个念书的人来往起来，与老爷来往起来，不久竟又撇下妻子，在江湖上以骗人为生。牛浦郎的堕落自与他性格的"精明"有关，而不善"治生"，则加快了他堕落的速度。

"治生尤切于读书"，从这一见解出发，尽管吴敬梓不喜欢八股文，不喜欢那些"倚仗功名富贵而骄人傲人"的举人、进士，却赞同虞育德学八股，取功名。因为有了功名，才好谋生。他也不信风水、算命之类的胡话，却并不反对虞育德从事这类行当，因为这不失为谋生的手段。虞博士对杜少卿说过一番既坦诚又朴实的话：

> 少卿，我不瞒你说，我本赤贫之士，在南京来做了六七年博士，每年积几两俸金，只挣了三十担米的一块田。我此番去，或是部郎，或是州县，我多则做三年，少则做两年，再积些俸银，添得二十担米，每年养着我夫妻两个不得饿死，就罢了。……现今小儿读书之余，我教他学个医，可以糊口，我要做这官怎的？

虞博士一再提到妻子和小儿，在他看来，养活妻儿是最低限度的人生责任，只有在完成了这一责任的前提下，才谈得上行"道"。他丝毫不热衷于做官，但倘若只有做官才能保证家庭衣食所需，他也决不会辞去五斗米。清高必须有清高的条件。

◎庄绍光"高尚其志"而又平凡无奇

《儒林外史》比照东汉严光来写庄绍光，刻画了一个"不事王侯，高尚其志"的隐士形象。

东汉严光是中国古代声誉卓著的隐士之一，本姓庄，避汉明帝讳改姓严。魏晋间人皇甫谧《高士传》记载：严光，字子陵，浙江余姚人。年轻时即负盛名。他有一位同学刘秀，字文叔，后来成为东汉的开国皇帝——汉光武帝。自从刘秀做了皇帝，严光便改名换姓，隐居不出。光武帝思慕他的贤德，四处访求，后来齐国上书，说："有一男子，披羊裘，钓泽中。"光武帝料想是严光，于是派使者带着礼物去聘请他。往返三次，严光才答应了，来到京城。大司徒侯霸与严光是老朋友，想邀严光过来聊聊天，遂派人带着书信去请。严光连站都不站起来，就坐在床上当着信使的面把侯霸调侃了一番，说他傻，理由是："连皇帝我都不见，何况他这种人臣呢？"后来光武帝亲自上门，严光闭眼躺着，不回答他的话，过了好长时间才说："士各有志，何至于相逼呢？"光武帝只得叹息而去。光武帝任命严光为谏议大夫，严光坚辞，不久便归隐于富春山去了。他钓鱼的地方被后人命为严陵濑，又名严子陵钓台，至今仍是浙江桐庐境内的名胜。

严光这样的隐士，究竟于世何补呢？似乎真是"无功可记，无事可论"。南宋杨万里《读〈严子陵传〉》诗就说："客星何补汉中兴？空有清风冷似冰。早遣阿瞒移汉鼎，人间何处有严陵。"杨万里的意思是：假如曹操老早就篡夺了汉家天下，严子陵这样的人到哪里去找隐居的地方？明太祖朱元璋《严光论》就振振有词地指出：假如天下长期动乱，他严光在何处垂钓？严光之所以能够安宁地垂钓，那是皇上的恩德所致。照此说来，当时的罪人，最大的便是严光之流，忘记皇帝的恩德，始终不予报答，真是可恨至极。于是朱元璋制定了一条法律：天下的士大夫，不为君用者充军。

隐士真的对社会一点用都没有吗？其实不然。他们树立了精神独立的楷模，不慕于荣利，不屈于威势，对于社会风气的趋于淳厚具有良好的示范作用。《晋书·庾峻传》载庾峻上书，认为朝廷官员，帮助皇帝治理天下；而山林隐逸，他们的清高品行则有助于社会风气的改善，"节虽离世，而德合于主；行虽诡朝，而功同于政"。所以，表面上相异的人生道路，所起的作用却是一致的。

后人之敬慕严光，亦据此立论。北宋黄庭坚有一首《题伯时画严子陵钓滩》诗：

> 平生久要刘文叔，不肯为渠作三公。
> 能令汉家重九鼎，桐江波上一丝风。

这首诗的中心意思是：由于严光树立了高尚的道德风范，故东汉注重节操的士大夫非常多。东汉政权之所以延续了那么长的时间，曹操一类的权臣之所以不敢轻易篡夺皇位，正是由于畏惧节操之士。因此，严光不愧为维护东汉政权的精神支柱。

吴敬梓塑造庄绍光这一形象，正是为了在势利熏心的环境中树立一个清高的典范。严光本姓庄，故庄绍光也姓庄；"绍"是继承的意思；"庄绍光"的字面意思即继承庄（严）光。他名"尚志"，取"不事王侯，高尚其志"之意。皇帝赐予玄武湖，供庄绍光隐居著书，亦是仿严光隐居富春山而写。庄绍光拒绝做太保门生一节，则与严光调侃侯霸相近。

庄绍光与严光虽然风范相近，但也存在相异之处，具体说来，有两个方面的不同。

第一，在汉光武帝面前，严光一向架子很大；庄绍光对皇帝却谦恭有加。圣旨召庄绍光赴京，他闻命即行。庄绍光自以为"与山林隐逸不同，既然奉旨召我，君臣之礼是傲不得的"。严光可以不顾君臣之礼，庄绍光为何就傲不得？原来，清朝雍正、乾隆的治下，是决不允许汉族士大夫以高人自居的，在满族皇帝的心目中，天下士人统统都是奴才，不过有的是高级奴才，有的是低级奴才罢了。庄绍光要隐居，可以，但必须上一道"恳求恩赐还山"的本，得到圣旨的恩准。他是隐士，但不是"山林隐逸"。"山林隐逸"认不得皇帝是谁，庄绍光却时刻记得皇帝的威风。《儒林外史》第三十五回，谈到名人文集，庄绍光对卢信侯说："国家禁令所在，也不可不知避忌。"这种明哲保身的态度，使人隐隐感到专制制度的淫威。

第二，我们不知道严光治理国家的能耐究竟如何，但《高士传》说他少有高名，刘秀做了皇帝，亦思其贤，推断起来当是非同寻常的。庄绍光则的确没有治理天下的特殊才能。《儒林外史》中有这样几个细节：一是在赴京途中，庄绍光曾不无先见之明地提醒萧昊轩："国家承平日久，近来的地方官办事，件件都是虚应故事。像这盗贼横行，全不肯讲究一个弭盗安民的良法。听见前路响马甚多，我们须要小心防备。"次日果然遇贼。按说，早有心理准备的庄绍光，定会将这帮响马教训一顿，至少，他会沉着应敌。谁知不然：庄绍光坐在车里，半日说不出话来，也不晓得车外边这半会儿做的是些什么勾当。卧闲草堂评语调侃道：遇响马一段，"最妙在绍光才说'有司无弭盗安民之法'，及乎亲身遇盗，几乎魄散魂飞，藏身无地，可见书生纸上空谈，未可认为经济"。二是庄绍光入朝晋见，皇上期望甚殷，他却一条良策也奏对不出。《儒林外史》为此设计了一个解嘲的理由，"庄征君正要奏对，不想头顶心里一点疼痛，着实难忍"，故没法条奏。到了下处，除下头巾，原来里面有个蝎子。遂立意归隐。

　　吴敬梓为何要把庄绍光写得并无奇才异能呢？原因有二。一是历史上出现过不少纯盗虚声的隐士，盛名之下，其实难副，招致了世人的厌恶，连诸葛亮也曾被人讥讽道："当时诸葛成何事？只合终身作卧龙。"《儒林外史》中的杨执中、权勿用，倘若作为普通人来看，其实并不讨厌，至少他们不是严贡生之类的下流货色。吴敬梓讽刺他们，只是因为"程、朱的学问，管、乐的经纶"这种大口径的帽子与其实际才能对不上号。写出一个平实的隐士，就无"盗虚声"之嫌。表面上是抑庄绍光，骨子里是抬高他。二是隐士之可贵并不在于他们一定才能过人，而在于他们自甘淡泊的德行。杜少卿说："走出去做不出甚么事业，徒惹高人一笑，所以宁可不出去的好。"这都表明一点：衡量隐士，只需看他们是否真有高风亮节，责备他们没有"管、乐的经纶"是不合情理的。

　　庄绍光既没有严光那种狂放不羁的豪迈气象，又缺少治国安邦的特殊才能，他的隐逸风度多了一分平实。吴敬梓塑造这样一个平凡的隐士，自有他的用意。

◎虞育德、庄绍光既是哲人，也是诗人

　　《论语·先进》中有这样一段记述。一天，孔子和子路（仲由）、

曾皙（曾点）、冉有（冉求）、公西华（公西赤）在一起，他要几个弟子谈谈自己的志愿。子路第一个发言说：一千辆兵车的国家，处在几个大国之间，外有军队进犯，内有连年灾荒。让我去治理，只消三年光景，便可使人人勇敢，而且懂得如何同列强抗争。孔子听了，淡淡一笑。冉有的志愿是：一个纵横六七十里，或者五六十里的小国，让我去治理，三年时间，可使人人丰衣足食；至于修明礼乐，那就有待于贤人君子了。第三个回答问话的是公西华，他说：不是我自以为有什么了不起的才能，只是说我自己愿意来学习一番。国家有了祭祀的典礼，或者随着君王去办外交，我愿穿着礼服，戴着礼帽，做个好傧相！公西华说完了，曾点还在弹瑟，听孔子问他："点，尔何如？"曾点放下手中的瑟，站起来道：我的志愿跟他们三位都不同。暮春三月，穿一身轻暖的衣服，陪着年长的、年轻的同学，到沂水沙滩上去洗洗澡，到舞雩台上吹吹风，一路唱着歌回来！孔子感叹道："我赞同曾点的想法！"孔子似乎以为，子路等三人拘于具体的国家治理，气象不够开阔；只有到了怡情于山水花鸟的境地，人格才算完善。

孔子这种陶醉于山水自然的情怀，由魏晋时代的名士作了淋漓尽致的发挥。比如谢鲲，他本人引以为豪的是对山水之美别有会心。晋明帝问他："君自谓何如庾亮？"谢鲲回答说："端委庙堂，使百僚准则，臣不如亮；一丘一壑，自谓过之。"以"一丘一壑"（指在山水间自得其乐）与朝廷政务并提，足见其重视程度。

也许是由于魏晋以降的儒生多拘束迂腐，也许是由于全身心陶醉于山水的魏晋名士对老庄更偏爱些，后人往往将名士风流与儒家截然分为二事，似乎它们不能并存。晚明袁宏道在《寿存斋张公七十序》中批评了这种不妥当的看法："山有色，岚是也；水有文，波是也；学道有致，韵是也。山无岚则枯，水无波则腐，学道无韵则老学究而已。"他认为："颜之乐，点之歌，圣门之所谓真儒也。"袁宏道的看法无疑更为恰切，山水之乐本来就是吾儒之事。

《儒林外史》中的虞博士、庄征君等贤人，显然对"学道有韵"的境界十分钟情。他们以审美的心态感受自然、感受生活，显示出睿智的哲人风范和冲淡的诗人气质。这是他们人格魅力的重要一面。

贤人们对住处的布置，不求富丽，但求雅致。杜少卿在天长县的住处便很幽静，要"从厅后一个走巷内，曲曲折折走进去，才到一个花园"。这是曲径通幽的设计。花园里有牡丹台、芍药台、荷花池。从池上的一座桥走过去，有三间密屋，乃是杜少卿的读书处。韦四太爷去拜访杜少卿时，两树极大的桂花，开得正好。当人坐在书房里时，这两树桂花就在窗槅外，既有桂花的清香，也有书卷的气息，这样的环境，自有一种隐逸气象。

对虞博士的住处，吴敬梓着墨不多，只写了这样一句："转眼新春二月，虞博士去年到任后，自己亲手栽的一树红梅花，今已开了几枝。"吴敬梓这里用的是简笔，逸笔草草，却极为传神。红梅不多，只栽了一树；花开得不多，只有几枝。但这几枝红梅花与虞博士冲淡的心境是一致的。儒家讲究自然物的比德功能，重视其中的象征意味。虞博士栽的是红梅（春梅），而不是蜡梅（冬梅），在平和雅淡的春梅与傲霜斗雪的冬梅之间，春梅更接近虞博士的温润气质。

处于远离尘俗，一派隐逸气象的环境中，贤人们感受景物的方式也是诗化的。杜少卿有一坛陈年老酒，埋在地下足足有九年零七个月，他与韦四太爷一起寻出来品尝这坛酒时，"烧许多红炭，堆在桂花树边，把酒坛顿在炭上"。边吃酒，边赏花。这样的情调在虞博士、庄绍光那里也一样受到青睐。虞博士亲手栽的红梅花开了，心里欢喜，叫家人备了一席酒，请了杜少卿来，在梅花下坐着，说道："少卿，春光已见几分，不知十里江梅如何光景。几时我和你携樽去探望一回。"庄绍光在玄武湖欣赏湖光山色，看那四时不断的花，也常常"斟酌一樽酒"。这种酒与花草树木相伴以表达隐逸情调的方式，是从东晋诗人陶渊明那里继承来的。陶渊明常将酒与菊花、松树连在一起，如其《饮酒》其七、其八：

> 秋菊有佳色，裛露掇其英。
> 泛此忘忧物，远我遗世情。
> 一觞虽独进，杯尽壶自倾。
> 日入群动息，归鸟趋林鸣。
> 啸傲东轩下，聊复得此生。
>
> 青松在东园，众草没其姿。
> 凝霜殄异类，卓然见高枝。
> 连林人不觉，独树众乃奇。
> 提壶抚寒柯，远望时复为。
> 吾生梦幻间，何事绁尘羁。

尽管虞博士等人品酒时赏玩的不一定是菊花和松树，但内涵是一样的，都是冲淡心境的流露和隐逸情怀的表达。

《儒林外史》写虞博士家红梅花开那一节，让人联想到南宋叶绍翁的名作《游园不值》：

> 应怜屐齿印苍苔，小扣柴扉久不开。
>
> 春色满园关不住，一枝红杏出墙来。

据钱锺书《宋诗选注》说，这首诗脱胎于南宋陆游的《马上作》：

> 平桥小陌雨初收，淡日穿云翠霭浮。
>
> 杨柳不遮春色断，一枝红杏出墙头。

另一位南宋诗人张良臣的《偶题》也与之取景相近：

> 谁家池馆静萧萧，斜倚朱门不敢敲。
>
> 一段好春藏不尽，粉墙斜露杏花梢。

这三首诗，都表达了那种从出墙"一枝"想见万树烂漫的意趣，以有限的视觉形象传达出了春天来临的无限生机。《儒林外史》虽易"杏"为"梅"，然而神情依旧相似，吴敬梓不经意地点出虞博士的哲人气度和诗人气质，丰富了人物的性格。

《世说新语·简傲》记述了这样一则故事：

　　　　王子猷尝行过吴中，见一士大夫家极有好竹。主已知子猷
　　　　当往，乃洒埽施设，在听事坐相待。王肩舆径造竹下，讽啸良久。
　　　　主已失望，犹冀还当通，遂直欲出门。主人大不堪，便令左右
　　　　闭门，不听出。王更以此赏主人，乃留坐，尽欢而去。

王子猷即王徽之，是东晋大书法家王羲之的儿子，才华横溢，生性
放荡不羁，也是东晋名士。其有一大雅好，就是酷爱翠竹。王徽之
有一次路过吴中，看到一个士大夫家里有非常好的竹子。竹园的主
人已经知道王徽之要来赏竹，便将家里洒扫布置了一通，并在大厅
坐着等他。不想王徽之却坐着小轿直接来到竹林，旁若无人地吟咏
欣赏了许久。主人很失望，但还是希望王徽之返回时能前来与他交
谈一番，可王徽之却直接准备出门离开。主人难以忍受，就让下人
去关闭大门，不让他离开。王徽之因此更加欣赏主人，这才留下就
座，尽主宾之欢后才离开。这件事，一向被视作王徽之的韵事之一，
为六朝人津津乐道。

　　唐代陈羽的《戏题山居》诗却有意翻进一层落笔：

　　　　云盖秋松幽洞近，水穿危石乱山深。
　　　　门前自有千竿竹，免向人家看竹林。

比较而言，陈羽的韵致又超过了王徽之。王徽之要"向人家看竹林"，
而陈羽"门前自有千竿竹"，这不是更足以自豪吗？《儒林外史》中，
杜少卿携眷游清凉山，借人家的姚园，相当于王徽之到别人家看竹；

庄绍光夫妇隐居玄武湖，则大有陈羽"兔向人家看竹林"的意趣。难怪庄绍光在同娘子一起凭栏看水时会笑着说出这样一段话了："你看这些湖光山色都是我们的了！我们日日可以游玩，不像杜少卿要把尊壶带了清凉山去看花。"吴敬梓构思这组情节时，意中一定有陈羽的诗在。

吴敬梓偶尔还将他本人诗词中的意境移入小说，给贤人的生活增添一分诗意。三十六岁那年，吴敬梓去安庆参加博学鸿词科的预试，回南京途中，舟泊芜湖赭山下，作《减字木兰花》词，描写傍晚时分长江水面"万里连樯返照红"的情景。《儒林外史》第三十三回，韦四太爷留杜少卿喝酒，"大家靠着窗子看那江里，看了一回，太阳落了下去，返照照着几千根桅杆半截通红"几句，其实就是"万里连樯返照红"的散文表述。

◎贤人风范与名士风流

在一般读者的印象中，祭泰伯祠与定梨园榜决不能相提并论，因为，祭泰伯祠是杜少卿等人强烈的社会责任感的表达，而定梨园榜充其量只是名士杜慎卿"玩"艺术的一段佳话。

这意见对不对呢？

晚唐陆龟蒙有一首奉和皮日休《泰伯庙》的诗："故国城荒德未荒，年年椒奠湿中堂。迩来父子争天下，不信人间有让王。"他用"父子争天下"这一道德沦丧的现实与泰伯"让王"的历史事件相对照，愈加衬出泰伯这一人物道德风范的崇高。

西周王业的开创者是古公亶父。他生了三个儿子：泰伯、虞仲

（即仲雍）、季历。季历生子姬昌（即后来的周文王）。古公亶父极其赏识姬昌，希望姬昌早日继承自己的事业。泰伯、仲雍明白父亲的这一意愿后，便主动避居江南，把王位让给三弟季历，以便季历传位给姬昌。孔子曾在《论语》中推崇泰伯说："其可谓至德也已矣。"的确，如刘邦所说，拥有天下便是拥有了最大的财富。泰伯却将天下让给了他人，这不是至德，又是什么？所以迟衡山倡议："我们这南京，古今第一个贤人是吴泰伯，却并不曾有个专祠，那文昌殿、关帝庙，到处都有。小弟意思要约些朋友，各捐几何，盖一所泰伯祠，春秋两仲，用古礼古乐致祭。"祭祀泰伯祠的倡议者是迟衡山，但杜少卿第一个捐银，数目多达三百两；他的河房更是组织这次祭祀的活动中心。杜少卿在祭祀泰伯祠过程中的重要地位是不容忽视的。

祭祀泰伯祠有两个目的。一是"助一助政教"，即用泰伯这一道德楷模感召世人，收到移风易俗的成效。二是"习学礼乐，成就出些人才"。贤人们执着于道德理想，"知其不可而为之"，体现的正是儒家的救世精神。

与杜少卿等执着于伦理正义形成对照，杜慎卿缺少这种呼唤正义、鞭挞丑类的激情。他把生活看得很透，那种满不在乎与世周旋的技巧，也许会令许多人羡慕。他的轰轰烈烈的举动是定梨园榜，即"逞风流高会莫愁湖"。杜慎卿与季苇萧的一段对白颇值得玩味。杜慎卿提议"做一个胜会"，把那一百几十班做旦角的都叫了来，一个人做一出戏。杜慎卿和季苇萧在旁边看着，记清了他们身段、模样，做个暗号，过几日评他个高下，出一个梨园榜，"这顽法好么？"季苇萧听了，跳起来道："有这样妙事，何不早说！可不要把我乐死了！"一个说"顽"，一个说"乐"，真够洒脱！

杜慎卿莫愁湖定梨园榜只是要逞风流，只是要显示他作为名士的"趣"和"韵"，是要借"玩"出名。他既不崇高，也不庸俗；既不伟大，也不下流；他既不是虞博士，也不是严贡生；他在与崇高和庸俗不沾边的空间内"过瘾"，反而左右逢源。世俗社会对他佩服得五体投地，"传遍了水西门，闹动了淮清桥，这位杜十七老爷名震江南"。各位"真儒"也对他青眼有加。庄征君等人相约作登高会，虞博士、汤镇台、杜慎卿都来了，席间演戏，便特意邀了杜慎卿所定梨园榜上的名角；当余大先生将杜慎卿定梨园榜这件风流事向虞博士等人讲述了一遍后，大家还曾一同开心地大笑。这说明，虞博士对杜慎卿的才情是认可的。至于旧日的评点家，对杜慎卿更是备极欣赏，如齐省堂本评语所说："真是胜事，不可多得。慎卿所作所为较之少卿有乖蠢之别。"

杜慎卿以"顽"的态度定梨园榜，也以"顽"的态度访友。《儒林外史》第三十回"爱少俊访友神乐观，逞风流高会莫愁湖"，前一部分写的就是访友一事。

酷好男色曾被明末张岱、清中叶袁枚等人视为名士风流，比如张岱在《自为墓志铭》中自称"好娈童"，曾在《陶庵梦忆》中眉飞色舞地记叙了祁止祥"以娈童崽子为性命"的癖好。或许是有意模仿祁止祥一流人，杜慎卿也自以为风雅地宣称"朋友之情更胜于男女"。那么，如何写杜慎卿追逐娈童的生活呢？正面铺叙，嫌笔墨芜秽；略加点染，又表现不出杜慎卿以名士风流自诩的性格。吴敬梓折中二者，既大量铺叙，又不从正面入手，于是，读者享受到的是滑稽、幽默的情趣，而不会产生那种倒胃的感觉。

当杜慎卿的兴致被一点一点地调动起来，最终满怀期盼地来到神乐观时，见到的"美少年"竟是一个五十来岁光景的肥胖道士。一切都呈现出滑稽的对比，一切都充分地喜剧化了。杜慎卿恼恨捉弄他的季苇萧吗？他会临风洒泪吗？不会的。在杜慎卿那儿，名士风流只是为了将生活艺术化，仅仅是表演而已。在他看来，捉弄他的季苇萧也"不俗"，也很有名士风流的情调。他对季苇萧说："你这狗头，该记着一顿肥打！但是你的事还做得不俗，所以饶你。"是的，杜慎卿的所作所为，全以塑造一个风流名士的形象为指归。这种刻意的塑造甚至使我们怀疑：他是否真的酷好男色？是否只是为了显得风流才自作多情？

杜慎卿以"顽"的态度访友、定梨园榜，也以"顽"的态度做官。杜少卿志在救世，执着的社会责任感使他凡事认真，认为走出去做不出什么事业，徒惹高人一笑，所以宁可不出去的好。杜慎卿则不然。只要有机会做官，他绝不放弃。定梨园榜不久，他便加了贡，进京乡试去了。当"三山门贤人饯别"，虞博士、杜少卿一片凄然时，杜慎卿却春风得意，铨选部郎。对于他的宦达，武书有这样一段议论："慎卿先生此一番评骘（指定梨园榜），可云至公至明；只怕立朝之后，做主考房官，又要目迷五色，奈何？"是的，杜慎卿定梨园榜，"顽"得高明，"顽"得情趣盎然，也"顽"得才华横溢。但倘若以风流自赏、自我满足的方式做官，那就免不了"目迷五色"，顾影自怜，把事情办糟。飘逸的才情取代不了执着的道义理想和正义感。

《儒林外史》第五十三回，徐九公子将虞博士与杜慎卿相提并论，

第五十五回的两句话也采用了双水分流、双峰并峙的格局："花坛酒社，都没有那些才俊之人；礼乐文章，也不见那些贤人讲究。""才俊"，指杜慎卿；"贤人"，指虞博士这一群人。杜慎卿的分量是相当重的。

吴敬梓将杜慎卿与虞博士等相提并论的依据何在？原来，按照传统知识阶层自我塑造的理想范式，人应当兼具道义与才情，所以祭泰伯祠与定梨园榜各代表了人文情怀的两个侧面。读书人负有救焚拯溺的责任，祭泰伯祠正是其社会责任感的严肃表达。读书人的人生也须用"风流"来美化，定梨园榜正是才情洋溢的艺术化的游戏。二者之间的关系是互补的，而非对立的。并且，在大量的才子佳人小说和戏曲中，不是"虞博士们"，而是"杜慎卿们"扮演了被佳人簇拥、受世人膜拜的角色。

但吴敬梓不是才子佳人的代言者，他写作《儒林外史》，唤醒读者的社会责任感是其宗旨所在。因此，他不仅希望读者明了道义与才情的互补关系，更希望读者区分出二者的轻重。毕竟，人生的伦理意义和文化理想才是至关重要的。杜慎卿才情秀逸，趣味高雅，远非季苇萧及斗方名士们可比，但其"佻荡"及"顽"的处世哲学却不足取。吴敬梓既写出他的真风流，也批评他责任感过于淡薄，分寸的掌握是适度的。在吴敬梓的眼里，贤人风范是重于名士风流的，所以，杜慎卿还算不得真正的"士"。

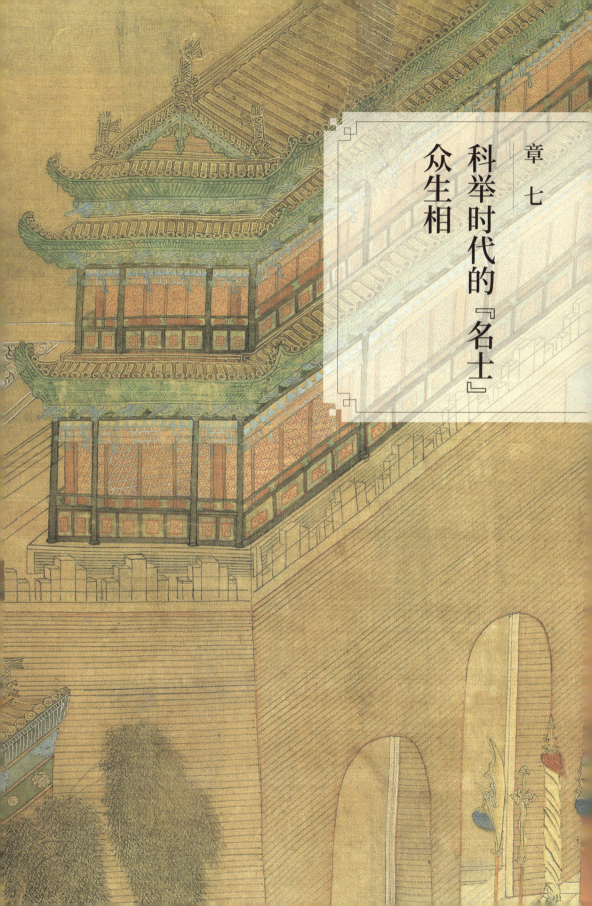

章 七

科举时代的『名士』
众生相

对名士的评价向来众说纷纭：说魏晋风度，说魏晋人物晚唐诗，语调中包含的多是羡慕和向往；说名士习气，说名士腔调，则更多调侃和讽刺的意味。这两种态度都有其合理的一面。原因在于，古代名士中既有阮籍、嵇康这样的杰出人物，也不乏欺世盗名之徒。

《儒林外史》第一回以不受名利拘牵的名士王冕来敷陈大义，而全书所展示的，则主要是追名逐利的冒牌名士，如陈和甫、景兰江、丁诗、权勿用等，他们或以癫狂的方式暴得大名，或借幽雅以博荣名，或故作怪诞以示不同凡俗，或附庸风雅而酸态毕露，或自以为势利至极而其实"呆串了皮"。吴敬梓对名士习气的调侃和讽刺，既表达了他对那个时代的失望，也表达了对理想的名士风度的期待和向往。《儒林外史》借以提示读者：安贫乐道才是读书人应有的选择；安贫乐道的前提是完成"养家活口"的基本人生责任，一个读书人必须具有相应的谋生能力。《儒林外史》所提倡的这一人生理念，看似平淡无奇，实则包含了深邃的哲理和丰富的人生体验。

◎故为矫激之行以调侃流俗

魏晋时代的名士，常故为矫异激切之行。其中，阮籍又是格外引人注目的一位。《晋书·阮籍传》载：

籍嫂尝归宁,籍相见与别。或讥之,籍曰:"礼岂为我设邪!"邻家少妇有美色，当垆沽酒。籍尝诣饮，醉，便卧其侧。籍既不自嫌，其夫察之，亦不疑也。兵家女有才色，未嫁而死。籍不识其父兄，径往哭之，尽哀而还。其外坦荡而内淳至，皆此类也。

阮籍的举动似乎是不可理解的。本来是个规规矩矩的人，为何故意违背礼法呢？原来，这是他愤世嫉俗的表现。魏晋时的礼法，常被掌权者用作诛除异己的借口，而他们却并不真的信奉礼法，比如曹操杀孔融，司马懿杀嵇康，其罪名中都有"不孝"这一条，但曹操和司马懿哪是真的要提倡孝道呢？正直的人看见这种事情，心里不服，于是就故意唱反调。阮籍说："礼岂为我设邪！"言下之意是：礼法是用来约束那些需要约束的人的，至于我，内在修养已臻于醇正，是不必用礼法来加以约束的。这就把自己置于寻常人之上了，至少是置于司马懿这些人之上了。

《儒林外史》写了几位故为矫激之行的名士，比如虞华轩、季遐年，这些人刚肠嫉恶，调侃流俗，常有似癫如狂的举动。

虞华轩本来有可能像虞博士那样"浑厚"的，他有一肚子的学问，但世风恶薄，"五河人总不许他开口"。虞华轩生在这恶俗地方，因此就激而为怒。积下几两银子，便叫兴贩田地的人家来,说要买田、买房子。等价钱讲得差不多时，又臭骂那些人一顿，不买了，以此寻开心。跟只认得乡绅和银子的五河县人打交道，虞华轩的人品、学问只能博得他们鼻子里几声冷笑。没法，他只好以牙还牙，仗着手头有几两辛辛苦苦积下的银子来捉弄他们。

季遐年的举动比虞华轩还要惊世骇俗。他的字写得好，言行则怪怪奇奇，有似晋人的任诞。但凡人要请他写字，都要趁他高兴的时候，他如果不情愿，任你王侯将相，大捧的银子送给他，他正眼也不看。他又不修边幅，穿着一件稀烂的直裰，靸着一双破不过的蒲鞋。骂人是他生活中的家常便饭。一次，施御史的孙子派小厮叫他去写字，他去了，施御史的孙子刚刚走出屏风，季遐年便迎面大骂道："你是何等之人，敢来叫我写字！我又不贪你的钱，又不慕你的势，又不借你的光，你敢叫我写起字来！"一顿大嚷大叫，把施乡绅骂得闭口无言。

魏秀仁的《花月痕》中，学究先生虞耕心与"小子"有一场辩论。学究先生的高谈就好像是对虞华轩、季遐年的指责。他批评那一班潦倒名士，有些聪明，便做出怪怪奇奇的事，动人耳根；又做出落落拓拓的样，搭他架子。"小子"的话则仿佛是在为虞华轩、季遐年辩护。他指出：学究先生所说的那一班放荡不羁之士，他们起先何曾不自检束？无奈心方不圆，肠直不曲，眼高不低，因此文章不中有司绳尺，言语直触当事逆鳞，他们的放荡不羁是被生活逼出来的。

那么，吴敬梓如何看待名士的矫激之行呢？他的态度大约近于阮籍。《世说新语·任诞》载："阮浑长成，风气韵度似父，亦欲作达。步兵曰：'仲容已预之，卿不得复尔。'"步兵即阮籍，他自己任诞，却不许儿子阮浑任诞，原因何在？过去比较一致的看法是：阮籍任诞，乃是故为矫激之行，以表达对伪君子或借礼法之名诛锄异己者的不满；阮浑任诞，也许是真正的放荡，并没有高远的用意。故为矫激之行与品质败坏之间，其差别微妙，并不是那么显著。

吴敬梓当然理解那些故为矫激之行的名士，因为他本人年轻时就有过这种经历，"一朝愤激谋作达"，吴敬梓如此，虞华轩如此，季遐年亦然。作者之欣赏虞华轩，是有其心理基础的。不过，写作《儒林外史》时的吴敬梓，已远较"一朝愤激谋作达"时的吴敬梓成熟。这位有着儒生情怀的小说家明白，"作达"可能是"愤激"使然，但也容易成为品质败坏者"纵恣"的借口。所以，尽管他理解虞华轩、季遐年，但决不把他们放在与虞博士、庄征君同样的高度予以推崇。他们被认为低了一个档次。天目山樵评语说：

> 虞、庄、杜三人之后，又出色写一虞华轩，以见天下人才未尝断绝，虽黄茅白苇中，亦自有轶群之品，穷而在下，又嫉于薄俗，故为矫激之行，不及诸君之浑厚。盖世运愈衰而贤者亦不免与化推移也。

天目山樵说得很对。也许应该顺便指出，杜少卿是以吴敬梓本人为模特儿塑造的，但《儒林外史》并未展开他"一朝愤激谋作达"的生活。书中描写虞华轩、季遐年，也未涉及狂嫖滥赌。这表明，小说家吴敬梓旨在净化风俗的道义理想和社会责任感异常强烈，在故为矫激之行的名士和执着于道义理想的贤人之间，他更推重后者。

◎杜慎卿的成名之道

穿凿附会、故作高论，目的是惊世骇俗，暴得大名，即所谓"不颠不狂,其名不彰"。可以说,放言高论是名士的看家法宝之一。不过,癫狂的技巧也有高下之别，不是谁都可以运用自如的。《儒林外史》中的金东崖，在这方面表现拙劣，成为笑柄；而杜慎卿则高出几筹，并因而声名鹊起。

先说金东崖。他研究"四书"，得意之处是对羊枣的新解。羊枣本是一种小甜枣,《孟子·尽心下》记载,孔子的学生曾参因去世的父亲喜欢吃羊枣，所以自己不忍吃它。这本是个不必饶舌的小常识，可金东崖作《四书讲章》,偏要另立新说:"羊枣，即羊肾也。俗语说:'只顾羊卵子，不顾羊性命。'所以曾子不吃。"

金东崖把羊枣说成羊肾，如此穿凿，无非是为了出新意。出新意是为了胜过前人，胜过前人便能哗众取宠，博得声名。穿凿不表明穿凿者的愚蠢，恰恰相反，穿凿意味着穿凿者聪明过人。癫狂是手段，出名是目的，故作高论的作用可谓大矣。金东崖颇谙此道，并以对羊枣的新解而自鸣得意。

杜慎卿是极看不起金东崖的。他曾鄙薄金东崖:"一个当书办的人都跑了回来讲究'四书'，圣贤可是这样人讲的！"然而，杜慎卿在故作高论方面却正与金东崖相似，或者说，他与金东崖乃是同道，只是在技巧上远胜于金东崖罢了。金东崖是小名士，杜慎卿是大名士。金东崖只以小小的穿凿跟前人唱对台戏，杜慎卿则以更大的格局畅发惊世骇俗之见，与社会舆论唱对台戏。他勇于并善于做翻案之论，故佩服他的人甚多。

杜慎卿最为人所熟知的"高论"是关于"夷十族"这一话题。他振振有词地对萧金铉、诸葛佑等人宣称：

> 列位先生，这"夷十族"的话是没有的。汉法最重，"夷三族"是父党、母党、妻党。这方正学所说的九族，乃是高、曾、祖、考、子、孙、曾、元，只是一族，母党、妻党还不曾及，那里诛的到门生上？况且永乐皇帝也不如此惨毒。本朝若不是永乐振作一番，信着建文软弱，久已弄成个齐梁世界了！

"方正学"指的是方孝孺，人称"正学先生"。接下来，杜慎卿还鄙薄方孝孺迂而无当："天下多少大事，讲那皋门、雉门怎么？这人朝服斩于市，不为冤枉的。"

杜慎卿谈论的是历史上的一件大公案。明代的开国皇帝朱元璋死后，朱允炆以皇太孙继位，年号建文。因各地藩王势力太大，他采用齐泰、黄子澄的计策，先后废削周、齐、湘、代、岷五王。朱元璋的第四个儿子，镇守北平的燕王朱棣，于建文元年（1399）在北平起兵反抗朝廷，以讨齐、黄为名，自称"靖难"。经过三年的战争，朱棣战胜了建文帝，夺取帝位，是为明成祖，年号永乐。朱棣在攻入南京后，曾令建文帝的翰林学士方孝孺起草登基诏书，方孝孺掷笔于地，拒不从命，朱棣以"灭九族"相威胁，方孝孺答道："便十族奈我何！"而朱棣竟真的在灭其九族外，还杀了方孝孺的学生，以成十族之数，死者近九百人。

对历史上的这件公案，后人多同情方孝孺而憎恶明成祖。明朝亡国时，士大夫中固守节操、不变节的极少。有人指出，明代士大夫人格的堕落与明成祖屠杀方孝孺这批高扬道德风范的君子有关，是明成祖带头摧残士大夫中的节操之士，鼓励他们向新主子博取恩宠。从这个意义上看，方孝孺拒不草诏的举动是值得敬佩的。但在一向缺少道义理想和社会责任感的杜慎卿眼里，方孝孺只是个腐儒。皋门、雉门均为古代天子的宫门，杜慎卿用以借喻方孝孺为维系建文帝的正统地位而反对明成祖：朱棣与朱允炆叔侄之间争夺皇位，算不了什么"大事"，方孝孺尽忠于建文帝而与明成祖对抗，只算得迂而无当，因此"这人朝服斩于市，不为冤枉的"。杜慎卿说得如此轻薄，使我们想起明代田艺蘅《留青日札》的话。田艺蘅嘲讽解缙的诗全是口号，而当时的人都称其才名绝世，可谓贻笑万代。他甚至认为解缙不得好死，真是活该！也许是巧合，跟方孝孺一样，解缙也是被明成祖害死的，不过方式有别，是被灌了烧酒后埋在雪中冻死的。

如果说，杜慎卿的话一方面显示了他性格的狷薄、轻佻，另一方面，他的话确乎含有某种深刻的东西。比如，他说："本朝若不是永乐振作一番，信着建文软弱，久已弄成个齐梁世界了！"这话不能算信口胡说。明成祖是位大有作为的皇帝，有明一代的版图在他治下最为广阔。杜慎卿所谓"齐梁世界"的"齐梁"，是六朝时期偏安南方的两个王朝，旧时常用以比喻国家衰弱混乱，大部分疆土被异族所占领。明清之际的王夫之《读通鉴论》卷十三曾说：

　　　　呜呼！天下之大防，人禽之大辨，五帝、三王之大统，即
　　令桓温功成而篡，犹贤于戴异类以为中国主！

东晋的桓温是个有夺取皇位野心的人，用传统的君臣伦理来要求，可以说是十恶不赦，但王夫之却认为，与其让异族统治中国，还不如让桓温篡位的好。杜慎卿的话，意思与王夫之的相近：与其把国家弄成个"齐梁世界"，还不如让明成祖篡位的好。但二人的动机则大为不同。王夫之意在表达对"率兽食人"的清朝新贵的憎恶，杜慎卿则只是要炫耀自己的识见过人。

　　对于明成祖，《儒林外史》中还有别的人发表过意见。邹吉甫的父亲说："在洪武爷手里过日子各样都好，二斗米做酒足有二十斤酒娘子。后来永乐爷掌了江山，不知怎样的，事事都改变了，二斗米只做的出十五六斤酒来。"杨执中也认为："本朝的天下要同孔夫子的周朝一样好的，就为出了个永乐爷就弄坏了。"这两段议论，一天真，一迂腐，远不及杜慎卿说得高明。可见杜慎卿并非没有才识。但他自命不凡，以"佻荡"的性格驱使才识，只能引发读者的反感。

　　与杜慎卿前后映照，《儒林外史》中的娄家两位公子也爱发惊世骇俗之论。只是，他们的目的不在于塑造自己才识不凡的形象，而是发牢骚。这两位公子，因科名蹭蹬，不得早年中鼎甲，入翰林，激成了一肚子牢骚不平，经常挂在嘴边的话是："自从永乐篡位之后，明朝就不成个天下！"每到酒酣耳热，更要发这一种议论。有一次，说起江西宁王反叛的话，娄四公子甚至这样讲："宁王此番举

动，也与成祖差不多。只是成祖运气好，到而今称圣称神，宁王运气低，就落得个为贼为虏，也要算一件不平的事。"宁王即朱宸濠，是朱元璋第十七子朱权的玄孙，袭封宁王。他与致仕都御史李士实、举人刘养正等阴谋夺取帝位，于正德十四年（1519）起兵，从南昌出鄱阳湖，声言直取南京，后被王守仁打败，历时仅43天。其性质与朱棣之"靖乱"大可比拟。因此，娄四公子的话也不能算是胡说。然而，做臣子的议论本朝大事，如此不谨慎，又表明他相当轻率，远不及杜慎卿老练。杜慎卿的言谈，既能达到惊世骇俗的目的，又不会触忤朝廷，这技巧是娄家两位公子所望尘莫及的。

◎ "借幽雅以博荣名"

名士风度本包含对"逸"的追求。由隐逸之逸生发出来的清逸、高逸，无不意味着对凡近污浊的尘俗的超越，亦即出尘绝俗。沿着这个方向，以秋空般明净的胸襟去拥抱升华的人生，其结果必然是内外澄澈：内——心灵的清远；外——生活环境的清远。然而，表里不一、内外不一、言行不一，这个伴随着人类的畸形现象也伴随着名士阶层。为世人所鄙夷的假名士或自我标榜的名士，过分炫耀或迷信表象的幽雅，而忽略了"逸"的核心是淡于名利的人生态度，借幽雅以博荣名，遂堕入末流。

杜慎卿对幽雅的鉴赏力非常人所能及。一次，他邀萧金铉、诸葛佑、季恬逸到寓所小聚，开场白是："我今日把这些俗品都捐了，只是江南鲥鱼、樱、笋下酒之物，与先生们挥麈清谈。"当下摆上来，果真是清清疏疏的几个盘子。当萧金铉提议即席分韵时，又被他嘲笑说："这是而今诗社里的故套"，是"雅的这样俗"。一扫斗方名士习气，其趣味之高，不用多说。

杜慎卿的仪表亦给人飘逸清秀之感。《儒林外史》中，季苇萧算得品目人物的高手，他评杜少卿："天下豪士，英气逼人，小弟一见丧胆"；评迟衡山："老成尊重"，"有制礼作乐之才"。这样的话，收入《世说新语》，恐怕也不逊色。他对杜慎卿也有几句品题："小弟虽年少，浪游江湖，阅人多矣，从不曾见先生珠辉玉映，真乃天上仙班。今对着先生，小弟亦是神仙中人了。"季苇萧的品题是靠谱的。

如此趣味，如此风采，杜慎卿在行辈中不愧是佼佼者。但他的趣味和风采始终未能赢得读者的倾心向慕，原因在于：他太做作。他喜吃清淡的食物，且由他去，但勉强吃了一块板鸭，登时就呕吐起来，未免过分了些；登雨花台，极目骋怀，亦是快事，但在太阳地里看见自己的影子，徘徊了大半日，顾影自怜，风流自赏，却不免女人气；学陶渊明"若先醉，便语客：'我醉欲眠卿可去'"的真率，也不乏韵致，但又忘不了奴使鲍廷玺送客，则又不够自然。我们眼里的杜慎卿，未能用幽雅的境界充实内心，他努力强化自身的名士派头，却忘了内在的精神比外在的派头重要。他非常接近于纪昀《阅微草堂笔记》中被讽刺的游士：

　　有游士借居万柳堂，夏日，湘帘棐几，列古砚七八，古玉器、铜器、磁器十许，古书册画卷又十许，笔床、水注、酒盏、茶瓯、纸扇、棕拂之类，皆极精致。壁上所粘，亦皆名士笔迹。焚香宴坐，琴声铿然，人望之若神仙。非高轩驷马，不能登其堂也。

纪昀借仙人之口鄙薄道：前辈有见到过唐代诗圣杜甫的，外貌和乡村老人差不多；北宋著名诗人黄庭坚和苏轼，也都像平常读书人；不像近日名流，有许多装模作样之处。杜甫、苏轼、黄庭坚，重内轻外；近日名流却重外轻内，杜慎卿自然该归入近日名流的行列了。

杨执中在情趣和风采方面似无法与杜慎卿比肩而坐，其实，这位"老阿呆"还真有几分雅趣。我们且随着娄家两位公子走进他那小小的书房：面中一方小天井，有几树梅花，开了两三枝。书房内满壁诗画，中间一副笺纸联，上写道："嗅窗前寒梅数点，且任我俯仰以嬉；攀月中仙桂一枝，久让人婆娑而舞。"两位公子看了，不胜叹息，此身飘飘如游仙境。三人谈到起更时候，一庭月色，照满书窗，梅花一枝枝如画在上面，两位公子恋恋不舍，不忍相别。

如果说杜慎卿的幽雅与其做作反差太大，那么，杨执中的幽雅与其呆头呆脑的对照也令人哑然失笑。他本是个秀才，后来补了廪，参加了十六七次乡试，年纪老大，被选为沭阳县儒学正堂，要去递手本，行庭参，自觉得腰胯硬了，做不来这样的事。于是借口生病，辞了这官。杨执中的选择看来与"归去来兮"的陶渊明相同，但其实不同。正常年景，陶渊明一家的衣食所需是不成问题的，所以他做得成高士。可杨执中拿什么养家糊口？没法，辞官不久，他竟做了盐店的管事先生。高何在？清何在？我们只觉得他呆。

既然做不成高士，脚踏实地做个管事先生也行，但杨执中又不乐意。他依旧沉浸在对自我的高士设计中，虽是生意出身，一切账目却不肯用心料理。到头来，亏空了七百多两银子，被东家告了，拿到监里坐着追比。两个儿子不走正路，既不做生意，又不读书，还靠着老父亲养活。家里穷得一无所有，常日只好吃一餐粥。有一年的除夕，他饿着肚子，只能靠摩弄铜炉打发时光。老夫妻俩观赏古色古香的铜炉，雅不雅呢？雅。饿着肚子难不难受呢？难受。自然，这种饥寒交迫中的幽雅比严贡生之流要高出许多，但如此寒酸，如此不相称，岂不成了对幽雅的讽刺？杨执中也许不想借幽雅以博荣名，可他过分迷信幽雅，已全然被虚幻的隐士光环所异化。

的确，表象的幽雅是不必推崇的。《儒林外史》中有个精彩的比喻："亭沼譬如爵位，时来则有之；树木譬如名节，非素修弗能成。"将这一比喻稍加转换，即内在的幽雅譬如树木，非素修不能成；表象的幽雅譬如亭沼，时来则有之。所以，即使是被娄家两位公子嘲笑为"俗到这个地位"的鲁翰林，却也极能领略幽雅的情调。如此看来，过分炫耀表象幽雅的杜慎卿与过分迷信表象幽雅的杨执中，都不足取。名士风度之"逸"，核心是淡泊名利的人生态度。

◎权勿用的怪诞

"怪诞"本是名士风度的一个重要表征，《世说新语》有"任诞"一门，其中大量记载了名士们的怪诞言行，如："阮宣子常步行，以百钱挂杖头，至酒店，便独酣畅。虽当世贵盛，不肯诣也。"以怪诞示高傲，不屑于与权贵往来，这无可非议。但一味怪诞，并无玄心，就不值得提倡了。所以，魏晋之际的阮籍，他尽管宣称"礼岂为我辈设"，却反对儿子阮浑目无礼法。

明代中叶以后，尤其是万历年间，随着泰州学派的风靡天下和公安派的崛起，任诞的风气一时弥漫开来。这一时期的文人，较为普遍地吸取了市民阶层追求享乐、纵情声色的生活情趣，同时又借助于佛家"游戏三昧"与道家"和光同尘"等说法，将这种享乐主义装点为"率心而行"的风雅行径，这就形成了异于魏晋名士的追求：魏晋名士的挥麈清淡，宴游无拘，藐视礼法，任情旷达，常是愤世嫉俗的一种表达方式；而晚明人讲求名士风度，却主要是为了自娱，怡悦自己，满足自己。晚明的文坛领袖袁宏道登高一呼，公开反对涵养，主张越没有涵养越好。他在《叙陈正甫会心集》中宣称，情趣是自发的，与学问的关系不大，比如小孩子，他有什么学问？但小孩子的生活却正是情趣盎然的生活，人生中最快乐的也正是这一阶段。情趣与涵养的关系也不大，比如一些不肖之徒，其人品没有什么可称道的。正因如此，他们放肆地饮酒吃肉，随心所欲地追求声色，却也极富情趣。在袁宏道看来，适情任性是第一位的，人品和学问且退后一步。

名士们首先要满足的无疑是对"名"的欲望。如何出名呢？也不难，只要古怪就行，说古怪的话，做古怪的事，便能受到关注。极为袁宏道所称誉的张献翼其人即颇典型。明末清初钱谦益《列朝诗集小传》曾记载张献翼的一些奇言怪行：或身着紫色的公服，携妓而行；或光着脚，在通都大邑乞讨；每当想起已故的友人，便设置灵位，对着天空劝酒；他的朋友张孝资过生日，张献翼竟率领子佃们为之举行生祭的仪式。张献翼如此怪诞不经，同时代的文坛领袖袁宏道对其却推崇备至，这很能说明当时任诞之风的巨大声势。

在吴敬梓生活的时代，任诞之风已较多地为人厌弃：说古怪的话，行古怪的事，经常被嘲笑为沽名钓誉的工具。稍晚于吴敬梓的纪昀，就曾在《阅微草堂笔记》中对"伪仙伪佛"加以非议。他将伪仙伪佛的伎俩概括为两种："其一故为静默，使人不测；其一故为颠狂，使人疑其有所托。"与伪仙伪佛的伎俩相似，文人中也有类似情形："或迂僻冷峭，使人疑为狷；或纵酒骂座，使人疑为狂。"锋芒所向，无疑是所谓的"名士习气"。

但吴敬梓并不一刀切地反对怪诞。名士王冕戴高帽，穿阔衣，正怪诞得很；市井四奇人之一的季遐年，不修边幅，穿着一件稀烂的直裰，靸着一双破不过的蒲鞋，又何尝不怪诞？怪诞是否值得期许，关键在于怪诞的外表下是否有深厚的底蕴。王冕人品极高，不妨目空千古地任诞；季遐年不贪人的钱，不慕人的势，风骨铮铮，也自具任诞的资格。

权勿用的人品如何呢？他当然没有拐骗尼姑，那是学里秀才诬陷他的，但他因枕头边的五百钱被杨执中的儿子拿走，就跟杨执中彼此不和，其人品也就无高贵可言了。他在酒席上谈论"古人所谓五荤者，葱、韭、芫荽之类"，说得不错，可见他确有几分学问，只是，用这点学问来为自己居丧期间吃鱼肉张目，又未必合适。

可以设想，假若权勿用老老实实做个常人，也许吴敬梓会用类似于描写倪霜峰的笔墨为之唏嘘不已。但权勿用却是以"高士"的姿态在世人面前亮相的。他动不动就谈经纶匡济，以"真儒""王佐"

自许，内在的人品、学问与外在声誉之间的差距大到了骇人听闻的程度，这就把自己摆到了被讽刺的位置上。

《儒林外史》写权勿用的怪诞，有一个经典的细节，即他去拜会娄家两位公子时，衣服也不换一件，依然穿着一身白的孝服，头上戴着高白夏布孝帽。这个细节显示了权勿用的一贯风格：他模仿古代名士，在穿着、举止上已沉溺于对"怪"的偏爱中。怪模怪样是任诞的表现，借此邀名则是深衷所在。吴敬梓感到这位名士实在可笑，于是就借他的怪模怪样来制造喜剧效果。第十二回有这样一段描写：权勿用左手捐着个被套，右手把个大布袖子晃荡晃荡，在街上脚高步低地撞。恰好有个乡下人在城里卖完了柴出来，肩头上横捐着一根尖扁担，对面一头撞将去，将他个高孝帽子横挑在扁担尖上。权勿用不见了孝帽子，望见在那人扁担上，他就把手乱招，口里喊道："那是我的帽子！"乡下人走得快，又听不见，权勿用本来不会走城里的路，这时着了急，七手八脚地乱跑……

这样的情景当然好笑。《儒林外史》让权勿用的高孝帽子被人"挑"走，意在嘲讽他徒有其表的怪模怪样。不过，这些描写也仅止于嘲讽而已。在吴敬梓看来，他只可笑，并不可恶，他遭人诬陷以致被逮，说来还令人同情呢。

◎斗方名士之"酸"

所谓"斗方名士"，就是以写诗得名的名士。单个人写诗不成气候，因此有必要组织诗社或诗会。《儒林外史》中的西湖诗会，便产生于这种需要，其核心成员有赵雪斋、景兰江、支剑峰、浦墨卿等。

既结诗社，择良辰美景以助诗兴也就是自然的了。清末陈衍《石遗室诗话》卷十二曾记述清末同光体诗人结社的活动：遇上人日、花朝、寒食、上巳之类，也就是人们所说的良辰，诗社成员便选一个风景优美的地方，带上茶果饼饵聚会，傍晚则在寓居的寓斋若酒楼饮酒，分纸写即事诗，五言、七言、古体、近体均可。下次聚会又换一个地方，汇交前次聚会的诗，互相品评，以资笑乐。各位轮流做东。从陈衍的介绍，可见诗社的一般情况。

西湖诗会的诗人对良辰美景亦格外钟情，比如景兰江。一次匡超人去找他，景兰江不在店内。问左邻右舍，店邻说道："景大先生么？这样好天气，他先生正好到六桥探春光，寻花问柳，做西湖上的诗，绝好的诗题，他怎肯在店内坐着？"语带戏谑，正见得景兰江的诗兴已为左邻右舍所了然。

西湖雅集，是诗人赵雪斋辈的一次盛大活动。说到雅集，总不外谈诗、写诗、聚餐这些内容。而雅集之"雅"，实以豪华为骨，狂饮、放谈，来不得丝毫寒俭。明末张岱《陶庵梦忆》卷三《包涵所》说："金谷、郿坞，着一寒俭不得，索性繁华到底，亦杭州人所谓'左右是左右'也。西湖大家，何所不有！西子有时亦贮金屋。咄咄书空，则穷措大耳。"的确，在某些场合，只有靡丽奢华，才足以酝酿气氛、形成气派，才能找到仪式感。既然要兴雅集，就该有一番豪举，否则即不必附庸风雅。

可正是在理当豪华的时候，西湖诗会的名士们一片酸风扑人，叫读者看不上眼。酸与寒常常并提，谓之寒酸。但寒与酸实在不能同日而语。市井四奇人之一的盖宽，家产变卖几尽。一天，邻居邀他到南京的南门外玩玩去，他直言请不起客，邻居说："我带个几分银子的小东，吃个素饭罢。"这是寒，不是酸。寒并不可鄙，相反，当它与安贫乐道连在一起时，还能赢得人们的敬重，盖宽不就是如此吗？

酸是另一回事。本无家底，强装门面；本不阔绰，强做雅事，是之为酸。斗方名士的西湖雅集，便是一次酸气扑人的表演。

《儒林外史》中有好几次雅集，"名士大宴莺脰湖"首开记录。这次雅集真是一次豪举，其食品之精洁，茶酒之清香，自不消说，单那月上时分的情景，就足以令人喝彩：两只船上点起五六十盏羊角灯，映着月色湖光，照耀如同白日。一派乐声大作，在空阔处更觉得响亮，声闻十余里。如此繁华，如此雄快，虽然几天后在会的名士中即有张铁臂行骗、权勿用被逮的事，使娄家两位公子扫兴，但这次"大会"的排场仍为吴敬梓所激赏。

相比之下，这群西湖斗方名士，可谓酸态毕露。先是与会者每位凑酒资二钱，已令人失笑；更可笑的是这次集会的承办人胡三公子。娄公子的父亲做过大学士（明代的大学士相当于唐宋时的宰相），胡三公子的父亲做过吏部尚书，都算得上豪门公子。但娄公子招接宾客，结纳名士，不失豪迈气象；胡三公子与斗方名士往来，其动机却猥琐至极：这个有钱癖的人肯剜却心头肉似的拿钱为斗方名士做东，乃是为了借重他们，使其不受人欺负。"出名的悭吝"与"雅集"岂能合得上拍？

果然，我们看到的是一幅幅令人哑然失笑的喜剧画面。其中的一个程序是买食品。先到鸭子店。三公子恐怕鸭子不肥，拔下耳挖来戳戳脯子上肉厚，方才叫景兰江讲价钱买了。再到馒头店。那馒头三个钱一个，三公子给他两个钱一个，就同那馒头店里吵起来。景兰江在旁劝闹，劝了一回，不买馒头了，买了些素面去下了吃。东西买了，就是景兰江拿着，匡超人也帮着拿些。参加雅集的诗人做本该让厨子来做的"俗事"，还谈得上什么名士风流？

接下来是吃饭，是喝酒，是拈阄分韵，是回城。"胡三公子叫家人取了食盒，把剩下来的骨头骨脑和些果子装在里面，果然又问和尚查剩下的米共几升，也装起来。"噫嘻！这岂不是比严监生丑得多吗？严监生节俭，却并不强做雅事；胡三公子的节俭与雅事相形，这才真是滑稽！

平心而论，日常生活中在"才"与"豪"上远不及斗方名士的大有人在，但他们不以名士自居，这就无可非议。斗方名士，高自位置，却又名实不副，吴敬梓遂忍不住叫他们出洋相。雅集归来，天已昏黑，景兰江提议快些走，支剑峰已是大醉，口发狂言道："何妨！谁不知道我们西湖诗会的名士！况且李太白穿着宫锦袍，夜里还走，何况才晚？放心走！谁敢来！"正在手舞足蹈高兴，迎面碰上了盐捕分府，那分府看见支剑峰戴了方巾，说道："衙门巡商，从来没有生、监充当的。你怎么戴这个帽子！左右的，挝去了！"一条链子将其锁了起来，景兰江赶紧拉着匡超人往小巷内溜了。一场诗会，如此收场，斗方名士的自负与其真实的社会角色之间的巨大反差，就这样暴露在读者面前。

诗人结社，各有目的。一方面以文会友，切磋艺事；另一方面也不妨如明末的复社、几社，清议朝政，表达读书人的社会责任感。

或偏于前者，或偏于后者，或两者兼有，都不失为志士、雅士，不失其风流倜傥或风流儒雅。比如近代的南社，他们选择苏州虎丘的张公祠为雅集地点，意在借起兵抗清的明代臣子张国维之灵，激励民族气节；同时又强调逸韵、文采，仍不失文人本色。

比较而言，西湖诗会的名士们看来档次偏低。且听景兰江的宣言："而今人情是势利的！倒是我这雪斋先生诗名大，府、司、院、道，现任的官员，那一个不来拜他？人只看见他大门口，今日是一把黄伞的轿子来，明日又是七八个红黑帽子吆喝了来，那蓝伞的官不算，就不由的不怕。"他自己倒也供认不讳：写诗是为了出名，出名是为了与官府交往，与官府交往是为了赢得世俗社会的敬畏。这样看来，斗方名士作诗的动机确实猥琐。

◎ "呆名士"之"呆"

在《儒林外史》中，被吴敬梓直呼为"呆名士"的只有丁言志，但作为呆名士来刻画的人物则有好几位，比如诸葛天申、景兰江、陈和尚、杨执中、权勿用等。他们迷信"名"，追求"名"，被"名"搅得失去了正常的人生情趣和正常的谋生能力，完全被"名"给异化了。

诸葛天申是盱眙人，积攒了一笔银子，也算是小地方的富裕人家了。但他不肯在家好好享用，却大老远地跑到南京来，用二三百两银子请萧金铉选一部文章，他自己好"附骥尾"出名。为了映衬出此举的喜剧意味，吴敬梓安排了一个细节：

　　诸葛天申秤出钱把银子，托季恬逸出去买酒菜。季恬逸出去了一会，带着一个走堂的，捧着四壶酒，四个碟子来：一碟香肠，一碟盐水虾，一碟水鸡腿，一碟海蜇，摆在桌上。诸葛天申是乡里人，认不的香肠，说道："这是什么东西？好像猪鸟。"萧金铉道："你只吃罢了，不要问他。"诸葛天申吃着，说道："这就是腊肉！"萧金铉道："你又来了！腊肉有个皮长在一转的？这是猪肚内的小肠！"诸葛天申又不认的海蜇，说道："这迸脆的是甚么东西？倒好吃。再买些迸脆的来吃吃。"

　　读者不妨设想：一个连海蜇、香肠都没吃过的人，他那二三百两银子当然是多年省吃俭用的积蓄。好不容易有了这笔钱，却找上门来送给"大名士"萧金铉花销。这萧金铉是个有良心的人吗？四五个月后，诸葛天申那二百多两银子快花光了，季恬逸担心："诸葛先生的钱也有限了，倒欠下这些债，将来这个书不知行与不行，这事怎处？"萧金铉却满不在乎地回答："这原是他情愿的事，又没有那个强他。他用完了银子，他自然家去再讨，管他怎的？"大把的银子让如此"大名士"去花，这诸葛天申呆不呆？

　　景兰江本是开头巾店的，有二百两银子的本钱。他一心想做诗人，以为写诗是天底下最风光、最得意的事。"每日在店里，手里拿着一个刷子刷头巾，口里还哼的是'清明时节雨纷纷'，把那买头巾的和店邻看了都笑。"结果，一番操作下来将本钱折得精光。他这样舍得下血本，为的是出名。景兰江与西湖诗社的几位名士讨论过一个话题：鄞县黄知县与诗人赵雪斋同年、同月、同日生，一个中了进士，却是孤身一人；一个子孙满堂，却不中进士。这两个人，到底是哪一个好？我们愿做哪一个？浦墨卿等认为："读书毕竟中进士是个了局，赵爷各样好了，到底差一个进士。"景兰江则从"为名"的角度，以截断众流的气概说道："可知道赵爷虽不曾中进士，外边诗选上刻着他的诗几十处，行遍天下，那个不晓得有个赵雪斋先生？只怕比进士享名多着哩！"

名与利相对，作诗之"雅"与谋生之"俗"相对。景兰江一向将俗事与诗会视为对立的两极，但是到头来，写诗和约诗会还是沦为了谋生的手段。潘三背后鄙薄他说："而今折了本钱，只借这做诗为由，遇着人就借银子，人听见他都怕。"至于约诗会，更是为了缔结关系网，抬高身价，以便和达官贵人往来，使周围人疑猜他也有些势力。为了抬高自己，他们还热衷于在官府造访时假称不在家，以表明他们应酬太多——而忙于应酬常是一个人在社会上显得重要的标志。

如此看来，景兰江似乎不呆，若真这样来看，就走样了。景兰江是那种"自己觉得势利透了心，其实呆串了皮"之呆。试问：终年忙忙碌碌地编织与官府交往的鬼话，究竟对一家的生计有何用处？所以，卧闲草堂评语说：

> 余见人家少年子弟，略有几分聪明，随口诌几句七言律诗，便要纳交几个斗方名士，以为借此通声气，吾知其毕生断无成就时也。何也？斗方名士，自己不能富贵而慕人之富贵，自己

绝无功名而羡人之功名，大则为鸡鸣狗吠之徒，小则受残杯冷
炙之苦，人间有个活地狱正此辈当之，而尤欣欣然自命为名士，
岂不悲哉！

陈和尚即陈和甫的儿子陈思阮。他老子以名士自居，他也摆出
一副名士脸来；他老子不会写诗，他却爱诗入迷。其生活由两部分
构成：吃肉、念诗。"每日测字的钱，就买肉吃，吃饱了，就坐在文
德桥头测字的桌子上念诗。"他没有丝毫的人生责任感。比如，他娶
了妻子，却从不管妻子有无吃穿，因而丈人骂他混账。

陈思阮并不自认混账："老爹，我也没有甚么混账处，我又不吃
酒，又不赌钱，又不嫖老婆，每日在测字的桌子上还拿着一本诗念，
有甚么混账处？""老爹，你不喜女儿给我做老婆，你退了回去罢
了。"他为了摆脱做丈夫的责任，不久竟索性出家做了和尚。自此以
后，无妻一身轻，有肉万事足，十分自在。至于他的妻子如何凄凉
度日，陈和尚是丝毫也不牵挂的。

陈思阮没有人生责任感，也不遵守基本的形式逻辑。所谓"诗
言志"，他的"志"何在？其看家本事只是一套故弄玄虚的名士腔调。
如下面这个片段：

丈人道："你每日在外测字，也还寻得几十文钱，只买了猪
头肉、飘汤烧饼，自己捣嗓子，一个钱也不拿了来家，难道你
的老婆要我替你养着？这个还说是我的女儿，也罢了。你赊了
猪头肉的钱不还，也来问我要，终日吵闹这事，那里来的晦气！"

陈和甫的儿子道："老爹，假使这猪头肉是你老人家自己吃了，你也要还钱。"丈人道："胡说！我若吃了，我自然还。这都是你吃的！"陈和甫儿子道："设或我这钱已经还过老爹，老爹用了，而今也要还人。"丈人道："放屁！你是该人的钱，怎是我用你的？"陈和甫儿子道："万一猪不生这个头，难道他也来问我要钱？"

这有些像六朝玄谈，又有些像禅宗的机锋，可如此油滑无赖，实更近于《水浒传》中泼皮牛二的口吻。他不遵守基本的形式逻辑，这正是他不遵守正常生活规范的表现。

陈和尚的所言所行，似乎与呆不相干。其实，他一方面极为可厌，另一方面也极其可笑。杨执中做名士，儿子便好吃懒做；陈和甫做名士，儿子便油腔滑调。在"名士父亲"不得当的示范引导下，他们既没有过正常生活的意识与能力，又自以为比常人高出一等，整天疯疯癫癫、云里雾里，这还不够呆吗？

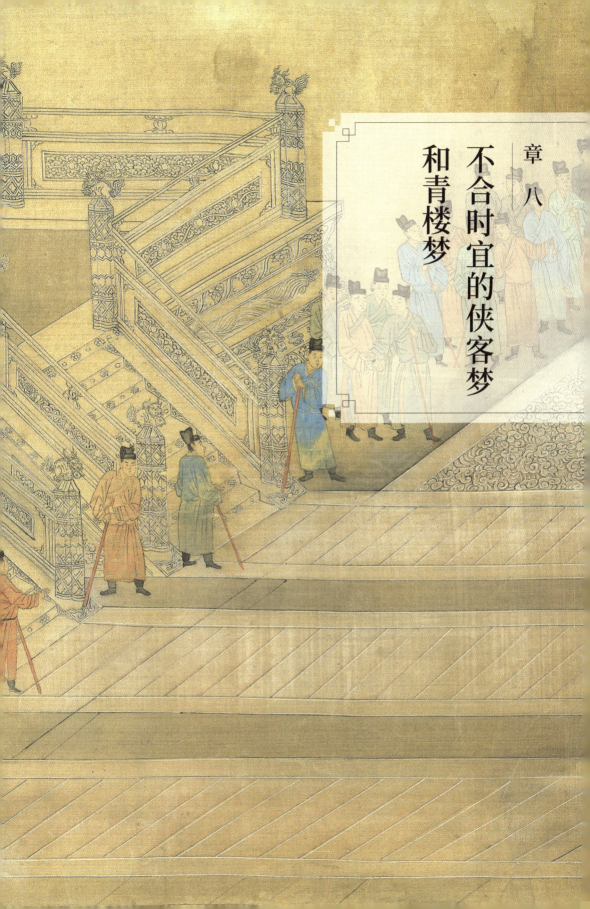

章 八

不合时宜的侠客梦
和青楼梦

　　司马迁在《史记·游侠列传》中曾热情讴歌侠士"不爱其躯，赴士之阸困"的品格，并极度向往秦汉以前的那些"为侠者"。吴敬梓秉承着和司马迁一样的情怀，他不但对文士的日益庸俗化深感遗憾，也抱恨于真的侠士和真儒一样日渐稀少了。与司马迁不同的是，他虽然憧憬秦汉以前的侠文化，却又清醒地意识到，鼎盛于春秋战国时期并绵延不断的侠文化在他那个时代已无足称道。《儒林外史》通过编织张铁臂、凤四老爹、沈琼枝等人不合时宜的侠客梦来提醒读者，建立在道德理想主义基础上的侠文化拯救不了这个世俗的世界。

　　《儒林外史》所写以名妓聘娘为代表的青楼才女，来自小说、戏曲的浪漫传统，却又辱没了这一传统。"呆名士"丁言志想凭几卷诗作打动聘娘，这种喜剧性的错位提醒读者，和情感浪漫主义携手同行的才子佳人故事与实际生活格格不入，而情感浪漫主义之所以不合时宜，是因为现实生活过于薄恶和极度功利化。这种庸俗氛围，不仅弥漫在士大夫的生活中，也弥漫在青楼，令人无处逃遁。

◎娄家两位公子的养士梦

　　《儒林外史》写"侠客"张铁臂，是为了写娄家两位公子养士梦的破灭。

这两位公子，因科名蹭蹬，牢骚不平，百无聊赖之余，竟尝试以战国四公子为榜样，大张旗鼓地养士。两位公子曾"三顾茅庐"拜访老阿呆杨执中，把杨执中视为诸葛亮似的卧龙；又把怪模怪样的权勿用当成管、乐、程、朱一样的高人。所有这些，都是其养士梦的一个部分。而当肥皂泡一个一个告破，汇聚起来，也就是养士梦的破灭。

且看"侠客"张铁臂这个肥皂泡是如何吹破的。

"侠客"张铁臂的形象是对唐人传奇及《水浒传》中豪侠义士的反仿。张铁臂是否读过《水浒传》，吴敬梓未作交代，想来他不仅读过，并且早已烂熟于心。他这样自报家门："只是一生性气不好，惯会路见不平拔刀相助，最喜打天下有本事的好汉；银钱到手，又最喜帮助穷人。"这不分明是武松、鲁智深的口气吗？武松说过"凭着我胸中本事，平生只是打天下硬汉，不明道德的人"；至于鲁智深，路见不平拔刀相助，更是家常便饭。

张铁臂自报家门时，还提到过他的功夫："晚生的武艺尽多，马上十八，马下十八，鞭、铜、鐧、锤、刀、枪、剑、戟，都还略有些讲究。"这简直就像是《水浒传》在介绍史进，因为史进同样是十八般武艺样样都练得精熟。

张铁臂的自我吹嘘，稚嫩浅露，张皇过甚，但娄公子听了，仍信之不疑地说："这才是英雄本色。"所谓"英雄"，即豪侠，武松是豪侠，鲁智深是豪侠，张铁臂也想滥竽于豪侠之列。

当然，武松、鲁智深还算不得侠的开山祖师，追根溯源，《水浒传》也是师承前人。远在先秦，《韩非子·五蠹》就指斥侠客凭借勇力触犯国家的刑律。这说明侠客的功夫比常人要强。汉代的司马迁写作《史记》，首次为游侠立传，称赞他们言必信，行必果；以德报怨，厚施而薄望。这都集中指向"义"的精神。功夫和义气构成豪侠的两个核心侧面，所以中唐李德裕的《豪侠论》就指出，所谓"侠"，都是不寻常的人。他们以诺许人，必然以节义为依据。义非侠不立，侠非义不成。

豪侠被大量虚构出来是在唐代的传奇小说中，其义气和功夫同时被传奇化了。关于侠的义气，盛唐李白《结袜子》诗说：

> 燕南壮士吴门豪，筑中置铅鱼隐刀。
> 感君恩重许君命，太山一掷轻鸿毛。

诗中抒发的人生情调慷慨雄劲，令人向慕。而传奇小说就写得更为惊心动魄。晚唐李亢《独异志》记载：侯彝窝藏了一名国贼，御史审问，侯彝始终不招出贼的所在。御史对他的刑罚也很残酷，"以鏊贮烈火"，放在他的腹部，烤得烟气腾腾，但他不仅不招供，还倔强地高呼："何不加炭？"唐代宗问他何必自苦，他承认确实藏了国贼，然而既已允诺了人，就至死也不会泄密。这实在称得上悲壮了。

唐人传奇中豪侠的功夫一样令人咋舌。比如晚唐裴铏所作《传奇》中有一篇《昆仑奴传》，刻画了昆仑奴磨勒这一形象。当他从一品达官"扃锁甚严"的院宅内救出红绡后，一品曾不无自负地夸口要为天下人除害，命甲士五十人，包围了崔生宅第，打算生擒磨勒。然而，就在似乎水泄不通的包围圈中，磨勒手持匕首，飞出高墙，像雄鹰一般迅捷，转瞬即逝。《传奇》中另一篇《聂隐娘传》里的隐娘，能在天空中飞行，百发百中地刺杀鹰隼，即便白天在都市上杀人，也没有人能够察觉，其功夫已近乎传说中的仙人。

张铁臂有志于扮演豪侠，倒也确有几分功夫令人称赞。且看：

> 张铁臂一上一下，一左一右，舞出许多身份来。舞到那酣畅的时候，只见冷森森一片寒光，如万道银蛇乱掣，并不见个人在那里，但觉阴风袭人，令看者毛发皆竖。权勿用又在几上取了一个铜盘，叫管家满贮了水，用手蘸着洒，一点也不得入。须臾，大叫一声，寒光陡散，还是一柄剑执在手里。看铁臂时，面上不红，心头不跳。

不知张铁臂是天真地相信了唐人传奇有关剑侠的故事，还是为了进一步镇住娄家两位公子，反正，他不满足于做个只会耍剑的侠，还试图以来无影、去无踪、侠而近乎仙的形象出现在两位公子面前，结果弄巧成拙，不待人挑剔，马脚已露了出来。他来时"房上瓦一片声的响"，满身血污，去时又是一片瓦响，剑侠的功夫居然如此笨拙吗？他一会儿说，他的药末顷刻间可将人头化为水，一会儿又说顷刻之间不能施行，自相矛盾，连谎也说得不圆。这样一个张铁臂，迟早是会露馅的。

张铁臂标榜义气，却骗朋友的钱，走到了义气的反面。富于讽刺意味的是，他行骗也假"义气"之名。他煞有介事地对两位公子说：

> 我生平一个恩人，一个仇人。这仇人已衔恨十年，无从下手，今日得便，已被我取了他首级在此。这革囊里面是血淋淋的一颗人头。但我那恩人已在这十里之外，须五百两银子去报了他的大恩。自今以后，我的心事已了，便可以舍身为知己者用了。我想可以措办此事，只有二位老爷，外此，那能有此等胸襟？所以冒昧黑夜来求。

不用说，张铁臂的这一骗术也是学来的。晚唐诗人张祜和他的朋友崔涯自称豪侠，陶醉于"真侠士"的声名中，结果被一位装束甚武并口口声声高谈义气的人将财产骗走。这位装束甚武的假侠便是张铁臂的老师。

张铁臂对装束甚武者的模仿亦拙劣至极。那位装束甚武者倏而来，忽而逝，一旦得手，便无露馅之虞，而张铁臂骗的却是熟人。《儒林外史》第三十七回，蘧公孙向杜少卿揭了张铁臂（已更名为张俊民）的老底，杜少卿当面问他："俊老，你当初曾叫做张铁臂么？"张铁臂见人看破了相，存身不住，只得回天长去了。在熟人社会行骗，岂不是自断后路。

以张铁臂这样一个拙劣模仿古代豪侠的人，竟深得娄家两位公子的赏识，愈发显出了两位公子的梦幻病之重。明眼人一下便看出张铁臂的虚妄，两位公子却信之不疑，敬佩不已，为他的所谓仇必雪、恩必偿、言必信、行必果的豪侠品格所感动，并打算备了筵席，广招宾客，举办人头会。两位公子以历史上的求贤养客的信陵君自居，希望借此邀名。他们沉醉在自己编织的美妙幻境中，失去了现实感，失去了观照眼前生活的能力。他们所招致的几位名士，或迂腐，或怪诞，或为骗子，或为卜者，但这些人在两位公子眼里，都高贵得不得了。作者嘲笑了张铁臂之流，也就嘲笑了礼待这流货色的两位公子。一石双鸟，吴敬梓的笔力是劲拔的。

◎凤四老爹仗义行侠的意义何在

《儒林外史》中还有一类侠客，他们并不猥琐，在人生境界上，可称得上是真正的豪侠。只是，对真正的侠客，吴敬梓的赞赏也是有节制的，他借郭孝子之口表达了自己的看法：

> 这冒险捐躯，都是侠客的勾当，而今比不得春秋、战国时，这样事就可以成名。而今是四海一家的时候，任你荆轲、聂政，也只好叫做乱民。

郭孝子说的是实话。春秋、战国时代，侠客备受尊重，诸侯卿相争相养士。越王勾践有君子六千人，魏无忌、田文、赵胜、黄歇、吕不韦皆有客三千人，而田文招致任侠者六万家，魏文侯、燕昭王、太子丹亦招致宾客无数。这些宾客，核心成员是侠。那时，做一名侠客，甚至做一名侠客的亲朋，都足以引为自豪。聂政为严仲子报仇，杀了韩相侠累，为了不连累亲朋，随即毁容自杀。他的姐姐却以为：我岂能只图保全自己的性命，而使弟弟无豪侠之名！于是"大呼天者三"，悲哀痛哭，死在聂政的尸体旁。任侠之名有其超越于生命的价值。

秦汉以后，大一统的帝制王朝建立，侠客失去了其依托的社会背景。摆在他们面前的路大抵有三条：或成为武装反抗朝廷的绿林好汉，或沦为地方上恃强凌弱的土豪，或成为朝廷的爪牙。侠这一社会阶层，实际上已不存在。但侠的精神，却作为一种人生境界进入文学作品中，唐诗中的《侠客行》《结客少年场行》，唐人传奇中的黄衫客、昆仑奴等，都已不是生活的写照，而是一种精神、一种气概的表达，是浪漫情怀和少年气象的呈现。所以，对于文学作品中的豪侠，读者万不可轻易当真，否则便成了"痴人"。

生活中确有这样的"痴人"。比如，《水浒传》里的鲁智深曾大闹五台山，一位托名李贽的晚明评点家认为这才是真正的佛！"若是那班闭眼合掌的和尚，决无成佛之理。何也？外面模样尽好看，佛性反无一些。如鲁智深吃酒打人，无所不为，无所不做，佛性反是完全的，所以到底成了正果。"这番话本是借他人酒杯浇自己块垒，意在表达对假道学或清规戒律的不满，讽刺虚伪，提倡真率，并非鼓励读者效法鲁智深吃酒打人、任性胡为的举动。有人却对这样的话当了真，人生遂成了一笔糊涂账。据晚明袁中道《游居柿录》记载，一个叫常志的年轻和尚，时常听到李贽"称说《水浒》诸人为豪杰，且以鲁智深为真修行，而笑不吃狗肉诸长老为迂腐"，起初还恂恂不觉，后来，跟别人闹了点小矛盾，就想放火烧屋。李贽听说了，大为吃惊，数落了几句，常志便感慨道："李老子不如五台山智证长老远矣。智证长老能容鲁智深，老子独不能容我乎？"仍时时欲学鲁智深行径。李贽性情暴躁，见常志越来越不像话，大为恼火，叫人"押送之归湖上"。途中，押送的人牵马慢了些，常志居然怒目大骂道："汝有几颗头？"其可笑如此。后李贽"恶之甚，遂不能安于湖上，北走长安，竟流落不振以死"。

常志的结局是李贽所始料未及的。站在李贽的角度，鲁智深狂放不羁的意气，鲁智深摧枯拉朽的气概，鲁智深自然纯朴的生命形态，一句话，鲁智深的豪侠精神，对于一个书生来说，不是值得向往的人生境界吗？然而，梦不等于生活。李贽明白梦与生活的区别，坐而论侠，采取的是艺术化的审美态度；常志不明白梦与生活的区别，把梦落实到现实中，起而行侠，于是其生活便荒唐之至，并因其荒唐自食其果。袁中道从这里得出痴人前不得说梦的结论，一语中的，很是精到。

凤四老爹当然是个真正的侠客，但毋庸置疑，他也是与常志有某种相似处的"痴人"。他不是仅仅坐而论侠，而是实实在在起而行侠。只是，他的侠行义举究竟有多大的意义呢？

凤四老爹的原型是甘凤池。甘凤池以侠勇闻名于清雍正年间。据甘熙《白下琐言》卷四记载，有人想试甘凤池的功夫，让他把手臂放在石头上，牛车轮番碾轧，一点伤痕都没有，观看的人无不惊服。他又曾醉后跟人较量功夫，把酒瓮倒立在院子里，两指持竹竿，一足立瓮底，叫众人拉，屹然不动，他一松手，拉的人全摔倒了。

可是，在清朝君臣眼里，甘凤池却是一介"乱民"。当时大江南北有八侠，依次为僧了因、吕四娘、曹仁父、路民瞻、周浔、吕元、白泰官、甘凤池。八人中，了因品行卑劣，为其余七人所共"奸"。这七人，据说皆抱有种族之义，"非徒博侠客之名而已"，难怪雍正皇帝要"严饬天下督抚逮甘凤池等甚急"了。浙江总督李卫并言之凿凿地称甘凤池随身密带书籍，"将各省山川关隘险要形势，攻守机宜，备悉登记"，属于图谋不轨的"奸匪"。吴敬梓强调"而今是四海一家的时候，任你荆轲、聂政，也只好叫做乱民"，即暗示出清廷仇视甘凤池等人这一事实。

在《儒林外史》中，吴敬梓没有赋予凤四老爹蓄意反对清廷的色彩，他基本上是一个与政治不沾边的游侠，这样，凤四老爹的"痴人"性格就得到了突出。他凭着勇武和智谋，帮助人摆平了许多事情，可他帮助的是些什么人呢？一个招摇撞骗的万中书，一个色眯眯的小丝客商人，一个吝啬鬼陈正公。凤四老爹行侠只是一时高兴，他自己觉得乐趣不小，读者却感到意义不大。天目山樵评语说得好：

> 所谓豪杰者，必其人身被奇冤，覆盆难雪，为之排难解纷，斯为义士。下而至于丝客、陈正公之被骗，稍助一力犹之可也。如万中书者，冒官撞骗，本非佳士，特高翰林旧交，秦中书乡愚，慕势因亲及友，于凤四老爹何涉？乃为之出死力以救之，何义之有？正与沈琼枝自己上门、自己入室、又窃物逃走相对。作者连类相及，正见《外史》所书皆瑕瑜互掩之品，读者勿徒艳称之为其所惑。

常志之"痴"，由喜剧而最终成为悲剧；凤四老爹之"痴"，《儒林外史》只写到他出死力做些毫无意义之事的喜剧，但其悲凉意味已隐含于其中。试想，他最终可有安身立命之处？

◎沈琼枝一味负气斗狠为哪般

女侠是唐人传奇中的一种新的人物类型。唐代以前，女性通常只扮演恋爱故事或神仙故事的主角。赋予她们以豪爽远识、奇侠谋勇的剑侠身份，那是唐代传奇作家的创造。她们美丽、飘逸，无论风度还是功夫，都令人钦慕。

唐代女侠形象的塑造，并没有充分的生活依据。中国的女性，一向以闺房为主要活动空间，即使是在胡风盛行的唐代，也绝没有纵横南北、浪迹江湖的美丽青年女子。由此，可以得出一个结论：让女子扮演剑侠，这纯属浪漫的想象。本来，一篇小说中，有了女子穿插其间，便觉生色；倘若这女子风采过人，小说自然更具魅力。女侠只适合于出现在想象的世界中，如果有人试图在生活中扮演女侠，那便不免滑稽，有点像堂吉诃德了。

然而，《儒林外史》中的毗陵女士沈琼枝却正是一个努力将侠的品格落实在实际生活中的喜剧人物。

毗陵是常州的别称。沈琼枝的原型，即清代袁枚《随园诗话》所说的"扬州女子"。据《随园诗话》卷四记载，袁枚任江宁县令时，有个叫张宛玉的女子，初嫁淮北一个姓程的人家，后跟丈夫闹纠纷，私自逃了出来。袁枚提解她时，她在大堂上献上一首诗："五湖深处素馨花，误入淮西估客家。得遇江州白司马，敢将幽怨诉琵琶？"诗写得不错。袁枚怀疑是请人所作，于是宛玉要求面试。袁枚指庭前枯树为题，宛玉当场完成了一首五绝："独立空庭久，朝朝向太阳。何人能手植，移作后庭芳？"有能力即景赋诗，可见张宛玉不是一位冒充的诗人。

张宛玉其人其事，在当时的南京一带曾使舆论着实热闹了一阵子。她私自出逃，性格与普通的弱女子大是不同，但袁枚等人尤为欣赏的还是她的诗才。吴敬梓则以其大胆抗争的性格为基础，塑造了一个以女侠自居、打算征服社会却为社会所征服的既可敬又可笑的人物。

侠女处事，不必遵循常规。沈琼枝即如此。但大一统的天下，人们向来按常规生活，不循常规就免不了碰壁。任侠在承平时代是吃不开的，而一个年轻女子任侠就更吃不开。沈琼枝所经历的正是一次又一次的挫折。

盐商宋为富用娶妾的规格对待沈琼枝，打发家人来吩咐：用一乘轿子，将她抬到府里去。她去了。按常规，这就是同意做妾的表示。但沈琼枝却意在与宋为富斗狠，结果赢了没有呢？没有。宋为富料她飞不到哪里去，压根不理会她。她的父亲沈大年去告状，也被宋为富打通关节，押解回常州去了。

沈琼枝被软禁在宋府，无可奈何，只好买通看守的丫鬟，五更时分，从后门走了，席卷了宋为富房里所有的金银器皿、珍珠首饰。这举动，有些像汉代卓王孙的女儿卓文君，但卓文君夜间出走，是去投奔自己的情人司马相如，沈琼枝投奔谁？这也有些像唐传奇《虬髯客传》中的红拂妓，但红拂妓自有李靖可以依靠，沈琼枝依靠谁？回常州老家，怕人耻笑，她便只好到南京靠卖诗过日子。这位侠女先是自投宋府这张罗网，现在撞破了罗网，又无枝可栖，真是进退两难了。

沈琼枝到了南京，在城里大贴广告："毗陵女士沈琼枝，精工顾绣，写扇作诗。寓王府塘手帕巷内。赐顾者幸认'毗陵沈'招牌便是。"她想象："南京是个好地方，有多少名人在那里，我又会做两句诗……或者遇着些缘法出来也不可知。"谁知大谬不然。杜少卿携着娘子的手游山，还惹得"背后三四个妇女嘻嘻笑笑跟着，两边看的人目眩神摇，不敢仰视"。在旁人眼里，杜少卿携的娘子不是宠妾，便是妓女。是呀，岂有身为夫人而在众目睽睽之下浪游之理？沈琼枝的所作所为又非携手游山所可比拟。一个单身少妇，在市井招揽顾客，还会是良家女子吗？连武书看了她的广告，也疑心她是暗娼。在武书看来，身为暗娼，却又挂起一个招牌来，岂不可笑？岂止是可笑，沈琼枝是自己给自己惹麻烦。自从她挂了招牌，那些好事的恶少，都一传两、两传三地来物色，非止一日，她不胜烦恼地承认："我在南京半年多，凡到我这里来的，不是把我当作倚门之娼，就是疑我为江湖之盗。"她的"缘法"何在？

沈琼枝依然沉浸在对自我的侠女感觉中，一心一意跟人负气斗狠。差人押送她回江都，她不给钱，"走出船舱，跳上岸去，两只小脚就是飞的一般"。两个差人赶着扯她，被她施展拳术，打了一个仰八叉。敢作敢为，独来独往，这都是对豪侠的仿效。武书见过她一面后，观感是："我看这个女人实有些奇。若说他是个邪货，他却不带淫气；若是说他是人家遣出来的婢妾，他却又不带贱气。看他虽是个女流，倒有许多豪侠的光景。"武书的观察相当准确。

或许不应忽略的是《儒林外史》在情节安排上的一个错位。郭孝子论侠，那番话本是针对凤四老爹说的，可为什么要在写萧云仙时说出呢？这一情节错位另有用意。吴敬梓笔下的萧云仙，听从郭孝子的指教，转换人生轨道，不再行侠，而是投军报效朝廷去了。萧云仙以游侠的气概行建功立业之事，果然不同凡响，他一连打了几场胜仗，又建城池、立学校，鼓励农民发展生产。其功业这般卓著，理当受到朝廷的嘉奖并获得晋升。然而不。萧云仙不仅依旧身处下僚，还要在他的名下追赔建城银七千五百二十五两有零，真叫人哭笑不得。

《儒林外史》就这样展示出了生活的真实状态：要么是张铁臂那样的假侠客，要么是有侠义风骨但实际上却无所作为的凤四老爹和到处碰壁的沈琼枝，要么是行侠和入仕都无法实现人生价值的萧云仙。古代文学作品中光彩夺目的侠客在现实生活中是找不到机缘的。吴敬梓写假侠客张铁臂是和写娄府的那些假名士相呼应的，而将真侠凤四老爹安排在虞博士等真儒消磨尽了之后出场，则具有更深一层的含义：不但许多真儒大贤无用武之地，连真侠也不可能有所作为。至于沈琼枝那种如同堂吉诃德斗风车似的"负气斗狠"、萧云仙一心一意报效朝廷却反受惩处，跟凤四老爹行侠一样，其结局都是侠客梦的破灭。吴敬梓如此处理，无疑含有这样的感慨：行侠不可，报效朝廷也不可，没别的选择，只好做隐士了。

"天下有道则见，无道则隐。"真儒和真侠都只有隐居一途，乃是现实"无道"使然。这就是吴敬梓，一个在野儒生，在对整个社会作了长期的观察后所得出的结论。

◎青楼佳人聘娘的素养与白日梦

青楼中的出色女子，在古代文学作品的佳人群像中扮演着重要角色。

一直以来，人们对妓女的评价，常常趋于两个极端。一方面，老成持重或道德信念强烈的人们，通常用鄙夷的目光斜视那个角落，内心充满了痛恨与厌恶。《儒林外史》里，董老太就说："自古道：船载的金银，填不满烟花债。他们这样人家，是甚么有良心的！把银子用完，他就屁股也不朝你了。"这大约能够代表一般人的看法。

另一方面，青楼中确实不乏才色俱佳的女子，苏小小、薛涛、柳如是、董小宛等，算得她们中的佼佼者。这些女子，由于摆脱了制约普通女性的规范及生活轨道，集中精力发展其艺术才能，经营有着浓郁艺术氛围的生活，因而在某些方面别具魅力，以至成为士大夫文人流连甚至钟情的对象。在大量以风月为题材的小说、戏曲中，正是这类佳人，令才子们心仪不已。

秦淮河畔的上等妓女，其人生内容之一是与"名士"交往。吴敬梓介绍说：

那有几分颜色的，也不肯胡乱接人。又有那一宗老帮闲，专到这些人家来替他烧香，擦炉，安排花盆，揩抹桌椅，教琴棋书画。那些妓女们相与的孤老多了，却也要几个名士来往，觉得破破俗。

来宾楼的聘娘便是上等妓女之一，邹泰来便是教聘娘下棋的老帮闲，吐属隽雅、又跟国公府沾亲的诗人陈木南则是聘娘相与的"名士"。

聘娘是个"门户人家"，却自视甚高，自命不凡，不肯降低了自己的身份。当鸨母醉涎涎地提起国公府里的娘娘"不知怎样像画儿上的美人"，若是陈木南将聘娘带去，必然被比下来时，聘娘不以为然地说："人生在世上，只要生的好，那在乎贵贱！难道做官的、有钱的女人都是好看的？我旧年在石观音庵烧香，遇着国公府里十几乘轿子下来，一个个团头团脸的，也没有甚么出奇！"聘娘说的，倒也是实情。

聘娘的房间布置得相当雅致。窗前花梨桌上安着镜台，墙上悬着一幅文化名人陈眉公的画，壁桌上供着一尊玉观音，两边放着八张水磨楠木椅子……如此陈设，再配上那喷鼻的香以及纤纤素手的聘娘，情调就有些醉人了。

聘娘与陈木南的交往，是她风尘生涯中的一件盛事。她用宜兴壶、银针茶泡雨水请陈木南喝，用檀香屑泡热水请陈木南洗脚，这一切都异乎寻常。她的院中姐妹们也"人同此心"，兴冲冲地向她建议："聘娘今日接了贵人，盒子会明日在你家做，份子是你一个人出！"盒子会是妓女们的盛会，《儒林外史》对此所作的叙写颇为简略："又有一个盒子会，邀集多人，治备极精巧的时样饮馔，都要一家赛过一家。"这与盒子会的隆重颇不相称。还是明代沈周《盒子会辞》谈得详尽些。他告诉我们：南京的妓院，那些长相和技艺都大为出色的妓女，或二十、三十姓，结为"手帕姊妹"。每到上灯节，便会备办各种肉类食品、菜类食品和果类食品，互相比赛，名为"盒子会"。凡有奇品者为胜，输的必须向胜的敬酒。她们的相好，也来挟金助会，厌厌夜饮，满月才结束。酒席间设灯奏乐，个个施展其技能。清初孔尚任《桃花扇》也描写过盒子会"逢令节，齐斗新妆……有海错、江瑶、玉液浆……拨琴阮，笙箫嘹亮"的有趣情景。

　　一个是名妓，一个是名士，他们的生活，照例该风流旖旎才是。事实也似乎真是如此。陈木南与邹泰来下棋便是表现其风流旖旎的细节之一：

> 　　这一盘，邹泰来却被杀死四五块。陈木南正在暗欢喜，又被他生出一个劫来，打个不清，陈木南又要输了。聘娘手里抱了乌云覆雪的猫，望上一扑，那棋就乱了。两人大笑，站起身来，恰好虔婆来说："酒席齐备。"

聘娘的举动是向唐明皇的宠妃杨玉环学来的。据五代王仁裕《开元天宝遗事》记载：一天，唐明皇跟亲王下棋，杨贵妃站在棋盘前观看，明皇眼看就要输了，贵妃忙将她养的宠物康国小狗放上棋盘，把棋局搅乱。明皇非常得意。《儒林外史》将狗改为猫，一般读者更容易接受。

　　齐省堂本关于上一细节有句评语："用杨太真（杨玉环，号太真）故事恰好。"为什么"恰好"呢？

　　这个细节是对聘娘自命不凡性情的生动揭示。聘娘何许人？妓女也。太真何许人？贵妃也。妓女与贵妃，其间的社会等级差距，不可以道里计。但在聘娘看来，这一差距迟早总会消除。她最喜欢相与官员，也自以为做个官太太乃理所当然。她曾问陈木南："你几时才做官？"陈木南道："这话我不告诉别人，怎肯瞒你？我大表兄在京里已是把我荐了，再过一年，我就可以得个知府的前程。你若有心于我，我将来和你妈说了，拿几百两银子赎了你，同到任上去。"聘娘听了他这话，当晚便做了一梦，梦见陈木南果然升授杭州府正堂，聘娘正式成了知府夫人，连凤冠霞帔都穿戴上了。聘娘与贵妃的差距不是已经缩小了吗？她在实际生活中模仿一下杨贵妃，有何不可？

　　聘娘时时以贵夫人自期，努力向杨贵妃看齐，其自觉性之高，超出了一般读者的想象。比如说，妓女的生活中免不了唱曲子，但聘娘唱得最好的恰是李白的《清平》三调，"十六楼没有一个赛得过他"。而李白《清平》三调正是为杨贵妃写的。据宋初乐史《杨太真外传》，唐玄宗开元年间，一天，牡丹盛开，玄宗带着杨贵妃及李龟年等宫廷艺人来赏玩。他兴致极高，说："赏名花，对妃子，哪里用得着旧乐词？"当即派人召来醉中的李白，让他呈进《清平乐词》三篇，李白"因援笔赋之"。《清平乐词》三篇，简称《清平》三调，是李白的一首相当著名的诗，头一句"云想衣裳花想容"，就是描写杨贵妃的。聘娘心中时时有一个杨贵妃在，她仰慕贵妃的色艺，更是歆羡贵妃凭借色艺所获得的社会地位。

聘娘自视为杨贵妃一流人，做知府夫人只是她起码的人生理想，但吴敬梓却和她大大地开了个玩笑，窈窕佳人，竟作禅关之客，聘娘最终剃光了头，出家去了。富贵风流的"杨贵妃"何在？凤冠霞帔的知府夫人何在？从这个意义上看，用杨贵妃的故事又是对聘娘未来生活的反照，一个对比强烈、喜剧兼悲剧的反照。

◎天真的"名士"被青楼名妓涮了一把

丁言志与聘娘这一对"才子佳人"，比之聘娘与陈木南，其交往具有更多的喜剧意味。

中国男女之间，至少从唐代起，文士与妓女交往已成为时尚。唐代孙棨《北里志·序》告诉我们，唐代的上等妓女，通常善歌舞，通诗书，能交际，长谈吐，衡量人物，风流之至。她们时常与达官贵人周旋，尤其是当朝士宴聚、文人会饮之时，更少不了她们的曼舞轻歌。在才情与才情的交流中，在容貌与风度的玩赏中，文士们有可能对妓女产生初恋一般的爱，一种沉醉的、不由自主的情感。

唐代传奇小说大量描写文士与妓女的恋爱，努力创造浪漫氛围，与现实人生并不是一回事。比如，其作者完全无视与妓女交往的森然可怖的一面或铜臭气息。唐代白行简的《李娃传》倒是揭示出妓院作为销金窟的龌龊一面：郑生在这里仅一年多时间，就花掉了所有的"薪储之费"，先是卖马，接着卖家童，直至"资财仆马荡然"，然后被鸨母和李娃设计逐出妓院。但白行简将计逐郑生的罪过委之于鸨母，后又饱含欣赏之情地刻画了李娃的善良、纯洁和高贵，并一厢情愿地让皇帝封她为汧国夫人。遵从情感浪漫主义的传奇小说家不愿损坏这片浪漫国土的浪漫情调，他们关注的是文士与妓女之间风流旖旎的社交生活。如此看来，小说中文士与妓女的遇合，远不能与真实的人生相提并论。作者姑妄言之，读者姑妄听之，在艺术的境界中徜徉片刻，这就够了。倘若认虚为实，竟在生活中以才子自居，到青楼中去寻找心心相印的佳人，那就免不了演成悲剧，至少会闹笑话。

《儒林外史》就讲述了这样一个笑话。以诗人自居的丁言志听说来宾楼的聘娘爱诗，极为歆羡，极为兴奋："青楼中的人也晓得爱才，这就雅极了！"兴奋之余，第二天就带了一卷诗，换了几件半新不旧的衣服，戴了一顶作为秀才标志的方巾，去来宾楼和聘娘谈诗。结果如何呢？聘娘以其青楼女子的本色把丁言志好好地奚落了一番，开口就要他"拿出花钱来"。看到丁言志的花钱只是二十个铜钱，不禁满怀鄙夷地大笑道："你这个钱，只好送给仪征丰家巷的捞毛的，不要玷污了我的桌子！快些收了回去买烧饼吃罢！"所谓"丰家巷的"，指下等妓女。《儒林外史》第四十二回写汤六老爷与丰家巷的细姑娘、顺姑娘的一番调情，可见其格调之卑俗：

　　　　吃过了茶，（汤六老爷）拿出一袋子槟榔来，放在嘴里乱嚼，嚼的淬淬渣渣，淌出来，满胡子，满嘴唇，左边一擦，右边一偎，都偎擦在两个姑娘的脸巴子上。姑娘们拿出汗巾子来揩，他又夺过去擦夹肢窝。

名士与名妓向来并提。丁言志以名士自居，名妓聘娘却不许他开口，丁言志的名士资格也就要大打折扣了。

丁言志碰壁，在于他不通世情。聘娘这样的名妓，相与的孤老多了，的确也想与几个名士来往，以此来"破破俗"。陈木南之受聘娘抬举，他会写诗自是前提之一。但另外两点却更为重要：第一，他是国公府内徐九公子的表兄。"相与了他，就可结交徐九公子，可不是好！"故聘娘乐于招揽。第二，花钱如流水，颇有"大老官"的派头。仅《儒林外史》中提到的，徐九公子就帮衬了陈木南两次，共四百两银子，全花在了聘娘身上。相形之下，二十个铜钱的丁言志居然想与聘娘谈诗，岂不是太小看这位名妓了吗？聘娘撵他到丰家巷去，没有什么可奇怪的，他活该挨一顿嘲笑。

不通世情的人，也不会懂得文学。清人章学诚《文史通义》卷五《诗话》谈到唐人传奇时说，其内容"大抵情钟男女，不外离合悲欢。红拂辞杨，绣襦报郑，韩、李缘通落叶，崔、张情导琴心，以及明珠生还，小玉死报"一类。在对这类"情钟男女"的故事作进一步分析时，章学诚指出，其作者采取的并不是写实的态度，"其始不过淫思古意，辞客寄怀，犹诗家之乐府古艳诸篇也"。一句话，其中别有寄托。章学诚说得太中肯了，唐人小说中大量的妓女爱才故事，一段段"一夕之盟，终身不改"的佳话，说穿了都只是作者的寄怀。丁言志想在生活中享受到这种笙箫细响的温馨，实在是太天真了。

吴敬梓以观察社会见长，对青楼的真相有切实的了解。他用丁言志与聘娘这一对名士与名妓的故事，解构了唐传奇以降描写才子佳人遇合的情感理想主义传统。这一解构既表明了偏于寄托的情感理想主义的没落，又显示了现实人生的极度薄恶和功利化。

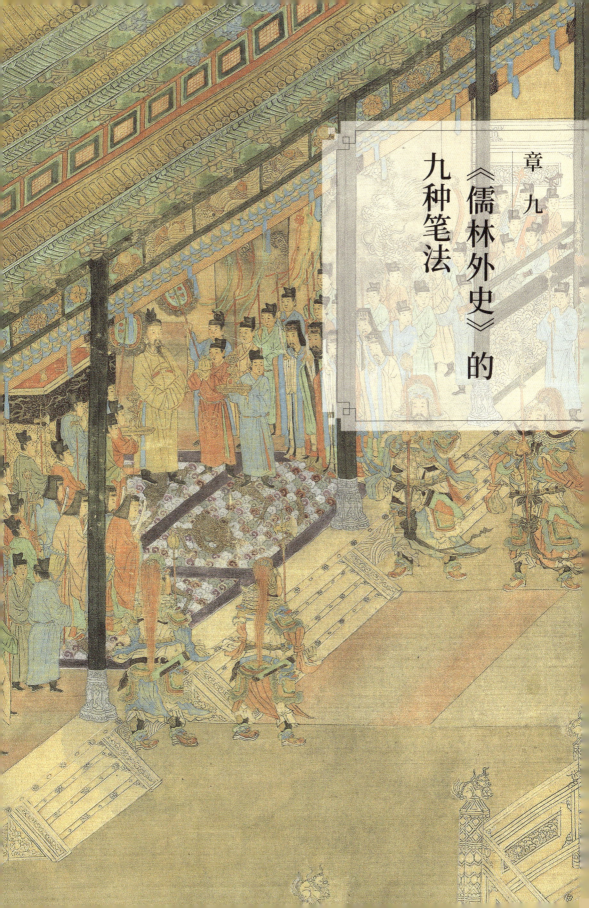

章九
《儒林外史》的
九种笔法

　　《儒林外史》不仅是一部凝聚着人生智慧的书，也是一部凝聚着小说智慧的书，当人生智慧与小说智慧融为一体时，就形成了特有的笔法，或特别有表现力的笔法。吴敬梓以诗情画意入小说，为超凡脱俗的隐逸品格设置了一个清新的背景；以游记笔法写南京风物，表达了他对南京的深情；用类似于史家传记的方式庄重平实地叙写"书中第一人"虞博士，以展现虞育德的贤人风范；用直接心理描写揭示礼贤下士的表演意味，启发读者反思历史上的种种戴着面具的政治表演；用类似于用典的方式戏拟历史上的"三顾茅庐"，以讽刺失去了现实感的娄家两位公子；让立场不同、性情不同的局内人对同一人物展开评价，生活以原生态呈现在读者面前，文本解读因而充满了多种可能性；又让几位局内人相互鄙薄，相互揭短，在多声部的合奏中达到一箭双雕甚至一箭数雕的讽刺效果；其丰富多彩的拆谎技巧，让读者充分体会到了阅读讽刺小说的愉悦；以前后对比写同一人物，尤其意味深长。这里所说的九种笔法，并未穷尽《儒林外史》之胜，但尝鼎一脔，我们对《儒林外史》的"伟大"确实可以获得较为深刻的印象。

◎以诗情画意入小说

《儒林外史》的风景描写在古典小说中是首屈一指的。开卷第一回，我们便看到一幅透亮之至的画面：

> 王冕放牛倦了，在绿草地上坐着。须臾，浓云密布，一阵大雨过了。那黑云边上镶着白云，渐渐散去，透出一派日光来，照耀得满湖通红。湖边上山，青一块，紫一块，绿一块。树枝上都像水洗过一番的，尤其绿得可爱。湖里有十来枝荷花，苞子上清水滴滴，荷叶上水珠滚来滚去。王冕看了一回，心里想道："古人说'人在画图中'，其实不错。可惜我这里没有一个画工，把这荷花画他几枝，也觉有趣。"

这一画面，令人想起宋代蔡襄的《段家堤西望晚山》诗："月下西山千万重，日光山气郁葱笼。鲛绡数幅须移得，惆怅如今无画工。"一个说"可惜我这里没有一个画工"，一个说"惆怅如今无画工"，表明他们眼中的景物，无论色彩还是构图，都与山水画相近。

中国古代山水画的形成可以追溯到魏晋南北朝时期，彼时的魏晋名士在山水与自我的精神意趣之间建立了深刻联系。自然是清纯的、玄远的，而现实是污浊的、凡近的；走向自然，就是赋予人生以超尘脱俗的意味。南朝宋宗炳在《画山水序》中交代：他因为喜欢各地的名山，遂将它们绘入画中，其目的是要将自我的心灵安顿在山水中，在山水中"畅神"。这，就是我们所说的隐逸性格。

山水画的隐逸传统，吴敬梓当比我们更为了然。他笔下的画家王冕，即自始至终是一名隐士。王冕所引以为榜样的是段干木和泄柳。泄柳，春秋时人，鲁穆公请他做官，他关门不见；段干木，战国时人，魏文侯请他做官，他跳墙跑掉。王冕执意隐居，遁世避俗，与段干木、泄柳的人生境界相近。

以隐士王冕的形象隐括全文，表露了吴敬梓以隐为高的创作旨趣。实际上，《儒林外史》大加赞许的几乎全是隐士或具有隐士品格的人。虞育德虽中过进士，做了南京国子监博士，却无"学博气"，尤其无进士气，"襟怀冲淡，上而伯夷、柳下惠，下而陶靖节一流人物"。庄绍光受到天子的征聘，却辞爵还家，一心一意在玄武湖中悠闲自在。杜少卿自以为走出去做不出什么事业，甘愿隐居秦淮河畔。至于《儒林外史》结尾处的四大市井奇人，或隐于书，或隐于棋，或隐于画，或隐于琴，谁跟官场沾过边？谁跟势利沾过边？

中国古代的山水画，讲求可观、可卧、可游，实际上是要加强山水在隐士心目中的亲切感。否则，可望而不可即，岂不是疏远了人与山水的关系？王维的山水诗也突出了这种亲切感。诗人就生活在山水中，朝夕相处，息息相关，你中有我，我中有你；他不把游山玩水写成艰难的追寻，也不让情、景分离，而是叫人与山水、情与景，自然和谐地打成一片。例如他的《竹里馆》：

独坐幽篁里，弹琴复长啸。

深林人不知，明月来相照。

独坐的诗人与幽篁同时亮相，山水点缀了人的生活，人也点缀了山水风光。隐者的情感是丰富的，但不必另外点出，展开着的景物中已经蕴含着诗人的情思，玩味景物亦即玩味着心灵。

隐士的人生偏于逸的一路，与隐士密不可分的山水诗也洋溢出逸的情调。从选择的意象看，空山、幽谷、白云、古寺、曲径、寒松、落花、啼鸟，较之艳阳、红花、暴风、骤雨等出现的频率要高出许多；从表达的情绪看，闲适恬淡、自我解脱、宁静幽雅、淡泊无为，构成其主体部分；从艺术表现看，李白那样的大声鞺鞳的山水诗在王维、孟浩然的诗里极为少见，一般都是节奏舒缓、语调平和的；从审美效果看，这类作品并不引导读者进入亢奋、激动的状态，而是令人忘却尘世，忘却繁华，忘却纷争，缓缓地沉入幽深澄明之境，这是一片远于尘俗的空间。

《儒林外史》的风景描写，其旨趣与王维的山水诗大体一致。比如，第三十五回写庄绍光隐居玄武湖：

这湖是极宽阔的地方，和西湖也差不多大。左边台城望见鸡鸣寺。那湖中菱、藕、莲、芡，每年出几千石。湖内七十二只打鱼船，南京满城每早卖的都是这湖鱼。湖中间五座大洲：四座洲贮了图籍，中间洲上一所大花园，赐与庄征君住，有几十间房子。园里合抱的老树，梅花、桃、李、芭蕉、桂、菊，四时不断的花。又有一园的竹子，有数万竿。园内轩窗四启，看着湖光山色，真如仙境。门口系了一只船，要往那边，在湖里渡了过去。若把这船收过，那边飞也飞不过来。庄征君就住在花园。

庄绍光与玄武湖的关系，他一句话点题："这些湖光山色都是我们的了！"是的，山水与隐士的关系是异常亲密的，它不是外于隐士的遥远的风景，而是隐士生活的一个组成部分。这里，《儒林外史》虽然提到"四时不断的花"，但一个表示色彩的词都未用。是的，山林隐逸，哪能容得下绚烂的风格？吴敬梓也偏爱淡墨、寒色、幽景。

也许，王冕眼里的那幅透亮之至的图画会被认为与使用淡墨的原则不符。其实不然，表面看来，这里也涂染了绿、白、红、青、紫多种颜色，但细加品味，却不难发现，吴敬梓只是以粗疏之笔写了他曾见过的江南水乡美景，与细腻的工笔大为不同。这个《儒林外史》中色调最为鲜明的片段尚且给人恬淡之感，别的就更是如此了。比如王冕的居处环境：屋后有一面大水塘，塘边栽满了榆树、桑树；远处是一座山，青翠葱茏，树木繁茂。这里，吴敬梓写山写水，却始终聚焦于墨绿色的树，而墨绿色正是典型的淡色。

《儒林外史》第五十五回的描写也值得品味：

> 一日，荆元吃过了饭，思量没事，一径踱到清凉山来。这清凉山是城西极幽静的所在。他有一个老朋友，姓于，住在山背后。那于老者也不读书，也不做生意，养了五个儿子，最长的四十多岁，小儿子也有二十多岁。老者督率着他五个儿子灌园。那园却有二三百亩大，中间空隙之地，种了许多花卉，堆

着几块石头。老者就在那旁边盖了几间茅草房，手植的几树梧桐，长到三四十围大。老者看看儿子灌了园，也就到茅斋生起火来，煨好了茶，吃着，看那园中的新绿。

对此，荆元评论道："古人动说桃源避世，我想起来，那里要甚么桃源？只如老爹这样清闲自在，住在这样城市山林的所在，就是现在的活神仙了！"

如果说山水田园诗只是隐士的梦境，于老者的生活也只是吴敬梓的梦境。桃花源本来就与现实无缘，但非现实的描写蕴含着一个现实的选择：邦无道则隐，绝不与世俗同流合污！

◎以游记笔法写南京风物

吴敬梓隐居南京的秦淮河畔，度过了后半生的大部分时间。晚年自号"秦淮寓客"，表明他对秦淮一往情深。

除秦淮风景外，吴敬梓对南京的其他名胜亦给予了生机盎然的描绘，如雨花台、玄武湖、莫愁湖、瞻园等。且让我们随着《儒林外史》的记叙来一次神游，重温吴敬梓的一段人生。

雨花台。杜慎卿、萧金铉等游览雨花台时，先看岗子上的庙宇，然后登上山顶远眺，接着坐在草地上清谈，时间拖得很长，景物也展示得较为繁复。但"那长江如一条白练"及"我和你到永宁泉吃一壶水，回来再到雨花台看看落照"二句，仍使读者神情为之一振。盖宽登上雨花台绝顶时所见到的景象，更能唤起读者的神往之情：

望着隔江的山色，岚翠鲜明，那江中来往的船只，帆樯历历可数。那一轮红日，沉沉的傍着山头下去了。

雨花台位于今南京市城南中华门外，高约一百米，长约三千米。三国时，因山岗上盛产五色鹅卵石（玛瑙石），又名玛瑙岗、石子岗、聚宝山。这种石子来自长江上游，色彩艳丽，称雨花石。雨花台由此得名。据说六朝的云光法师在这里讲经，感动天神，落花如雨，故名雨花台，虽出于想象，却极富美感。吴敬梓《金陵景物图诗·雨花台》记述过这些情形，并提到山上有方正学、景忠介二先生祠，雨花台附近有永宁泉，泉水异常清冽。

雨花台很早就已成为诗中胜景。在雨花台上看长江，望落日，气象开阔，明初高启的《登金陵雨花台望大江》即曾写道："我怀郁塞何由开？酒酣走上城南台。坐觉苍茫万古意，远自荒烟落日之中来。"高启在日落时分登临，而所望的正是大江。明末黄周星的《秋日与杜子过高座寺登雨花台》也有"天为幽人驻夕阳"的诗句。

清凉山。杜少卿携娘子游清凉山时，但见高高下下的竹林，可见其幽静。因为竹的品格，从来就与喧闹无关。所以，《儒林外史》第五十五回特别交代这清凉山是城西极幽静的所在。它位于今南京市西北，又名石头山。山上有清凉寺、扫叶楼、翠微亭、石城虎踞及六朝、南唐遗井等古迹。清凉寺在五代十国杨吴时名兴教寺；南唐建清凉道场，相传李煜常在此避暑；宋代改名为清凉讲惠寺。北宋孔武仲有一首《清凉寺》，其尾联是："云庵快望穷千里，一借澄江洗客忧。"隐隐透出一种幽静的情趣。清凉山上的姚园，《儒林外史》天目山樵评语说："即后来随园也。园亦不甚大，而称极大，盖借景于园外，简斋（袁枚号简斋，又号随园）固已自言之。然诗话（指《随园诗话》）中又冒称即《红楼梦》之大观园，则又严贡生、匡超人、牛浦郎辈笔意也。"然乎？不然乎？

玄武湖。在《儒林外史》中，这是庄绍光隐居之处，物产颇为丰富。但玄武湖的魅力更在于风景优美，尤其是中间洲上庄征君住的那所花园，有如仙境。在这儿隐居，可谓惬意之至了。

玄武湖位于今南京市东北玄武门外。湖中有五座大洲，靠近玄武门的是环洲；环洲向东是樱洲（又名连萼洲）；环洲北面是梁洲（又名旧洲），在五洲中开辟最早，风景最胜；梁洲东是翠洲（旧名麟趾洲）；从环洲向东到菱洲，南通台城。南朝刘宋以前，玄武湖先后名为桑泊湖、后湖、练湖、蒋陵湖、北湖，宋文帝刘义隆时，湖中出现"黑龙"，遂改名玄武湖。

莫愁湖。这是杜慎卿逞风流定梨园榜之处。对于这一片名胜之区，吴敬梓感兴趣的，似乎主要是轩窗四启的湖亭。置身其中，四望都是湖水，当夏日的熏风从水面吹过，波纹如縠，谁能不产生一种陶然如醉的感觉？难怪吴敬梓不仅在《金陵景物图诗·莫愁湖》诗序中加以描绘，而且在《儒林外史》中大加渲染了。湖在今南京市水西门外，水陆面积达七百余亩。湖面宽阔，周长五公里。六朝时，此地是大江的一部分，唐时称为横塘；北宋初乐史著《太平寰宇记》，才有莫愁湖之名。但在传说中，莫愁湖早在南齐就有了，据说那时有个洛阳少女远嫁江东卢家，住在湖滨，故名。

瞻园。徐九公子邀表兄陈木南于积雪初霁时来瞻园赏梅,《儒林外史》就此对瞻园铺陈了一番:

> 只见那园里高高低低都是太湖石堆的玲珑山子,山子上的雪还不曾融尽。徐九公子让陈木南沿着栏杆,曲曲折折,来到亭子上。那亭子是园中最高处,望着那园中几百树梅花,都微微含着红萼。……天气昏暗了,那几百树梅花上都悬了羊角灯,磊磊落落,点将起来,就如千点明珠,高下照耀,越掩映着那梅花枝干横斜可爱。

瞻园位于今南京市城内夫子庙西瞻园路,明初是中山王徐达的府邸花园。徐达,字天德,濠州(今安徽凤阳)人,初与朱元璋同为郭子兴部将,后从朱元璋征略四方,受命为大将军,兼并张士诚,北伐灭元,功勋卓著。功成归朝,累官中书右丞相,封魏国公,死后追封中山王。徐九公子即徐达的后人。清代的乾隆皇帝曾到过瞻园,至今园门上还嵌有乾隆手书"瞻园"的石刻。吴敬梓以白雪红梅衬其高朗,以"千点明珠"似的羊角灯状其豪华,可谓得其神髓。

从吴敬梓对南京几处名胜的记叙,至少可归纳出三个要点:吴敬梓对南京满怀深情;他采用的是写实的笔墨,具有与古代风土笔记、游记散文一样高的精确性,这在明清时代的白话小说中颇为罕见;惯以淡墨写景,与小说家崇尚隐逸的审美理想吻合。

吴敬梓对西湖的调侃与他对南京的好感正好成为对照。作家热爱淡色,南京的清凉山、玄武湖,他都为之配备了隐士以加强那种超越世俗的意味；而对大名鼎鼎的西湖，他却让马二先生去游，一片滑稽，令读者捧腹大笑。我们只见马二先生身子又长，戴一顶高方巾，一副乌黑的脸，腆着个肚子，穿一双厚底破靴，茫无头绪地乱撞一气。吸引他的是各种各样的看馔和他的八股选本。后来，登临吴山，看到湖光山色，若隐若现，马二先生终于有所会心。然而，他发出的赞叹却是："真乃'载华岳而不重，振河海而不泄，万物载焉！'"这是"四书"之一的《中庸》里写"地"的话，用来表达对江南山水的审美感受，近于将马二先生放在一群花团锦簇的女客中，或近于选家卫体善、随岑庵将八股文承上启下的套语"且夫""尝谓"以及"文章批语上采下来的几个字眼"写在诗中，其不协调几乎到了触目惊心的地步。

马二先生游西湖，有两个细节颇为生动。一个细节是马二先生看人"请仙"，不知道李清照、苏若兰、朱淑真为何许人；另一个细节是在去丁仙祠的小路上，见石壁上有许多名人的诗词，马二先生也不看它。经由这一次游历，吴敬梓将一个毫无诗人气质的八股行家的形象活生生地展现在读者面前，也把西湖着实调侃了一番。

吴敬梓何以如此鄙薄西湖？原来是因为西湖毫无隐逸气象，倒是颇多市井风情。晚明张岱《西湖梦寻》提到他的弟弟毅孺，常将西湖比作美人，将湘湖比为隐士，将鉴湖比为神仙。张岱本人则以为，西湖更像名妓，声色俱丽，倚门献笑，人人都可以和她亲昵，其品格不高。与张岱相近，吴敬梓亦訾议华艳照人的西湖，崇尚疏逸散淡的清凉山、玄武湖，其趣味无疑偏于冲寂幽静。

◎用正笔直笔写"书中第一人"

《儒林外史》第三十六回的回目是"常熟县真儒降生，泰伯祠名贤主祭"，所谓"真儒""名贤"，指的是虞博士。他出生在麟绂镇。在古代，麟被认为是一种象征祥瑞的异兽。因此，天目山樵的评语认为，虞博士出生于麟绂镇，就表明他在《儒林外史》中实际上处于圣人的位置，具有异乎寻常的重要性。

杜少卿对虞博士的评语大体确定了《儒林外史》塑造这个人物的基调：

> 这人大是不同，不但无学博气，尤其无进士气。他襟怀冲淡，上而伯夷、柳下惠，下而陶靖节一流人物。

伯夷、柳下惠、陶靖节（陶渊明）都是中国历史上以品格高尚著称的隐士，不食周粟、采薇而死的伯夷更是被孔子推崇为"古之贤人"。中唐韩愈热情洋溢地写过一篇《伯夷颂》，认为朗朗日月，不足以喻其明；巍巍泰山，不足以喻其高；天长地阔，也容不下他特立独行的豪杰之气。吴敬梓以虞博士比伯夷，正是把他作为《儒林外史》第一人来写的。

写小人易，写君子难；写寻常的君子易，写超凡的君子难。这是小说创作中的普遍现象。对虞博士这样一个名贤，怎样用笔，才算恰当呢？

　　《三国演义》也曾推出一个超凡的人物，即诸葛亮。罗贯中大量采用了第三人称限知叙事的手法。刘备三顾茅庐时，小说家有意放弃了全知全能的资格，宁愿跟着刘备做个初到隆中的陌生人。所有的信息都从刘备那儿来，刘备见到的、听到的，《三国演义》才写；刘备见不到的、听不到的，《三国演义》就不写。一切以刘备的所见所闻所知所了解为限，这便是第三人称限知叙事，又叫单人物角度，也叫有限范围内的全知作者。其特点，正如美国利昂·塞米利安在其《现代小说美学》一书中所讲，作者被限定在某种范围之内，叙述者即作者不再同所有的人物处于相同的距离，他只同其中一个人物比较接近，我们只能从这个人物那里得到信息，作者不能告诉读者这个人物所不知道的东西。

　　第三人称限知叙事有助于将对象保持在神秘状态。模糊其自身的价值，会使潜伏在背景上的隐约可见的影子产生阴险和恐怖的气氛。正所谓"披上面纱的女人往往更具诱惑力"，好莱坞电影界经常采用避免他们的明星在公众场合露面的做法来维护他们的魅力，就是基于这一原理。同样，描写的有限性和推测性也能使对象显得神秘莫测，第三人称限知叙事因而常被用于处理非凡的人物或超常的境界。《三国演义》写诸葛亮就是如此。这个《三国演义》中的第一号人物，迟迟不出场；出场时，作者又为他安排了刘备三顾茅庐的仪式。在卧龙岗上，刘备是个初来乍到的陌生人，他对一切都不甚了然，这就免不了误会，免不了作推测性的判断。在一次又一次的误会和推测中，诸葛亮越来越显得神秘。清初毛宗岗对这一情节就有过评价：这一回着力写诸葛亮，但诸葛亮并未正面出场。原来，善于写"妙人"的作家，往往不在实处写，而在虚处写。写他如同闲云野鹤，踪迹不定，才给人远离尘世之感；写他如同威凤祥麟，难以目睹，才给人以气象森严之感。毛宗岗说得很对。从阅读感受来看，一个隐约可见的形象比一个清晰完整的形象，自然更加吸引人。

第三人称限知叙事有这么明显的好处，何以吴敬梓在塑造虞博士这一人物时，居然没有采用？原因何在？是吴敬梓不懂这一技巧吗？

当然不是。《儒林外史》开卷第一回就曾娴熟地运用这一技巧来驾驭情节：那天，王冕在七泖湖畔放牛，只见那边走过三个人来，你一句，我一句，说个不停。他们姓甚名谁？王冕不知道，作者也就不作交代。吴敬梓的这一模糊化处理，成功地使这三个读书人成为全书中所有沉沦在功名富贵欲望中的读书人的一个象征、一个隐喻。他们越抽象，越神秘，象征和隐喻的功能就越强。

吴敬梓如此擅长第三人称限知叙事，却不用来刻画虞博士，其中必有缘故。这里提出两点解释供读者参考。

第一，吴敬梓不想把虞育德写成一个神秘莫测的人物。读《儒林外史》，我们深切地感到，在描写那些不可理解、不可接近的人物时，吴敬梓格外乐于用第三人称限知叙事，比如他写杨执中、权勿用，就是如此。作家以此表现他们的不合常情，表现他们令人迷惑不解的言行；在观察者和人物之间，设置一道鸿沟，使杨执中、权勿用几乎不再是我们这个正常世界的一员。

虞育德是吴敬梓笔下的真儒。他与汉代的董仲舒不同，与宋代的朱熹等也不同，他更接近于原始的儒家，比如孔子。其性格浑雅、冲淡，绝不故立崖岸，绝不故作庄重；在日常生活中，他平凡无奇，也有弱点。比如，他答应过同僚照应武书的请托；他考过举人，考过进士，还做了官；他也辛辛苦苦地挣钱养家；对那个没法管教的侄儿，他答应其不合理要求；还开释过在考场作弊的监生……但他鄙视功名富贵的崇高人格，并未因此被遮掩。从他的平易近人的生活中，我们领略到真儒的纯粹与古趣。塑造这样一个寓伟大于平凡的形象，用不着故作神秘。在吴敬梓看来，故作神秘是假名士的勾当。

第二，《儒林外史》以"史"为名，写作手法也多有借鉴正史之处。虞博士是《儒林外史》中的第一号人物，作者用笔必须郑重，并有意泯灭技巧的痕迹。清代词论家有"重、拙、大"的说法，古代中国人以缓步慢声为持重，的确，内在的"重"经常伴随着表相的"拙"——即回避机智、回避技巧。吴敬梓写虞博士，即遵循这一原则。卧闲草堂评语说：

> 此篇纯用正笔、直笔，不用一旁笔、曲笔，是以文字无峭拔凌驾处。然细想此篇最难措笔，虞博士是书中第一人，纯正无疵，如太羹元酒，虽有易牙，无从施其烹饪之巧……尝谓太史公一生好奇，如程婴立赵孤诸事，不知见自何书，极力点缀，句句欲活；及作《夏本纪》，亦不得不恭恭敬敬将《尚书》录入。非子长之才，长于写秦汉，短于写三代，正是其量体裁衣、相题立格，有不得不如此者耳。

◎用直接心理描写揭示"礼贤下士"的表演意味

说来读书人的处境是颇为尴尬的。一方面，他们是道的承担者，但另一方面，他们又并不拥有实际的政治权力，也就是说，他们参与治理天下的过程，可能就是其依附政治领袖的过程，士阶层如何既保持自身的尊严，又实现其济天下的抱负，便成为一个现实的难题。早期知识阶层提供的解决方案是：士以帝王师自处，君王则以师礼待士。据西汉刘向编撰的《说苑》记载，郭隗曾请燕昭王以师礼尊贤，他的理由是：帝者之臣，其名义是臣子，其实质是师父；王者之臣，其名义是臣子，其实质是朋友；霸者之臣，其名义是臣子，其实质是仆从；危国之臣，其名义是臣子，其实质是奴隶。如果君王以颐指气使的态度寻找臣子，那么到来的只是执劳役供使唤的人；以宾主相见的礼节对待臣子，那么到来的就是人臣之才；以彼此平等的礼节相待，那么可以做您朋友的人才就来了；以谦卑虚心的态度相待，那么足以做您师父的人才就来了。有了师父之才做大臣，就上可以称王，下可以称霸。郭隗的心理战术是高明的：在把士抬高为"师"的同时，也把君王抬高为"帝"。这样，妨碍政治领袖们礼贤下士的心理障碍就容易被克服一些了。

如果说，战国时代的礼贤下士常常只是君王的一种姿态，只是为了满足士阶层的自尊心，或赢得士人的"为知己者死"的忠诚，那么，秦汉以降的帝制政权下的礼贤下士，其政治表演意味就更为浓重。比如《三国演义》中三顾茅庐的故事，即不免装腔作势的意味，清初毛宗岗在第三十七回的回前总评中说：

> 每到玄德访孔明处，必夹写张翼德几句性急语以衬之。或谓孔明妆腔，玄德做势，一对空头，不若张翼德十分老实。予笑曰：为此言者，以论今人则可，以论玄德、孔明则不可。孔明真正养重，非比今人之本欲求售，只因索价，假意留难；玄德真正慕贤，非比今人之本不爱客，只因好名，虚修礼貌也。

毛宗岗的辩护自有其理由，《三国演义》关于君臣关系的描写几乎就是依据郭隗的话而展开的：写诸葛亮，以"其名义是臣子，其实质是师父"为基调；写周瑜、鲁肃，则"其名义是臣子，其实质是朋友"；写荀彧、贾诩，则"其名义是臣子，其实质是仆从"；写辛毗等人，则"其名义是臣子，其实质是奴隶"。这也同时显示了刘备、孙权、曹操、袁绍的高下。假如刘备、诸葛亮被鉴定为装腔作势，岂不太煞风景？但毛宗岗并没有因为怕煞风景而掉头不看世态的真相，他坦率承认了今人的"空头"与"假意"。吴敬梓和毛宗岗的见地同样高明。

只是，这些"空头"与"假意"，怎样才能使读者一目了然？吴敬梓在这方面也高明过人，他采用了直接心理描写的手法。

《儒林外史》开卷第一回便记叙了时知县拜访王冕的事。在下乡拜访王冕之前，时知县曾在心里反复盘算该不该去。他一会儿想："一个堂堂县令，屈尊去拜一个乡民，惹得衙役们笑话。"一会儿又想："老师前日口气，甚是敬他，老师敬他十分，我就该敬他一百分。况且屈尊敬贤，将来志书上少不得称赞一篇。这是万古千年不朽的勾当，有甚么做不得！"终于拿定了主意。

时知县的心理活动颇耐人寻味。王冕何许人也？以社会身份而论，仅是诸暨县的一介乡民，虽说会画没骨花，可毕竟只是乡民而已。时知县何许人也？乃是诸暨县的父母官。父母官如此之尊，乡民如此之卑，则父母官万不可下顾，否则就有失身份。的确，连翟买办也大大咧咧地对王冕发话："难道老爷一县之主，叫不动一个百姓么？"倘若时知县竟亲自去拜访王冕，岂不惹得衙役们笑话？这思路可谓逻辑严密。然而事情还有另外一面。王冕虽是乡民，却大受危素赏鉴。危素是谁？父母官之老师也。王冕虽卑，老师却尊。既然如此，则尊王冕即尊老师，拜王冕即拜老师，何乐而不为？况且屈尊敬贤，礼贤下士，这原是古圣所倡导的，历来史家无不交口称赞。拜一乡民而兼收"拜老师"之利与"敬贤"之名，合算至极，虽为衙役们笑话也顾不得了。

初次读到这段心理描写，曾产生奇想，如今且将这奇想披露给读者。试问，假如吴敬梓只写时知县下乡拜王冕的外在行迹而不揭示其动机，读者的感受又将如何？

不作直接心理描写本是中国古代史家信守的原则。他们认为，作者只能报告人物的行动和语言，因为这是可见可闻的；不应该直接交代人物的所思所想，因为这是外人无法观察到的。这一原则的优势在于，它增强了读者对事件的真实性的信任。但也伴随着一个遗憾，即由于作者无权揭示人物的心理活动，读者对作品中人物的某些行为的真正动机难以有准确无疑的了解。

吴敬梓看来即意在避免读者误解。时知县下乡拜访王冕，仅以外在的行迹论，当然值得大书特书。刘备三顾茅庐，中国老百姓几乎妇孺皆知。时知县当然不是刘备那种挟带着天子气的豪杰，他仅仅是个七品芝麻官，但一个七品芝麻官，如果能礼贤下士，其境界却与刘备三顾茅庐相当。怎样表现时知县又不致使读者误将他当成一个刘备似的人呢？光写行迹不行，只能从把握他的行为动机入手。

吴敬梓的目的似乎又不只是避免读者误解。他写了一个"只因好名，虚修礼貌"的时知县，便足以引起读者的思索，像周威公师事宁越、魏文侯师事子夏等在士阶层中千载流传的佳话，是否也仅仅是化了装的政治表演？在更广阔的社会生活场景中，比如官场，是否也有许多类似的表演？

事实上，对官场着墨不多的《儒林外史》，也用解构的笔法展示了官场中的表演。第四回写到汤知县办案的一件事。几个教亲给汤知县送了五十斤牛肉的礼，求他办事。汤知县不知道这礼能不能收，便请教举人张静斋，张静斋说："老世叔，这话断断使不得的了。你我做官的人，只知有皇上，那知有教亲？"并出主意叫汤知县严惩那个为首的老师夫。第二天汤知县果然雷厉风行，将那老师夫惩罚至死。表面看来，汤知县真是个不贪贿赂、执法如山的清官。但是，读者可能注意到了张静斋对他说过的另一段话："依小侄愚见，世叔就在这事上出个大名。今晚叫他伺候，明日早堂将这老师夫拿进来，打他几十个板子，取一面大枷枷了，把牛肉堆在枷上，出一张告示在傍，申明他大胆之处。上司访知，见世叔一丝不苟，升迁就在指日！"原来，所谓"严格执法"，有时也只是当权者谋取名利的手段而已。连严贡生这类下流之辈都会援引"公而忘私、国而忘家"的古训，读者对某些冠冕堂皇的言行是不能不掂量一番的。

◎ "三顾茅庐"的戏拟与解构

罗贯中《三国演义》为了塑造刘备这样一个求贤者的形象，精心设置了"三顾茅庐"的情节，吴敬梓则以用典的方式戏拟这一情节，将之移植到娄家两位公子身上，使之具有颠覆意味和喜剧色彩。戏拟经典情节，这是《儒林外史》独特的解构技巧之一。

娄氏两位公子"三顾茅庐"，起因于兄弟俩的错觉：他们把杨执中当成了一位善于养重的卧龙似的人物。两位公子何以会产生这种错觉呢？契机之一是杨执中受恩不谢。

受恩不谢是古代读书人养重的方式之一，意在暗示自己发迹后将以几何级增长的倍数来回报，其自负意味是不难感觉到的。较早的榜样是春秋时的越石甫。据《晏子春秋》记载，齐国大夫晏婴遇见服劳役的越石甫后，便用拉车的马把他赎了出来，但越石甫并不称谢。后来，因晏婴没有及时接待，越石甫提出绝交，于是晏婴奉他为上客。这可以说是一个反面的例子。

晋人刘道真则是一个正面的例子。刘道真年轻时，常常在湖泽中捕鱼。他擅长唱歌和吹口哨，听的人常为之流连忘返。有一位老妇人看出他是个人才，而且喜欢他的歌声和哨声，于是炖了一只猪肘给他吃。刘道真吃完，一句道谢的话也不说。老妇人见他尚未吃饱，又送一只猪肘。后来，刘道真做了吏部郎，这老妇人的儿子正在做小令史，刘道真便越级提拔了他。这故事见于裴启《语林》,《世说新语·任诞》也有记载。

说来有趣，在《红楼梦》中，那个忘恩负义的贾雨村，亦曾以受恩不谢来显示他抱负不凡。他欲入京赶考而盘费不足，甄士隐当即赠送五十两白银和两套冬衣，雨村收了银衣，不过略谢一语，并不介意，仍是吃酒谈笑。

娄家两位公子之赏识杨执中，很大程度上也是因他的受恩不谢。

杨执中是位"忠直不过"的读书人，年纪老大，才补得一个廪，被选为教官。他辞了官，为生计所迫，到一家盐店做管事先生。虽是生意出身，一切账目，却不肯用心料理。除了外出闲游，在店里时，也只是垂帘看书，凭着伙计胡闹，结果亏空了七百多两银子。东家一纸诉状告到德清县，"老阿呆"身陷囹圄。

杨执中倒也不脱以清流自居、非议朝政的名士习气。他寻常爱说的话是："本朝的天下要同孔夫子的周朝一样好的，就为出了个永乐爷就弄坏了。"这跟两位公子酒酣耳热后的议论如出一辙。穷乡遇知音，两位贵胄子弟豪兴大发，为这位在押的"读书君子"还债赎罪、出名保释。这恩惠是够大的了，依邹吉甫的看法，若救出杨先生来，这一镇的人，谁不感仰！

然而，出狱一个多月的杨执中居然未登门道谢，倒不是他有意养重，而是因为他压根就不知道是谁行了这一番"义举"。可在富于想象的娄家两位公子眼里，这却成了杨执中学问高绝、人品过人的标志："娄公子过了月余，弟兄在家，不胜诧异。想到越石甫故事，心里觉得杨执中想是高绝的学问，更加可敬。"

欲擒故纵，借隐居提高声望，是古代读书人养重的又一做法，诸葛亮是其出色代表。在娄公子看来，杨执中就是诸葛亮再世。于是，一出"新编三顾茅庐"的戏上演了。

刘备驻扎新野时，徐庶把诸葛亮推荐给他，刘备让徐庶找个时间把诸葛亮带来，徐庶忙说不行。他强调，诸葛亮这个人，可以求见，不可屈致，刘备应该登门拜访。于是刘备去拜访诸葛亮，一共去了三次，才得以见面。这一事实表明，诸葛亮非礼聘不出的原则已为交游们所了然。为什么一定要刘备三顾茅庐才出山呢？这既是诸葛亮对刘备诚意的考验，也表明他不是招之即来挥之即去的等闲人物，如此，才能赢得刘备的尊敬和重用。诸葛亮的这一用意，刘备不会不明白。明白了却依旧"三顾"，实在更为高明。诸葛亮为刘备的事业鞠躬尽瘁，死而后已，不就是被刘备诚意所感动的结果吗？"养重"与"礼贤"向来是相辅相成的。

历史上既然有刘备这样出色的榜样，有志于求贤养士的娄家两位公子岂有不效法之理？《儒林外史》的"三顾茅庐"，几乎就是《三国演义》相关情节的卡通版。

刘备一顾茅庐，诸葛亮不在家，看门童子神秘兮兮地介绍诸葛亮说："踪迹不定……归期亦不定。"弄得刘备惆怅不已。娄家两位公子一顾茅庐，杨执中也不在家，"老阿呆"的聋妻子老老实实地告诉来访者："从昨日出门看他们打鱼，并不曾回来，你们有甚么说话，改日再来罢。"但在两位公子的感觉中，却有晚唐贾岛《寻隐者不遇》"只在此山中，云深不知处"的气象，故与刘备一样，不胜怅怅。

二顾茅庐，杨执中索性躲起来了。隐士躲避非隐士的来访者，一向被视为清高之举。刘备二顾茅庐，诸葛亮据说是闲游去了，其实是故意避开。杨执中的躲避与诸葛亮动机不同，他只是怕差人要来找钱。但娄家两位公子不相信生活会如此平淡，如此缺乏浪漫气息。尤其在读了那首署名杨执中的"不敢妄为些子事"的七绝后，两位公子更是不胜叹息："这先生襟怀冲淡，其实可敬！"

三顾茅庐，娄家两位公子终于见到了杨执中。如同诸葛亮终于出山一样，杨执中也答应"三四日后，自当敬造高斋，为平原十日之饮"。一件礼贤下士的"伟业"至此完成，两位公子内心的快活不言而喻。然而，诸葛亮何人也？他是有经天纬地之才的卧龙。杨执中何人也？他是连一家生计也维持不了的"老阿呆"。走出两位公子用想象编织的幻境，我们看到的不是一则笑话吗？杨执中不知道养重为何物，只有那些世故极深、绝顶聪明的人才知道养重，两位公子却硬派这位"老阿呆"做卧龙，此情此景，适成对求贤者的反讽。

◎局内人视角与生活的原生态

北宋苏轼有一首诗《题西林壁》："横看成岭侧成峰，远近高低各不同。不识庐山真面目，只缘身在此山中。"此诗并非写庐山的一景一胜，而是写苏轼游庐山的总体观感。随着横侧、远近、高低角度的改变，庐山呈现出不同的姿容。苏轼由此引申出一个带普遍性的命题，即"当局者迷"，局内人对事物的评价很难全面，很难公正。

吴敬梓是否受到这首诗的启发，不得而知。可以确认的是，在《儒林外史》中，他经常让几位性情相异的局内人对同一人物作出各自的评价。于是，生活以原生态的形式呈现出来，丰富多彩，错综有致。当读者置身局外观察这些生活场景时，虽然很难一目了然地得出结论，却也因此增加了阅读的快感。毕竟，"远近高低各不同"的景致比无论从哪一方位看去都一个模样的呆板的画面更动人，也有更大的阐释空间。

我们不妨领略一下《儒林外史》中吴敬梓对权勿用、杜少卿两个角色的处理。

《儒林外史》中有两位局内人评价过权勿用，一位是杨执中，一位是胡子客人。在杨执中眼里，权勿用"真有经天纬地之才，空古绝今之学，真乃'处则不失为真儒，出则可以为王佐'"。"管、乐的经纶，程、朱的学问。此乃是当时第一等人。"在戴方巾的胡子客人眼里，权勿用却一钱不值："他是个不中用的货，又不会种田，又不会作生意，坐吃山崩，把些田地都弄的精光。足足考了三十多年，一回县考的复试也不曾取。""他那一件不是骗来的！同在乡里之间，我也不便细说。"

杨执中与胡子客人，谁说得对呢？杨执中陶醉在自我编织的高人梦中，也让权勿用分享梦中的光环，他的话自是难以全信。胡子客人与权勿用同在乡里，他戴着方巾，看来是个秀才。权勿用被逮，罪名是奸拐尼僧心远，据陈木南说那是他学里几个秀才诬赖他的，后来这件官司也昭雪了。胡子客人大约就是诬赖权勿用的秀才之一。这帮秀才见权勿用做"高人"出了名，忌妒他，总想给他苦果吃。胡子客人嘲笑他"一回县考的复试也不曾取"，正是秀才口气。所以，这位戴方巾者的言辞，读者也万不可句句相信。不妨认为，权勿用既不像杨执中说的那么了不得，也不像胡子客人说的那么卑下，权勿用只是个模拟高人、失去了现实感的古怪迂腐的书生。

　　吴敬梓塑造权勿用这一人物形象时用的这种表现方式也曾用在杜少卿身上。

　　杜少卿的原型是吴敬梓本人，不过，勇于反省的吴敬梓并未将杜少卿无节制地理想化，他坦然地展示出杜慎卿、高翰林、韦四太爷、迟衡山等对杜少卿的评价就是一例。

　　杜慎卿是杜少卿的族兄，他的原型是吴敬梓的堂兄吴檠。这位族兄表面上花钱散漫，其实每花一分钱都大有斟酌。比如，他赏妓莫愁湖，用了许多银子，鲍廷玺误以为这人慷慨，求他资助几百两银子，被杜慎卿一口回绝。鲍廷玺把杜慎卿看扁了。杜慎卿为梨园子弟评奖，也像今日的企业家赞助体育明星或影星，意在为自己做广告。果然，仅此一举，这位杜十七老爷便名震江南。他不是合算得很吗？而赞助鲍廷玺，却相当于拿钱往水里扔，最多泛几个泡罢了。杜慎卿哪会做这种傻事！

　　杜少卿花钱却毫无算计，只要别人拿他当大老官看就心满意足了。所以，重视现实利益的杜慎卿，认为杜少卿是个不折不扣的"呆串皮"："他是个呆子"，"听见人向他说些苦，他就大捧出来给人家用"，"但凡说是见过他家太老爷的，就是一条狗也是敬重的"。

　　韦四太爷是杜少卿的座上客，性格豪放，极能领略酒中情趣。他曾在杜少卿家吃了一坛九年的陈酒，醉了一夜，心里畅快，兴之所至，竟特意给三千里外的庄濯江写了一封信，专述这一韵事。以韦四太爷之豪放，当然更欣赏举止阔略的杜少卿而不大惬意于顾影自怜的杜慎卿。他比较杜少卿和杜慎卿说："两个都是大江南北有名的。慎卿虽是雅人，我还嫌他带着些姑娘气。"

高翰林是举业中的得意者，也是生活中的得意者。其处世原则是随机应变，以维护个人和家族利益，所谓道德感和操守，不必过于拘泥。他对败家子杜少卿既厌恶又蔑视："诸公莫怪学生说，这少卿是他杜家第一个败类！……学生在家里，往常教子侄们读书，就以他为戒。每人读书的桌子上写一纸条贴着，上面写道：'不可学天长杜仪。'"

迟衡山则是提倡古学、提倡礼乐的君子。他性情迂腐，但他对于人格的讲求却足以与虞育德、庄绍光相提并论。他断言，朝廷征辟杜少卿，杜少卿不就，这便非寻常人所能企及。因此，当季苇萧以杜慎卿、杜少卿并举时，他表示："两位中是少卿更好！"高翰林骂杜少卿，迟衡山又当场跟高翰林抬杠，而且旗帜鲜明地说："众位先生，少卿是自古及今难得的一个奇人！"

杜慎卿、韦四太爷、高翰林、迟衡山对杜少卿的评价，谁对谁错？杜慎卿错吗？高翰林错吗？他们说杜少卿好做大老官，乱花银子，交往的多是些小人，并非信口开河，倒是正中少卿之病。那么，他们对吗？从他们的言论，读者又分明感到了杜慎卿的乖巧、不厚道，高翰林的趾高气扬与庸俗。对与错二字，均不大贴切。

韦四太爷与迟衡山的话，亦当作两面观。他们推崇杜少卿是个豪杰，是自古及今难得的一个奇人，这是对的。只是，这个豪杰、这个奇人的所作所为全值得喝彩吗？在他的知己中，杜慎卿、张俊民、臧荼，哪一个是正人君子？臧荼向他借银买廪生，目的是将来"做知县、推官，穿螺蛳结底的靴，坐堂，洒签，打人"。如此下流无耻，杜少卿却拿大把银子给他用。韦四太爷与迟衡山只看到杜少卿"豪"与"奇"的一面，看不到他妄施滥用的纨绔习气和不会相与朋友的短处，不也表明了其目光尚有偏颇吗？

《儒林外史》把杜少卿放在各种不同的人面前，让他们从自己的角度来发表评论。其作用之一是加强对比，增强文本的丰富性；作用之二是展示人性的复杂性，并使读者明白，《儒林外史》中的人物语言，也如同生活中的人物语言一样，各出于不同的动机，听的人应该仔细分辨，切莫被某个局内人牵着鼻子走，以致"不识庐山真面目"。吴敬梓置身局外，读者也应该置身局外，做一个清醒的旁观者。

◎局内人的相互攻讦与讽刺效果

吴敬梓不仅让几个局内人对同一人物作评价，还让局内人相互评论，最典型的当数文人墨客之间的相互攻讦。三国魏曹丕在《典论·论文》中曾有"文人相轻，自古而然"的论断，极大胆，又极中肯。《儒林外史》以文人墨客为写照对象，他们之间的相互攻讦便是题中应有之义了。吴敬梓的卓越之处在于，他不仅记录了这些文人墨客相互攻讦的言谈，而且使其言谈成为对他们自身的尖锐讽刺。且选两组来比较一下。

第一组：严贡生与王德、王仁。

王德、王仁两兄弟，一个是府学廪膳生员，一个是县学廪膳生员，在生员（秀才）中是铮铮有名的。明清时的生员，有附学生员、增广生员和廪膳生员之别，简称附生、增生和廪生。一般初进学的生员或岁科考成绩在三四等的生员称为附生，属于最低一级的生员；岁科考成绩在二等的称为增生；最优者为廪生。廪生能得到一笔增生、附生所没有的政府津贴，即廪膳费，还有资格替应试的童生作保，特别重要的是有优先出贡的权利。廪生在秀才的行列里是可以高视阔步的。

贡生的身份又高出廪生。贡生虽不能直接参加会试（要参加会试，必须先参加乡试取得举人的资格），但他们社会地位较高，可以和举人、进士一样，在宗祠或家门前竖起旗杆，表示荣宗耀祖，改换门庭。比如，严贡生出贡竖旗杆，趁机拉人出贺礼，此后口口声声自称乡绅；匡超人被选为优贡，和潘三商议，要回乐清乡里去挂匾，竖旗杆。并且，贡生可以直接考选教职，甚至考选行政官职。如匡超人做贡生不久，即考取教习（皇室宗学的教师），对人大吹"而今比不得做诸生（秀才）的时候"。

严贡生虽地位高些，王德、王仁却不买他的账，原因之一是看不起他的八股文章。王仁曾用不屑的口吻提到严贡生："大哥，我倒不解，他（严监生）家大老那宗笔下，怎得会补起廪来的？"王德答道："这是三十年前的话。那时宗师都是御史出来，本是个吏员出身，知道甚么文章！"当然，在堂堂岁贡生眼里，王德、王仁也未必算"文章"（八股文）好手。

王德、王仁与严贡生的八股文究竟写得如何呢？吴敬梓未加评论，只是优游自在地让这几位喜剧人物相互攻讦一番，由读者来具体感受。第六回，三位都从省里科举了回来，谈起这次科举，以才气自许的王德、王仁故意当着严贡生的面挖苦汤父母。王仁道："大哥，你不知道么？因汤父母前次入帘，都取中了些'陈猫古老鼠'的文章，不入时目，所以这次不曾来聘。今科十几位帘官，都是少年进士，专取有才气的文章。"而自认为以法则见长的严贡生则针锋相对地还击道："这倒不然。才气也须是有法则，假若不照题位，乱写些热闹话，难道也算有才气不成？就如我这周老师，极是法眼，取在一等前列都是有法则的老手，今科少不得还在这几个人内中。"严贡生说这话，是因王家两兄弟在周进手里都考的是二等。

王家两兄弟与严贡生说的"才气""法则"，本是八股文写作中的两个常用术语。一般说来，禀性高亢明爽的，文章富于才气，其失可能在于不合"法则"；禀性深沉稳重的，文章严守法则，所缺少的也许是丰神情韵。取长补短，相互尊重，这才是对的。但王家两兄弟与严贡生却以己之长，轻人所短，相互鄙薄，相互嘲笑。吴敬梓既借他们之口揭开了对方之"短"，又暗示出他们并非真有所长，而只是自我感觉良好。如卧闲草堂评语所说："严老大笔下必定干枯，二王笔下必定杂乱。三人同席谈论时，针锋相对，句句不放过，真是好看杀。"这种一箭双雕的讽刺笔法，确实是"好看杀"。

第二组：娄家两位公子与鲁翰林。

娄家两位公子与鲁翰林之间的攻讦不像严贡生之流如此显露。两位公子是娄中堂的儿子，鲁翰林是娄中堂的门生，两位公子称鲁翰林为"世先生"，鲁翰林称两位公子为"世兄"。这层关系使鲁翰林总是以师兄的口吻说话，带有教诲的意味。两位公子曾向鲁编修提到杨执中的品行极高，还把"一张诗拿出来"送给他看。鲁编修看完，皱着眉道："老世兄，似你这等所为，怕不是自古及今的贤公子？就是信陵君、春申君，也不过如此。但这样的人，盗虚声者多，有实学者少。我老实说：他若果有学问，为甚么不中了去？只做这两句诗当得甚么？……依愚见，这样人不必十分周旋他也罢了。"两位公子听了这话，沉默不语。

《荀子·非十二子》中说，古代的所谓处士，是些道德超拔的人，是些恬退静默的人。而现在的所谓处士，却是没有能耐却说有能耐，没有智慧却说有智慧的人，他们的逐利之心得不到满足，于是就假装没有欲望；他们本质丑恶，偏要高谈阔论地宣称自己谨慎忠厚。两位公子所结纳的，如张铁臂，确近于荀子所非难的处士。至于杨执中、权勿用，当然没那么卑劣，但鲁编修断定他们"盗虚声者多，有实学者少"，却并不过分。认为鲁编修一针见血也罢，认为他歪打正着也罢，反正，他这瓢冷水泼得对。但从他的言辞中，我们又分明嗅到一股迷信八股、以资格论人的世俗气息。所以，《儒林外史》第十二回，听蘧公孙转述完鲁编修的一席话（"令表叔在家，只该闭户做些举业，以继家声，怎么只管结交这样一班人！"），此时默默不语的两位公子终于忍不住了，嘲笑道："就俗到这个地位！"对鲁编修这样一位以时文八股、中举人、中进士为"实学"的人，评之为"俗"，不也甚为恰当吗？刘咸炘《小说裁论》这么评道：

> 其他摹写，皆本旨之枝叶，而激射回互，旁见侧出，细意尤多。如娄、鲁相形，二娄讥鲁为俗气是也，鲁讥二娄为好虚声亦是也。鲁之教女固非，蘧之教孙亦非也。全书如此者甚多，互相讦而真情见，欲读者执其两端也。

由此可见，吴敬梓写局内人的相互攻讦、相互讽刺，留意到两个方面：一是对于被攻讦者而言，攻讦者的话包含有中肯的成分；二是攻讦者的话同时也暴露了自身的某一弱点。一箭双雕，双管齐下，作为读者，切莫把事情看得太简单。作者虽然隐藏了他的观点，但并非没有是非，只是，这需要读者细加体味。《儒林外史》不是一部可以草草浏览的书。

◎拆谎的技巧

拆谎是讽刺艺术的重要技巧之一。有些喜剧性人物，言行不一，表里不一，作者无需直接点破，只消将他们的谎言拆开，就足以达到讽刺的效果。

《儒林外史》第四回，严贡生和范进、张静斋聊天，信口胡吹，把他与汤知县之间的关系说得亲密至极，顺便把自我形象点染得极有光彩。听听他说的：

> 小弟到衙门去谒见，老父母方才下学回来，诸事忙作一团，却连忙丢了，叫请小弟进去，换了两遍茶，就像相与过几十年的一般。……实不相瞒，小弟只是一个为人率真，在乡里之间，从不晓得占人寸丝半粟的便宜，所以历来的父母官都蒙相爱。汤父母容易不大喜会客，却也凡事心照。就如前月县考，把二小儿取在第十名，叫了进去，细细问他从的先生是那个，又问他可曾定过亲事，着实关切。

严贡生的话，给读者印象较深的大体有三个方面：一是严贡生大受汤知县青睐；二是严贡生从不占人便宜；三是严贡生的二儿子是个有教养的童生。但真实的情形如何呢？正当严贡生谈兴正浓时：

> 一个蓬头赤足的小厮走了进来，望着他道："老爷，家里请你回去。"严贡生道："回去做甚么？"小厮道："早上关的那口猪，那人来讨了，在家里吵哩。"严贡生道："他要猪，拿钱来！"小厮道："他说猪是他的。"

接下来是王小二告状：

> 一个叫做王小二，是贡生严大位的紧邻。去年三月内，严贡生家一口才过下来的小猪走到他家去，他慌送回严家。严家说，猪到人家，再寻回来最不利市。押着出了八钱银子把小猪就卖与他。这一口猪在王家已养到一百多斤，不想错走到严家去，严家把猪关了。小二的哥子王大走到严家讨猪，严贡生说，猪本来是他的，"你要讨猪，照时值估价，拿几两银子来，领了猪去"。王大是个穷人，那有银子？就同严家争吵了几句，被严贡生几个儿子，拿拴门的闩，赶面的杖，打了一个臭死，腿都打折了，睡在家里。所以小二来喊冤。

汤知县听了王小二等人的陈诉，大为光火，说道："一个做贡生的人，忝列衣冠，不在乡里间做些好事，只管如此骗人，其实可恶！"便准了状子，打算审问严贡生。严贡生吓得逃到省城去了。

故事的讲述过程便是拆谎的过程。读完这一系列情节，我们终于恍然大悟：一是严贡生从未得到过汤知县青睐。所以王仁当着严监生的面取笑严贡生："你令兄平日常说同汤公相与的，怎的这一点事就唬走了？"二是严贡生一向占人便宜。三是严贡生的儿子都如狼似虎一般。连严监生都说："几个舍侄，就像生狼一般，一总也不听教训。"让严贡生当场出丑，其恶劣无耻，遂活现于纸上。

《儒林外史》中常有些好吹牛的人物，他们大都是黯于好名者，他们吹嘘自己与官场人物的关系及自己的才识，希望借此获得他人的艳羡。第二十三回，牛浦对着子午宫道士吹牛皮：

> 我一向在安东县董老爷衙门里，那董老爷好不好客！记得我一初到他那里时候，才送了帖子进去，他就连忙叫两个差人出来请我的轿。我不曾坐轿，却骑的是个驴，我要下驴，差人不肯，两个人牵了我的驴头，一路走上去。走到暖阁上，走的地板"格登、格登"的一路响。

"董老爷"即淮安府安东县新补的知县董瑛。牛浦确曾与他有过交往，后来牛浦到安东，董瑛也待他为上客，牛浦三日两日进衙门去走走，并未被拒之门外。然而在牛浦与子午宫道士交谈之前，他何曾到过安东？又怎么可能进董知县的衙门呢？卧闲草堂评语说道："书中之道士，不知是谎，书外之阅者，深知其谎。行文之妙，真李龙眠白描手也。"此等处，便不必当面揭穿，因为读者记得牛浦的行踪。

喜剧人物吹牛，往往说得天花乱坠，有声有色。然而，越是不加节制地放纵自己的想象力，就越有可能露出破绽。比如牛浦，他没到过安东县衙门，却要虚构这一经历，为了说得像，便自以为是地编织出骑驴走上暖阁的细节。殊不知暖阁乃是官府大堂中间放案卷的低矮木阁子，后面遮有屏风，岂能让他的驴踏上去。牛浦缺少这方面的生活经历，因而在"创作"时留下了漏洞，幸好子午宫道士也不知道暖阁为何物，否则牛浦也免不了当场出丑。

匡超人的运气没有牛浦那么好。《儒林外史》第二十回中，这位与景兰江、赵雪斋等人已有过几番交往的小伙子，越来越懂得自我推销的重要性。初识牛布衣、冯琢庵，便因冯琢庵说了句"先生是浙江选家。尊选有好几部弟都是见过的"，就顺着杆子往上爬，滔滔不绝地大吹一通：

> 我的文名也够了。自从那年到杭州，至今五六年，考卷、墨卷、房书、行书、名家的稿子，还有《四书讲书》《五经讲书》《古文选本》，家里有个账，共是九十五本。弟选的文章，每一回出，书店定要卖掉一万部，山东、山西、河南、陕西、北直的客人，都争着买，只愁买不到手；还有个拙稿是前年刻的，而今已经翻刻过三副板。不瞒二位先生说，此五省读书的人，家家隆重的是小弟，都在书案上，香火蜡烛，供着"先儒匡子之神位"。

匡超人说得太兴奋了，在无限的自我陶醉中，全神贯注地想象着他被尊崇的情形。可他缺少常识，缺少必要的学问，于是闹出了笑话。牛布衣当下反驳道："先生，你此言误矣！所谓'先儒'者，乃已经去世之儒者，今先生尚在，何得如此称呼？"厚脸皮的匡超人也不禁脸红了。

《儒林外史》中还有这样一种人物：他们相信假话，却愣是不相信真话，还要振振有词拆真话的"谎"。

第四十六回，厉太尊的幕僚季苇萧来拜访杜慎卿的表弟虞华轩。前脚刚走，姚五爷便质疑说："可是太尊那里来的？"虞华轩道："怎么不是。"姚五爷便摇头表示不信。唐二棒椎更沉思片刻，推论道："老华，这倒也不错。果然是太尊里面的人？太尊同你不密迩，同太尊密迩的是彭老三、方老六他们二位。我听见这人来，正在这里疑惑。他果然在太尊衙门里的人，他下县来，不先到他们家去，倒有个先来拜你老哥的？这个话有些不像。恐怕是外方的甚么光棍，打着太尊的旗号，到处来骗人的钱，你不要上他的当！"虞华轩辩解道："难道是太尊叫他来拜我的？是天长杜慎卿表兄在京里写书子给他来的。这人是有名的季苇萧。"唐二棒椎摇手道："这话更不然！季苇萧是定梨园榜的名士。他既是名士，京里一定在翰林院衙门里走动。况且天长杜慎老同彭老四是一个人，岂有个他出京来，带了杜慎老的书子来给你，不带彭老四的书子来给他家的？这人一定不是季苇萧。"

拆谎有术，或依据事实，或依据常识，或依据推理。推理有大前提、小前提，大前提错了，小前提必错。唐二棒椎用的是推理术，其大前提是：厉太尊只同彭老三、方老六亲密；杜慎卿与彭老四是一个人。这大前提是势利熏心的五河县人用自己的势利逻辑编造出来的，所以，唐二棒椎的拆谎只是加倍地暴露了他的势利，他愈说得振振有词，自我讽刺的效果就愈强烈。吴敬梓反用拆谎的技巧，让读者看到了一个以撒谎为正常、以说实话为非正常的风俗恶薄的民间社会。

◎意味深长的对比

一冷一暖，谓之世情。在吴敬梓笔下，对比绝不只是一种写作技巧，它首先是一种社会现象。随着一个人地位的变化，或面对不同地位的人，世人的态度会呈现出种种差异鲜明的色调。吴敬梓对这种色调的变化是异常敏感、极善把握的。

胡屠户气质粗鲁，他的势利也表现得格外粗俗，不假修饰。对秀才范进，他高踞于岳丈的位置，用的是吩咐的口吻，稍不对劲，便可一口啐在脸上，骂范进一个狗血喷头；对举人范进，他自认卑贱，称其为"贤婿老爷"，一举一动都分外小心谨慎。胡屠户是个大字不识一斗的人，他的势利以直露的方式表现出来，滑稽多于丑恶，读者看了，并不怎么憎恶，只是觉得可笑。

远比胡屠户可恶的是那种善于修饰的势利鬼。《儒林外史》第二十八回，萧金铉、季恬逸、诸葛天申寻寓所选书，来到寺院，当家的老和尚出来见，装模作样地问了三人姓名和地方，开口就自抬身价："小房甚多，都是各位现任老爷常来做寓的。"每月房钱，一口咬定三两。听萧金铉说这下处买东西远些，他便呆着脸奚落三人的寒酸："在小房住的客，若是买办和厨子是一个人做，就住不的了。

须要厨子是一个人，在厨下收拾着；买办又是一个人，伺候着买东西：才赶的来。"好一副势利模样。

到第二十九回，还是这个老和尚，却出人意外地风雅起来了。杜慎卿邀约萧金铉、季恬逸、诸葛天申赏牡丹，清谈，饮酒，吃到月上时分，月光照耀得牡丹花色越发精神，又有一树大绣球，好像一堆白雪。三个人不觉手舞足蹈起来，杜慎卿也颓然醉了。于是，老和尚来凑趣：

> 只见老和尚慢慢走进来，手里拿着一个锦盒子，打开来，里面拿出一串祁门小炮仗，口里说道："贫僧来替老爷醒酒。"就在席上点着，煇煇烨烨响起来。杜慎卿坐在椅子上大笑。和尚去了，那硝黄的烟气还缭绕酒席左右。

这真是"雅"得很了。天目山樵的评语说："何处得此雅僧，断非前日所见铺眉蒙眼的那一个。"也许，天目山樵感到老和尚的前俗后雅差异太大，实在不像是同一个人。然而，这正是吴敬梓着力刻画之处：一个极倨傲的势利中人，他也可以极谄媚、极恭顺；对身份低的人倨傲与对身份高的人谄媚，这本是同一习性的两面。他越是以"雅"的方式来表现其势利，他也就越令人厌恶，因为他的势利已披上了所谓"名士风流"的伪装。

人情势利，世风日下，在那些势利的人眼里，有机会奉承得势的达官贵人乃是一种荣耀。比如，在五河县，逢迎拍马已成为众人竞赛的核心项目。此时的五河县一个姓彭的人家，中了几个进士，选了两个翰林，全县人便争着去奉承。五河县人之一的成老爹供认不讳地对余有达说：

> 大先生，"三十年河东，三十年河西"，就像三十年前，你二位府上何等气势，我是亲眼看见的。而今彭府上、方府上，都一年盛似一年。不说别的，府里太尊、县里王公，都同他们是一个人，时时有内里幕宾相公到他家来说要紧的话。百姓怎的不怕他！

呜呼！权势在手时，人们就如群蚁聚集在羊肉上面一样趋炎附势；权势丧失了，他们就像吃饱了的鹰远扬长空一样无情离去。悠悠浊世，今古皆然，一部《儒林外史》怎么写得尽！

章 十

假如吴敬梓遇见曹雪芹，他会怎么说

人们通常有一个看法，以为两个伟大的人物之间的了解，一定比普通人对他们的了解更加深入一些，或者认同度更高一些，其实未必。比如，我注意到胡适先生很早以前对《儒林外史》和《红楼梦》作过评价，说《儒林外史》是很有思想深度的作品，而《红楼梦》在思想内容上远不及《儒林外史》。后来我又注意到清代中叶一个叫袁枚的名家，袁枚和吴敬梓当时都在南京，而曹雪芹也在南京待过。从袁枚《随园诗话》的有关记载来看，袁枚是读过《红楼梦》的，而且他对《红楼梦》一定是有好感的，但是没有显示出任何读《儒林外史》的迹象。这里有一个可能，也许他对《儒林外史》的认同度不如对《红楼梦》的认同度那么高。还有一个可以拿来比照的现象。比如北宋时期，我们都很尊敬的两个伟人，一个是《资治通鉴》的作者司马光，另一个是苏轼，他可是后世大众眼中的文化情人。这两人尽管人品都好，可是对于对方的人生理念、学术理念，认同度却不高。两个人可以说闹了大半辈子别扭，不是因为个人恩怨，而是因为他们的理念差异比较大。

实际上这里提出了一个问题，伟大人物之间的互相认同，可能难度更大一些。原因在于，他们在某一方面的深度，达到了常人不能达到的程度，所以在理解别人、认同别人方面，反而更为困难。因此，中国古人提出了一个观点，叫"善写者不鉴"，也就是说，如果你写得很好的话，就不要去鉴定、品味别人的作品，因为你可能已经失去了平常心，一个能够对不同作者都作出公允评断的人，最好自己不要写。因为出乎其外，才能保持对于所有文学现象、人生现象理解的能力。

这一章的题目可以这样来理解：如果站在《儒林外史》的立场上读《红楼梦》，彼此是否能够认同？这里将从三个方面来谈。首先，是吴敬梓对曹雪芹整体理念的评断。其次，对贾宝玉这个人物，吴敬梓怎么看？再次，对林黛玉这个人物，吴敬梓怎么看？

◎吴敬梓如何评价曹雪芹的创作理念

对曹雪芹这样一个作者，对《红楼梦》这样一本书的作者，吴敬梓或许最想对他说这样一句话："没想到你把逸士高人与情痴情种混为一谈。"

曹雪芹和吴敬梓对于逸士高人有不同的理解。

先说曹雪芹的理解。在《红楼梦》第二回里，曹雪芹设计了贾雨村和冷子兴之间的对话，而贾雨村的那些议论，相当一部分是代表曹雪芹来说的。那段话把人类社会的所有人分作了三类。第一类是仁人君子，也就是像尧、舜、禹、汤、孔子、孟子、朱熹这样一些中国历史上的圣贤。第二类是大凶大恶之人，也就是历史上的夏桀、商纣王、秦始皇、秦桧这样一些坏人。这两类人，前一类是致力于为天下做好事，后一类是致力于把天下搞乱。还有第三类人，是由前两类人的部分元素合成的，既不是仁人君子，也不是凶恶之人，《红楼梦》写的贾宝玉，就是第三类人的一个标本。

第三类人，曹雪芹又把它分成了三个小类，划分的依据是出身境遇的不同。第一类，如果生于公侯富贵之家，就是情痴情种。历史上的陈后主、唐明皇、宋徽宗都属于这一类。第二类，如果生于诗书清贫之族，就是逸士高人。比方阮籍、嵇康、陶渊明，都属于逸士高人。还有第三类，生于薄祚寒门，甚至为奇优，为名倡，也断不至为走卒健仆，甘受庸夫之驱制驾驭。也就是说，这类人社会地位虽低，却依然傲骨在身。这三种人，《红楼梦》主要写了情痴情种，也就是贾宝玉，同时也兼顾逸士高人和奇优名倡，如柳湘莲、秦钟、蒋玉菡。

这里可以提出一个问题：逸士高人和情痴情种，为什么在曹雪芹的笔下被归为了一类？也许曹雪芹这样写的时候，他想到了关于阮籍、陶渊明的一些重要逸事，或者一些重要作品。

比如阮籍，人们都承认他是逸士高人，他写过《大人先生传》这样的作品，和孙登那样的高士是极为要好的朋友。而阮籍的经历中，流传很广的还有这样一些事情：有个兵家女，一个下层社会的女孩子，长得很好，年纪轻轻就去世了。阮籍跟这个家庭平时没什么往来，知道这个消息之后，特意赶去痛哭了一场，哭得非常伤心。又如，阮籍家附近有个酒肆，女老板长得挺漂亮，阮籍经常去那里喝酒。喝到半醉的时候，就在女老板的旁边靠了下来休息。起初这个女老板的丈夫还怀疑他居心不良，后来发现他确实没有邪念，也就坦然相待了。生活中有这些"花絮"的阮籍，是可以被解读为情痴情种的，因为他对人世间所有美好的东西，对美好事物的消逝，都有一种深厚的眷恋之情或爱惜之情。这也是后来贾宝玉的一个特点。

而关于陶渊明，人们都知道他长期在故乡隐居，写下了"采菊东篱下，悠然见南山"的诗句，他当然是一个逸士高人。在中国诗人当中，他是最受推崇的隐逸诗人。这样一个人，有些读者可能不太留意的，是他有一篇《闲情赋》。"闲"，如果写成繁体字，一定不能把"门"里边写成"月"，而要写成木头的"木"。木头的"木"表示门闩，把门加上栓，是说把想管住的东西给管起来。"闲情"的意思，就是把自己内心里一些不该有的感情给约束住。《闲情赋》用了赋的一般写法，先是劝，后是讽。劝的内容是说，陶渊明喜欢上了一个女孩子，喜欢到了这样的程度：他愿意变成一领席子，让这个女孩子躺在上面休息；他愿意变成一把扇子，让她握在手上驱暑；他愿意变成一双鞋子，让她穿在脚上；他愿意变成腰带，让女孩子系在身上。陶渊明一共列举了十个左右这样的愿望。这样的愿望，在后来各种各样的情诗中都有表达。比方说我们这一代人很熟悉的歌曲《在那遥远的地方》，小伙子喜欢上了那个女孩子，竟然希望女孩子经常用皮鞭轻轻打在他的身上。陶渊明写的也是这样一种愿望。不过，在写完这样的愿望之后，陶渊明在结尾还郑重表达了讽谏的意思。结尾说，他和女孩子之间不可能有圆满的结局：如果做这个女孩子的鞋子，到晚上就被搁到一边去了；如果做女孩子的扇子，到了秋天就用不上了；如果做女孩子的腰带，她有很多条腰带，不知要多少时日才轮到一次。既然不能花常好、月长圆，陶渊明也就当机立断，拿定主意，从此以后不再思念这个女孩子了，不再跟这个女孩子来往了。这和后来的贾宝玉也有一点像，贾宝玉断然出家，和《闲情赋》这样一个先劝后讽的结局是一致的。

从曹雪芹的角度来看，把逸士高人和情痴情种合为一体，可以说是天衣无缝，因为他们之间确乎是有内在联系的。作为普通人，我们也可以认同曹雪芹的看法。只是，作为《儒林外史》作者的吴敬梓，他能不能认同这个看法呢？他显然是不会认同的。

《儒林外史》也写了不少逸士高人，给我们的印象特别深，庄绍光无疑算一个。如前所述，庄绍光这个名字是吴敬梓比照东汉初年著名隐士严光之名来取的。这样看来，吴敬梓有意将庄绍光塑造为一个逸士高人。

现在要关注的是，吴敬梓赋予了庄绍光哪些意味深长的特征？如果与曹雪芹所说的逸士高人相比，可以说，最突出的特征是，他们的隐居是社会责任感的一种表现方式，是入世的，而不是出世的。

在《儒林外史》中，庄绍光不是一个孤立的逸士高人，与他关系亲密的杜少卿等也是逸士高人。杜少卿和庄绍光，都对自然风景有一种深挚的眷恋和关注。杜少卿曾经带着他的夫人到清凉山游玩，还借了别人家的姚园小憩；而庄绍光住在玄武湖，玄武湖本身就是一个风景区。一次，庄绍光和他的夫人一边喝酒，一边读杜少卿的《诗说》，这时候，庄绍光说了一句很得意的话：我们眼前就是风景，不像少卿要到别人家去看风景。言下之意是：我们比少卿更加惬意。

庄绍光、杜少卿这些逸士高人，在品格上有什么样的特点？是出世的，还是入世的？说到这个话题，我们不难注意到，在《儒林外史》中，所有的逸士高人，虽然都不在乎世俗社会的名利，但并没有放弃自己对于社会的责任。他们总想着为移风易俗尽自己的一份力。吴敬梓写庄绍光和杜少卿这些人，是要树立人格表率。《儒林外史》曾这样评价虞博士：他并不强求人不做什么，但是人们见了他的所作所为，听了他的所言所论，就不好意思再做那些贪名图利的事。这就是逸士高人的社会影响力。

由此看来，吴敬梓的《儒林外史》中，逸士高人所秉持的是儒家的入世理念，与《红楼梦》中逸士高人的情痴情种理念是大不相同的。假如曹雪芹和吴敬梓有机会对话，估计吴敬梓一定会对曹雪芹表达他的这一"不满"。吴敬梓眼中的逸士高人，属于严光一路，跟情痴情种是不搭边的。这是《儒林外史》和《红楼梦》的一个重要区别。

◎吴敬梓如何看待贾宝玉

接下来谈第二个问题。吴敬梓如果读了《红楼梦》，他可能会对《红楼梦》的主角贾宝玉说这样一句话："大观园不应该是你的安身立命之地。"

关于这个问题，我们可以分三点来谈。

第一，大观园有什么特点？提起大观园，可以说，它就是一个特殊形态的后花园，是从以前的戏曲、小说、诗文当中的"后花园"演变而来的。对此，我们应该对曹雪芹表示极度的佩服。许多年前杨绛先生写过一篇文章《艺术是克服困难——读〈红楼梦〉管窥》，其中谈到了一个有趣现象。她说，中国古代文学中的男女恋爱，因为受到了社交不太自由的限制，通常会采取一些大不同于现代的方式，一些带有喜剧意味的方式。一种是男扮女装或者女扮男装，这样你就可以和异性长期待在一起。但这个实际上算不得恋爱，因为总有一方是被蒙在鼓里的。另一种是人和仙女，或者和花妖狐媚恋爱。这也不是正常的恋爱，因为其中一方不是常人，或者是幻化成的人。第三种，就是和青楼女子恋爱。这个也和现代恋爱不一样，现代的恋爱，身份是平等的，而士大夫和青楼女子之间，是身份极不平等的一种交往。除这几种之外，更多的是一见钟情。比如在一座寺庙观光的时候，或者旅游途中经过一座桥，冷不丁地见了面。这一次见面，机会难得，一定不能错过。要是错过了，这一辈子就没有见面的机会了。所以，只能一见钟情，见了面就穷追猛打，直到终成眷属为止。

上面说的几种情况，都算不上真正意义的恋爱。曹雪芹居然能设计出一个大观园来，让宝玉和这些女孩子们在同一个空间里有相对自由的来往和交流的机会。不少学者说，《红楼梦》所写的恋爱具有现代意味，宝黛是经过了长期的交往和了解，才确立了恋爱关系。从一个读者的角度，我们不能不对大观园的设计表示由衷佩服。

第二，现在要问的是，《红楼梦》在宝玉和大观园之间建立了什么联系？极为突出的一点是，宝玉愿意把自己的一生消磨在大观园中，或者换一个说法，他愿意一辈子在大观园中度过，他不愿意走出大观园。后来他被迫离开了大观园，此后没过多久，他便离家出走，从正常的社会生活中消失了。这样看来，贾宝玉是把大观园当作了安身立命之地。大观园之外的所有事物，他都不愿关心，生怕那些事物摊到自己身上来。只有大观园，才是他愿意安身立命的所在。当然，也可以说这不一定是曹雪芹的意思，因为曹雪芹还写了一个甄宝玉，那个甄宝玉是走出了大观园的。但不能否认的是，《红楼梦》是以贾宝玉为主角，对甄宝玉既谈不上重视，也谈不上好感。曹雪芹以他的神奇之笔让读者感到眷恋的，也是大观园，很多读者都为大观园的衰亡而伤感过、动情过。

　　第三，如果吴敬梓读到了这样一个大观园的故事，他会有什么样的想法？他最想对贾宝玉说的，可能是这样一句话："大观园不应该是你的安身立命之地。"何以作出这样的推测？是因为在《儒林外史》中，吴敬梓特别强调了两层意思。其一，作为社会生活中的男性，我们来到这个世界，首先要完成的就是对家庭的责任。《儒林外史》所最为看重的人物是虞博士。吴敬梓写虞博士，反复强调，他所做的许多重要决定，常常是为了养家活口。比方说，他十七八岁的时候，跟着当地的一个名人云晴川学写诗，并且写得不错。邻居祁太公提醒他，光写诗是不行的，你得挣钱养家；还给他出点子，教他看风水、算命，用这样的法子挣钱。从《儒林外史》的一些情节看，吴敬梓对于看风水、算命，其实不太认可，至少是将信将疑，可是他最看重的第一号人物虞博士并不拒绝做这些事。为什么不拒绝呢？因为要养家活口。况且做这样的事，只要把握好分寸，也于人无害。又过了一些时候，祁太公提醒虞博士，你得去考秀才。为什么要考秀才？因为考上了秀才，做私塾老师的概率就高多了；做了私塾老师，收入提高，家里的生活水平就会跟着提高。虞博士于是去考了秀才。后来也是因为同样的理由，他考了举人，考了进士。在做了几年国子监博士之后，离开南京的时候，他对杜少卿说了这样一句话：我这些年做官，也买了一些地；再做几年，再买一些地，一家人的衣食，我们老两口的养老，都不用发愁了。我贪图做官干什么？看得出来，做不做官，虞博士是不在乎的，做不做大官，他更不在乎。但是，假如为了养家活口必须做官的话，虞博士也绝不会拒绝。在虞博士看来，人对家庭的责任，哪有拒绝的理由。

可以顺便提到一个有趣的细节。那年年末，虞博士带着十二两银子回家，路过渡口时，见有人跳河自杀。虞博士叫艄公把他救了起来，问起原因，原来是欠了人的债，年关到了，没有钱还，情急之下，想一死了事。虞博士说，你不用寻短见，我手上正好有些钱。我留八两，家里人还等着这些钱过年。这四两给你，你还了别人的债，多余的以后做点小本生意。初次读这个情节的时候，我忍不住笑了起来。为什么觉得好笑？我一下子想起了《水浒传》中的鲁智深。鲁智深资助金氏妇女，是把身上所有的银两一股脑儿拿了出来，打虎将李忠拿的少了些，还被鲁智深鄙薄为不够爽利。在鲁智深看来，这才是侠客的作为：侠客可以自己不留一文钱，也要资助别人。而虞博士不是，他并非小气，而是总记得自己家里那几口人也是要吃饭的。对于家庭的这份责任，一个读书人，一个男人，必须好好去完成。

从上面这些情况来看，假如吴敬梓读了贾宝玉的故事，他脑海中可能会立马蹦出一个想法：宝玉，你这是不对的，你应该承担起对家庭的责任。如果家里需要你去考举人，你还是得考；如果家里需要你考进士，你也得考。那么大的一个家族，都指着你过日子，这个责任你是逃不掉的。尽到对家庭的责任是中国古代的一个基本伦理，现在也是。所以，对于《红楼梦》里的贾宝玉，吴敬梓一定会郑重其事提醒他的。

吴敬梓一直执着地认为，一个读书人，除了不能回避对家庭的责任，也不能够回避对社会的责任。这也是吴敬梓在《儒林外史》中反复强调的一个意思。

《儒林外史》中有一个情节，大概所有读到该情节的人都很难提起劲头，那就是大祭泰伯祠。而这个情节，恰好是吴敬梓最为看重的，所有在《儒林外史》中有分量的人都参与了这一次典礼，晚辈读书人中比较有分量的，不少人也来凭吊、瞻仰泰伯祠。在操办祭祀的过程中，记得《儒林外史》中以吴敬梓本人为原型的杜少卿，仅他一人就捐了三百两银子。三百两银子，这可是一个不小的数目。他之所以如此热心这件事情，理由很简单，那就是要为当时人树立一个人格表率。他们认为，泰伯是所有人都应该学习的典范。

吴敬梓是一个有着深厚儒家情怀的人，他不仅执着于对家庭的责任，也执着于对社会的责任。这样一个吴敬梓，假如知道贾宝玉只在乎大观园，而对于大观园之外的家族和社会一点儿也不在意的话，他绝不可能认同。他也许会对贾宝玉说，你应该走出大观园，你应该把你对于家庭和社会的责任承担起来。

◎吴敬梓如何看待林黛玉

第三个问题，假如吴敬梓读了《红楼梦》，读了林黛玉的故事，他可能会说什么？也许他会对林黛玉说："我始终没弄明白，你要的究竟是恋爱，还是婚姻？"之所以作这样的推测，是因为在《儒林外史》中，吴敬梓是把婚姻和恋爱当作两件完全不同的事来写的，他认为这两件事绝对不能混为一谈。这样一个看法，现代读者可能觉得奇怪，五四运动以来，一个流行的理念是，恋爱是婚姻的过渡，婚姻是恋爱发展到一定程度的自然结果。甚至有一个说法，叫"不以结婚为目的的恋爱是不道德的恋爱"。假如有人一开始就拿定了主意，我不想跟你结婚，我就是想跟你玩几年，这在大家看来当然是不道德的。

不过古代人的观念显然有所不同。传统中国社会，有"五伦"的说法。所谓五伦，就是五种重要的社会关系：君臣、父子、兄弟、朋友、夫妻。如果这五种社会关系处理好了，社会就会稳定、和谐；如果处理得不好，社会就一定会混乱无序。婚姻实际上是不同家族的两个人之间的一个契约，这个契约签订的基础是，两个家族，当然也包括当事人在内，他们之间确立这样一种关系是合适的。古代社会之所以强调父母之命、媒妁之言，是因为在家族看来，在社会上的其他人看来，这两个人的结合是合情合理合法的。这个结合不以感情为基础，他们结合以后也主要不是要来谈一场恋爱。他们在后来的生活中也可能有了深厚感情，或者说不少夫妻之间有了深厚感情，但那其实是在赡养老人、抚养孩子的同甘共苦的过程中产生的一种亲情，不是通常所说的恋爱之情。当初他们签订这一份契约，双方的条件基本上是对等的，或者说看起来是般配的，但谁也不能保证在未来的几十年当中，不会发生变故。几十年时间，可能会出现许多意想不到的情况，比方说男的一方丢了工作，或者女的一方身体出了问题。在结婚以后，如果出现了这一类变故，任何一方都不能以此为由提出离婚，契约的功能之一就是保持夫妻关系的稳定。契约的另一个重要内容，是夫妻必须协力把老人送到生命的终点，让他们老有所养；必须协力把孩子抚养成人，让他们接受正常的教育，让他们有能力进入社会生活。这都是契约所赋予的责任。而之所以要把这些责任加在夫妻身上，一个现实的考虑是，假如天底下所有的夫妻都不承担这些责任，这个社会就乱套了。这就是古代社会特别强调婚姻伦理的一个基本理由。

这样看来，在中国传统社会，婚姻跟恋爱之间是可以不沾边的，当然也不一定排斥恋爱，尤其是普通百姓的子女，他们之间的婚姻，是有可能建立在恋爱基础上的。比如一个三五口人的家庭，或者七八口人的家庭，两家比邻而居，一家有个男孩，另一家有个女孩，青梅竹马，两情相悦，双方父母也觉得挺好，这样两个人，后来组成了一个家庭，这种情况也不时发生。不过，即使是这种情况，通常也要经过父母之命、媒妁之言的程序，结婚之后所要履行的责任，也同样是上面说的那些内容。这可以说是把恋爱纳入了婚姻的框架，在婚姻和恋爱之间有一个自然的衔接。但对于大家族来说，这种情形基本上是不可能发生的，就大多数的平民家庭来说，这种比例也不是太高。

上面说的是传统社会的婚姻。传统社会的恋爱，又是怎么回事呢？

传统社会的恋爱，有一个专有名词，叫"风怀"。比如清初的朱彝尊，他和他的姨妹好上了，后来写了好多有关的诗，用了一个总名，叫"风怀诗"。中国古代的风怀，其发生场所大概率不在普通人的日常生活中，而是在青楼那个特殊所在。青楼聚集了一群年轻的女性，其中不乏长得漂亮的、擅长歌舞的、谈吐风雅的，甚至兼具几样长处的。这些女性，和一个才学风度都好的年轻读书人之间，是可能相互欣赏相互爱慕的。但是，他们之间很少有结婚的可能，因为两者的社会地位差距太大了。不少唐人传奇，写的就是这样一种"风怀"，比如蒋防的《霍小玉传》。读《霍小玉传》，一部分读者可能没有注意到一个事实：霍小玉从和李益恋爱开始，就并不指望李益以后娶她。她为什么不做这样的指望呢？因为这不合适。李益是出身高贵的士大夫，如果娶了一个青楼女子，人们会怎么看他？唐代有一个明确规定，如果士大夫娶了身份过于卑贱的女子，他的仕途就完了，因为第一关"政审"就过不了，一个连婚姻大事都处理得如此不靠谱的人，还做什么官？所以，在《霍小玉传》里，霍小玉对李益的指望，不是跟他结婚，而是说你现在还年轻，才二十二岁，你晚点结婚吧，到三十岁结婚，这八年时间，你就跟我一起过。我现在十八岁，跟你在一起过八年，那时候二十六岁。到时你娶一个名门闺秀，过你的正常婚姻生活。我跟你在一起待了八年，我也心满意足了，到青灯古佛旁去度过我的余生，也没有什么遗憾。细心的读者一定注意到了，在《霍小玉传》中，霍小玉后来对李益不满，不是因为李益没有娶她，而是李益答应了和她在一起度过八年，居然一年不到就弃霍小玉而去，而且切断了所有的信息渠道，不让霍小玉知道他的行踪。他在感情生活中不够仗义。因为不仗义，他受到了大家的谴责，黄衫侠客也对他不满，一定要把他挟持到霍小玉身边，让霍小玉把自己内心的愤怒和痛苦好好地倾泻出来。

由此可以看出，在中国传统社会中，恋爱是不受重视的，因为它不影响别人的生活，只是两个人之间的私事。在外人看来，不妨睁一只眼闭一只眼，只要你们自己不闹出乱子来就行。像明末清初的钱谦益、陈子龙，钱谦益是朝廷重臣，陈子龙是响当当的抗清将领，都曾有过这样的"风怀"，周围的人并不因此指责他们，在当时人眼中，这也没有什么好指责的。当然，也不会有人把这个事情看得很重要。或者这样说，正因为它不重要，大家才觉得没必要计较它的长短是非。这是传统社会的恋爱。

传统社会的婚姻和恋爱是两件很不相同的事情，尤其是吴敬梓，他把这两件事情分得很清楚。在《儒林外史》中，吴敬梓只承认婚姻是有价值的。他写虞博士有家，写庄绍光有夫人，写杜少卿有夫人，凡是家庭完整、夫妻关系好的，这些做丈夫的都值得佩服。反过来，假如到青楼里去找寄托，就不大合适了。在《儒林外史》中，青楼女子没有一个是值得交往的，所谓"风怀"，只是一种利益的交换而已。比如陈木南与聘娘之间，聘娘所看重的，是陈木南的几百两银子和做知府夫人的许诺。什么才情与风度的相互赏识，都只是冠冕堂皇的门面话。吴敬梓在《儒林外史》中对婚姻和恋爱作了明确区分，他对恋爱是鄙夷和轻视的。

而在《红楼梦》里，读者可能会注意到，或者说以吴敬梓这样一个读者，他一定会注意到，在恋爱和婚姻之间，林黛玉的取舍似乎不太清晰。比如说在第四十九回之前，林黛玉最在乎的是她和宝玉之间的那份感情，宝玉对她的好是不是真的，是不是唯一的。至于宝玉以后是不是娶她，黛玉好像不太留意。这里不能忽略的是，宝玉是一个对婚姻有强烈恐惧感的人。在他看来，所有要出嫁的女孩子，几乎都是跳进了火坑，他身边那些嫁了人的女孩子，也很少有好的结果。宝玉对女孩子到了结婚年龄这个事实都有一种异常的敏感，他惧怕这个时间点的到来。对于宝玉的婚姻恐惧感，黛玉应该是有所了解的。

《红楼梦》第三十二回写了黛玉由疑虑到自信的转变。当黛玉在窗外听到宝玉对湘云和袭人说："林姑娘从来说过这些混帐话不曾？若他也说过这些混帐话，我早和他生分了。"宝玉的这番话，让黛玉确信，宝玉跟她才是心心相印的关系。也正是因为有了这种确信，所以，从这一回之后，黛玉基本上不吃宝玉的醋了。第四十二回"蘅芜君兰言解疑癖，潇湘子雅谑补余香"，一般读者读到此回情节可能更多注意到的是宝钗特别会跟人交流、沟通，但是，这个情节实际上也提醒读者，黛玉已经不像从前那样对宝钗处处设防了。如果她依然对宝钗心怀疑忌，无论宝钗多么善于跟人交流，黛玉都不会接受她，更不会像亲姐妹一样跟她亲近。第四十九回"琉璃世界白雪红梅，脂粉香娃割腥啖膻"，把黛玉的这种自信和坦荡，表现得尤为充分。第一个细节是：大观园又来了一群少女，其中宝琴尤其出色，贾母甚至想到了要把她说给宝玉。琥珀开玩笑说黛玉会吃宝琴的醋，湘云当真想到黛玉会吃宝琴的醋，而宝钗说："我的妹妹和他的妹妹一样。他喜欢的比我还疼呢，那里还恼？"宝玉看过去，果然见黛玉赶着宝琴叫"妹妹"，并不指名道姓，真像亲姐妹一样。第二个细节是：姑娘们一起来到芦雪亭，听李纨出题限韵，唯独不见了湘云、宝玉。换了以前，黛玉马上就会警觉起来，这两人一个有金麒麟，一个有宝玉，会不会背后出什么事。而现在的黛玉，却是神色怡然地提醒大家："他两个再到不了一处，若到一处，生出多少故事来。这会子一定算计那块鹿肉去了。"黛玉猜得不错，所以她接下来有些得意地笑道："这可是云丫头闹的，我的卦再不错！"黛玉一点都不介意宝玉和湘云单独待在一起。第五十回又写了第三个细节：李纨罚宝玉去栊翠庵找妙玉取一枝红梅来，命人好好跟着。黛玉深知妙玉性情古怪，忙拦住说："不必，有了人反不得了。"也不在意宝玉和妙玉单独相处。所有这些细节告诉我们，在黛玉知道宝玉唯有和她才心心相印以后，对于所有别的出色的女孩子跟宝玉的交往，都不再觉得有什么需要在意的，都能够坦然接受。

从上面这些内容可以看出，第三十二回之后，黛玉就进入了自信的状态。需要追问的是：黛玉的自信，是对恋爱的自信还是婚姻的自信？答案当然是前者。宝玉在第三十二回所说的那句话，可以给她带来恋爱的自信，却不能带来婚姻的自信。第一，宝玉那句话只承认她是心灵世界的知己，并不是一个婚姻的承诺，宝玉压根儿就没有想到结婚的事。第二，在婚姻这一方面，黛玉也不能够确定她从贾府得到的支持力度一定会超过宝钗、湘云、宝琴所得到的支持力度。第三十二回到第四十九回之间的黛玉，给读者的是这样一个印象。

但是后来的情形好像有点不一样了。第五十七回，黛玉的丫鬟紫鹃明确地向黛玉挑明了婚姻的话题，自此以后，黛玉最大的牵挂，好像就是能不能嫁给宝玉这件事了。第八十二回"病潇湘痴魂惊恶梦"，是因一个婆子，冒冒失失地当着黛玉的面，说她和宝二爷是天生的一对儿。第八十九回"蛇影杯弓颦卿绝粒"，是因紫鹃、雪雁无意中提到老太太做主，正给宝玉提亲，不巧让黛玉听见了。第九十六回"泄机关颦儿迷本性"，是因傻大姐向黛玉透露了宝玉娶宝钗的事。第九十七回"林黛玉焚稿断痴情，薛宝钗出闺成大礼"，也把有情人未成眷属当作林黛玉去世的直接原因。第五十七回以后的黛玉，给读者的是这样一个印象。

也许吴敬梓读了《红楼梦》的这些故事，可能会觉得，婚姻与恋爱的界限不够明晰，不知道黛玉究竟是要恋爱还是要婚姻。或许可以这样说，曹雪芹有意在两者之间做了模糊处理，以表达他特有的人生态度。只是，这种模糊处理，吴敬梓是不能够接受的。

这一章一共谈了三个问题，所有这些问题其实可以归结为一点：吴敬梓和曹雪芹是两个很不一样的作家，他们的人生理念和小说理念都有相当大的不同。这里不是做价值判断，不是说曹雪芹写得有问题，或者说吴敬梓的看法不对，而是说两个伟大的小说家，居然可以如此不同。他们当然也有一些相同的地方，比如都对功名富贵看得很淡，但是不同的地方尤其需要给予注意。

章十一

假如曹雪芹遇见吴敬梓，他会怎么说

《儒林外史》把神秘文化扫地出门，以虞博士形象传达真切实在的生活经验，以聘娘形象寄寓对青楼女子的厌恶之情，其写法与《红楼梦》大异其趣。这一章尝试从曹雪芹的视角来讨论这些现象，旨在揭示这两部名著的品格差异：《儒林外史》以深刻的理性为支撑，《红楼梦》则依托于丰厚的感性之美；《儒林外史》可以作为生活指南，《红楼梦》则是生活的咏叹。它们的不同，造成了传播接受中的一些有趣差异，也是二者不能相互取代的原因所在。

而以上所述之不同，又不禁会勾起人们的好奇心。假如曹雪芹遇见吴敬梓，他会怎么说？他将如何看待吴敬梓的创作理念以及评价虞博士和聘娘？

◎曹雪芹如何看待吴敬梓的创作理念

就创作理念而言，曹雪芹也许认为，《儒林外史》把神秘文化扫地出门，是其读者大量流失的一个原因。氛围神秘，人物神秘，情节神秘，不仅可以引发读者的兴趣，也是安于小说家的本分。

在大部分古代人看来，我们生活的世界，除人之外，还有仙、鬼和妖精。这些超自然的力量，神秘地影响着人类的生活，有时甚至支配了人类的生活，中国人想了各种方法来与这些神秘力量打交道。一个小说家，如果要想使其作品引起普通民众的阅读兴趣，尽可能发挥这种神秘文化的作用，不失为明智之举。

就与神秘文化的关联而言，《红楼梦》和《儒林外史》正好成为对照。性格倔强的吴敬梓，他毫不吝惜地把神秘文化扫地出门。而曹雪芹，相不相信神秘文化是另一回事，但他充分利用了神秘文化，则是不争的事实。作为小说家，他比吴敬梓随和多了。

我们可以从三个方面具体梳理《红楼梦》和《儒林外史》的这一差异。

第一，从总体风格来看，《儒林外史》是平实朴素的，与日常生活的色调大体一致，而《红楼梦》则弥漫着浓郁的神秘氛围，无从问其究竟的场景、人物和情节，不时可见。例如，宝玉的身世就不乏神秘色彩，《红楼梦》第一回这样说道：

> 原来女娲氏炼石补天之时，于大荒山无稽崖炼成高经十二丈、方经二十四丈顽石三万六千五百零一块。娲皇氏只用了三万六千五百块，只单单剩了一块未用，便弃在此山青埂峰下。

可见，被弃在青埂峰下的这块"顽石"，便是宝玉的前身。而贾宝玉来到这个凡俗的世界时，"一落胎胞，嘴里便衔下一块五彩晶莹的玉来，上面还有许多字迹"。这块玉是宝玉的命根子，可以神秘地丢失，也可以神秘地回来，而一旦丢失，宝玉就不再是一个心智正常的人。癞和尚和跛道士，疯疯癫癫，在小说的前五回就已出现，在后面的情节里也时来时去。他们带有先知的意味，神秘莫测。还有甄士隐，一半是常人，一半是先知，在梦幻中见识了一僧一道和通灵宝玉；在家破人亡之后，居然可以飘然而去。所有这些因素，都有助于造成神秘氛围。神秘的世界是令人向往的，人类生来就有沉醉于神秘的天性。《红楼梦》可以与这种天性对接，吴敬梓则拒绝提供这样一个平台。

第二，从人物身份来看，《儒林外史》是明确的，《红楼梦》则多少有不确定之处。尤其是宝玉，虽被设定为荣国府的公子，却又时常让人联想到一些特殊身份的人物，例如帝王之类。《红楼梦》中的贾府，包含了三个互相关联而又色调迥异的空间：宁国府、荣国府和大观园。宁国府名为贵族世家，却更像市井人家，贾珍的配偶尤氏，并无显赫的家世背景；贾蓉的妻子秦可卿，是从育婴堂抱来的一个孩子，家世更为寒碜。与宁国府相关的情节，集中指向"风月宝鉴"：秦可卿事件、贾瑞事件、秦钟事件等，其主角无一获得好的结局。这样的安排，符合警世故事的一般设计：在那些卑俗人物沦入万劫不复的境地时，读者的主要感受不是伤心、同情，而是告诫自己，千万不能像他们那样胡作非为。与宁国府相比，荣国府才算得上是贵族世家的标本：贾母来自史家，王夫人来自王家、她的妹妹嫁了薛家，当地最有影响力的贾、史、王、薛四大家族，都在荣国府齐聚。贾母、贾政等人，尽管有诸多瑕疵和不足，但其身份和气质的高贵毋庸置疑，即使是王夫人、王熙凤，也都体现了惜老怜贫、出手阔绰等贵族风范。这个钟鸣鼎食之家，把延续富贵福泽的希望寄托在宝玉身上，却终于落空。荣国府的衰败所引发的读者感受，有不满，有指斥，也有惋惜和悲悯。与荣国府相比，大观园隐隐约约有一种帝王气派，它是为贵妃省亲而修建的，同时它也是贾宝玉的世外桃源。在大观园中生活的贾宝玉，极易让人联想到历史上的陈后主、唐明皇和宋徽宗三位帝王。帝王将相常常是普通读者感兴趣的对象，在历史题材的小说、戏曲中，写帝王将相的比例，远远高于写寻常人的比例。而在所有帝王中，陈后主、唐明皇和宋徽宗又有其殊异之处。他们不是秦始皇那样滥用民力、手段残忍的暴君，也不是智力寻常、不理朝政的昏君。他们修养好，为人不俗，且在某一方面才具卓特。

　　这样的帝王，本来就是话题人物，《红楼梦》把贾宝玉归入这个系列，足以令人引发种种联想。从文化精英到普通读者，经常有人就贾宝玉的身份展开各种猜测。北京大学的第一任校长、伟大的教育家蔡元培，他说宝玉含的那块玉，就是帝王用的印章，也就是玉玺；林黛玉象征明朝，宝钗象征清朝；黛玉、宝钗对宝玉的争夺，就是明、清两朝对国家控制权的争夺。这是一个文化精英所做的推断。还有一些学者或名人，比如写过《班主任》的作家刘心武，他从《红楼梦》里读到的是雍正、乾隆朝的宫斗。这样一些联想，就多少与《红楼梦》人物身份的神秘莫测有关。

　　第三，从具体生活情景来看，《儒林外史》只写日常，不写超常，《红楼梦》在日常之外，还大写超常。《红楼梦》第三回，宝玉和黛玉第一次见面，黛玉一眼看到宝玉，感觉是这个公子我在哪里见过的；宝玉也有同感，觉得这个妹妹我好像以前见过的。他们前世在赤霞宫见过，那时宝玉还是神瑛侍者，黛玉还是绛珠仙草。这样一种设定，让宝玉和黛玉的见面与普通的一见钟情大不一样。一见钟情，只是说第一次见到这个人就再也放不下，而宝玉和黛玉在人世间的第一次见面，是在经历了几度轮回之后，又走到了一起。千年等一回，这样的设定，就使他们超越了芸芸众生。如果没有这个定位，许多读者对黛玉也许不那么偏爱，因为日常生活中的黛玉，其实不太讨人喜欢。还有丫鬟金钏儿，本来只是个寻常女孩，但她去世之后，《红楼梦》设计了一个水仙庵来对应她；再如晴雯，也只是一个丫鬟，去世之后，《红楼梦》设计了芙蓉花神来对应她。这些都超越了日常生活，给人以神圣感。

综合上面的梳理，可以看出，《儒林外史》几乎没有神秘感，而《红楼梦》则用浓郁的神秘感笼罩了整部小说。这样一种差异，造成了两部小说读者群的巨大差异。

◎曹雪芹如何看待虞博士

接下来讨论第二个层面：从曹雪芹的视角看吴敬梓笔下的虞博士。

虞博士是《儒林外史》为读书人树立的一个榜样。吴敬梓以这个形象为载体，努力把他从辛酸苦辣中得来的人生经验传达给读者。对此，曹雪芹也许会说："小说是不能当作生活指南来写的。"虞博士的处世之道确实可以供读者参考，但会有几个读者喜欢虞博士呢？反倒是贾宝玉，虽然他肯定不会被当作生活的榜样，但喜欢他的读者却真不少。

虞博士和宝玉不在同一年龄层次上，宝玉才十几岁，而虞博士早已进入婚姻生活和仕宦生涯。但这两人有一个显著的共同点，即他们都不在乎功名富贵。

《红楼梦》里的宝玉，与两个人关系格外疏远：长辈中是他的父亲贾政，姐妹中是他未来的妻子宝钗。贾政总是告诫宝玉，得好好读书，贾政这样做，当然是有理由的。人生实际上包括两个阶段，第一个阶段是成年之前，所要做的是为成年后干一番事业而接受必要的教育；第二个阶段是成年之后，把所受的教育转换为社会生活所需要的能力，建功立业，成为一个有头有脸的人。贾政是个有责任感的父亲，他对于宝玉的管教之所以那么严格，是因为若不这样宝玉就不能成为家族的顶梁柱。可偏偏贾宝玉对建功立业完全不放在心上，他把追求功名富贵的人称为"禄蠹"。他是一辈子不做"禄蠹"的，他对功名富贵，采取了拒斥的态度。

虞博士也不在乎功名富贵。《儒林外史》第一回"说楔子敷陈大义，借名流隐括全文"，说"这个法定的不好"，意思是在科举取士的制度下，读书人看重的是功名富贵而不是人品。根据这个"大义"，《儒林外史》把读书人分成了四个类型：有心艳功名富贵而媚人下人者，有倚仗功名富贵而骄人傲人者，有假托无意功名富贵自以为高被人看破耻笑者，有辞却功名富贵者。所谓辞却功名富贵者，包括了虞博士、庄绍光、杜少卿和后来的四大市井奇人，他们是《儒林外史》所树立的读书人的榜样。这些人生榜样中，虞博士是最为出色的，充分体现了不为功名富贵所左右的人格风范。

上面说的是虞博士和贾宝玉的同，而他们的不同也许更值得关注。

虞博士看重对家庭的责任，总是把养家活口作为人生要务，在人生的每一阶段都尽力打理到位。比如，在国子监博士任上，虞博士在尽责于公务之外，对夫妻养老和孩子的未来也有周到安排。他对杜少卿说，这几年已经攒了一笔钱，买了几十亩地，再做几年官，再买几十亩地，养老是不愁的；至于儿子，现在教他读书，同时也教他学医，就算以后考不上举人、进士，也可以靠行医养家糊口。虞博士这样一种处理生活的方式，是靠谱的，足以给读者提供借鉴。

而宝玉很少为荣国府的衣食住行操心，也没有这方面的能力。他倒也读书，但当真下了功夫的不是"四书""五经"，而是楚辞、《文选》；他倒也跟人打交道，但乐意交往的不是贾雨村这样有事业心的人，而是大观园中的女孩以及和女孩们气质相近的秦钟等人；他倒也参加乡试，考上了举人，但不是为了成为家族的顶梁柱，而是要给母亲和妻子一个交代，考上举人以后，就出家了。

是不是宝玉本来就没有家庭生活压力？当然不是。宝玉所面对的压力，其实比虞博士等人大多了。他出身于一个贵族家庭，荣国府上上下下，人口达数百人之多。《儒林外史》中的家庭，一般都是五、七口人，虞博士、庄绍光、杜少卿，都是如此。所以，像虞博士，只要有机会做国子监博士这样的闲职，就可以给一家人提供充裕的生活费用。而同样的收入是没法维系荣国府的运转的。这种压力让宝玉感到恐惧，情不自禁想要躲避。有次他对黛玉说，就算以后收入少了，难道还少了我们几个人的？他说的"我们几个人"，包括贾母、贾政、王夫人、宝玉和黛玉。说这样的话，就是为了躲避压力。反过来看，贾政对他的严加管教，宝钗、湘云对他的劝说，则是提醒他，压力就在那里，躲是躲不开的。

宝玉用出家来摆脱生活的压力，当然是不靠谱的。他的母亲指望他来养老，他的妻子指望他来养家，他的姐妹们指望他来照应。一句话，他的家族指望他撑开一把巨大的雨伞，好遮风避雨，而这一切都因为他的出家成了泡影。在王夫人、宝钗、探春等人眼里，还有比宝玉更不靠谱的人吗？

吴敬梓和曹雪芹都是在经历了人生挫败之后来写小说的，但他们的写作动机明显不同。吴敬梓出生在一个科举世家，而他自己偏偏科场不利，始终没有考上举人，家产也败光了，落到了极为穷困的境地。此时此刻回首人生，他致力于把中年经验告诉读者，实话实说，有志于为读者提供人生指南。写《红楼梦》时的曹雪芹，也处于人生的低谷，自愧一事无成，有负于家族和祖宗的教养之恩。但他还说了另外一句话：万不可因我之不肖，而埋没了家里的几个姐姐妹妹，闺阁当中，本自历历有人。曹雪芹是把少年时代的审美感受，如实地写进了小说，他没有用中年经验来改变当初的感受，反而是以所目睹的美的短暂易逝来加强了这种感受。他不是为了教育读者，而是为了写出美的消逝和难以忘怀。这是曹雪芹格外了不起的地方。年轻人读《儒林外史》，就像和父亲、叔叔们在一起。假如老成持重的中年人难以让人亲近的话，这可能就是《儒林外史》少有读者的原因之一。这种阅读心理，吴敬梓可能是了解的，但他不予理睬，他有他的执着信念。对这样一个倔强的小说家，曹雪芹如果有机会跟他交流，也许会说：小说不是用来解决社会问题的，不要把小说当作社会生活指南来写。小说承担不了这个功能，也不应承担这个功能。在生活中我们必须靠谱，不靠谱则是艺术的专利。艺术如果不能摆脱地球的引力，就没有尽到自己的职责。

◎曹雪芹如何看待聘娘

最后谈第三个层面：从曹雪芹的视角看吴敬梓笔下的聘娘。

《儒林外史》中的聘娘形象，寄寓了吴敬梓对青楼女子的厌恶之情。吴敬梓曾在秦淮河畔狂嫖滥赌，浪掷祖上留下来的家产。这种青楼浪子的生活，曾让吴敬梓陶醉不已。后来，当吴敬梓不再有钱，这些青楼中人，就对他形同陌路了。这一经历，让吴敬梓对烟花女子深恶痛绝，聘娘的形象，就是在这种情绪中塑造出来的。

吴敬梓的态度，曹雪芹可能不以为然。他也许会说："如果我写聘娘，一定呵护有加，我不会用这种大煞风景的笔调。"

这个话题可分三点来谈。第一，《儒林外史》是如何写聘娘的；第二，历史上的女性书写存在的不同向度；第三，《红楼梦》的女性书写是什么取向。

秦淮河畔的青楼名妓，一般读者所熟悉的，有柳如是、李香君等。柳如是后来嫁给了钱谦益，李香君曾与侯方域定情，她们才艺不俗，用情极深，向来传为佳话。这样一些角色，在《儒林外史》中却转化成了聘娘。吴敬梓的书写，大体着眼于两个方面：一是聘娘的才色，二是聘娘的人品。

聘娘的才色，无疑是一流的。与她的才色形成反比，聘娘的人品却不怎么高。她之所以和诗人陈木南交往，原因有三：其一，往常接待的多是些商人，腻了，想换几个文士名流来破破俗。其二，陈木南有钱。他的表兄徐九公子给了两次资助，合起来是四百两银子，他都用在了聘娘身上。其三，聘娘想借此实现富贵梦。

这是《儒林外史》所写的聘娘。这个形象，假如到了曹雪芹笔下，他会如何处理？要回答这个问题，有必要梳理一下历史上女性书写的两种不同取向：一种是着眼于利害关系，另一种是基于审美态度。

着眼于利害关系，古代史家在解释历史上的重大变故时，常常用到一个术语——"女祸"。假如一个王朝政治败坏，他们首先想到的可能是帝王沉溺于女色，要不就是一个坏女人把皇上带偏了。比较典型的例子是唐明皇。许多人把他的皇帝生涯分作两段：前一段勤于国事，开元之治足以媲美贞观之治；后一段荒淫误国，导致了安史之乱的发生。几个著名的唐代诗人，如杜甫、杜牧，都曾把安史之乱归因于"女祸"。杜甫的长篇五古《北征》，其中有这样两句："不闻夏殷衰，中自诛褒妲。""褒妲"指褒姒和妲己，"夏殷"指夏朝和商朝。杜甫得知杨贵妃在马嵬坡被迫自缢，写了这样的诗句，他认为唐玄宗允许军人们处死杨贵妃，这是一个英明的决定。夏商之所以衰落，是因为褒姒和妲己没有被除掉；唐王朝之所以转危为安，是因为把杨贵妃除掉了。这是杜甫的意思。杜牧写过《过华清宫》绝句，说"霓裳一曲千峰上，舞破中原始下来"。唐明皇所宠幸的杨贵妃，是个舞蹈艺术家，最擅长的是霓裳羽衣舞。杜牧说，就是因为杨贵妃的魅力太大了，唐明皇天天跟她一起享乐，结果耽误了国事。杜甫、杜牧所代表的，是一种着眼于利害关系的书写取向。

另一种书写取向，是把女性作为审美对象。晋代画家吴迮说过一句名言："世无花月美人，不愿生此世界。"吴迮的意思是，假如天上没有月亮，地上没有鲜花，人世间没有那些美好的人，我不愿活在这个世界上。有许多掌故或作品，都体现了和吴逵相同的取向。阮籍是魏晋时期的奇人之一。他邻居家有个女孩，才色过人，没出嫁就去世了。阮籍与她家并无多少交往，却赶去痛哭了一场。有人批评他任诞不检，其实是不理解他那哲人的胸襟。阮籍所悲伤的，是青春的摧折，是美的凋谢，是生命之流的突然中断。一个美丽而才情不俗的女孩子，转眼间就从这个世界消失了，能不为之黯然神伤吗？清代张潮所编《虞初新志》中收录了一篇文言短篇小说，其所表达的情愫亦可作如是观。小青"风期异艳，绰约自好"，却嫁给不知怜香惜玉为何物、憨跳不韵的某生，致使小青横遭妒妇的摧残，才十八岁便成为一缕断魂。她唯一能做的是将其真容经由画师之手留在世上，然而，就连她的画像也差点被妒妇烧掉。难怪张潮会在篇末评语中发出这样的感慨："红颜薄命，千古伤心。读至送鸩、焚诗处，恨不粉妒妇之骨以饲狗也！"青春与生命的短暂，芳时难留，烟景不再，任何一次美的零落都会触发难言的愁恨。

那么，曹雪芹的《红楼梦》，其女性书写是什么取向？

曹雪芹也是从审美角度加以书写的，还为此设计了宝玉这个人物。在他笔下，宝玉的特点是"意淫"，对所有出色的女孩子，都想献殷勤，对所有出色而命苦的女孩子，都心疼不已。

《红楼梦》中有这样两个细节。第一个细节是"龄官画蔷"。一次，宝玉从他母亲那里回大观园去，见一个女孩在花架下蹲着写字。宝玉想，这个女孩翻来覆去写同一个字，一定是心里有难解的事，她长得那么瘦，受得了吗？于是在一旁痴痴打量。这时，天上下雨了，有意思的是，雨点落到了宝玉身上，他想到的不是自己淋湿了有可能感冒，而是这个女孩淋湿了有可能感冒，于是喊了一句："不用写了。你看下大雨，身上都湿了。"这个女孩扭头看去，因为宝玉长得秀气，又隔着花架子，她把宝玉看成了女孩，便回了一句："多谢姐姐提醒了我。难道姐姐在外头有什么遮雨的？"言下之意是说，你提醒我淋湿了生病，你不也一样吗？宝玉这才一溜烟跑回了怡红院。

第二个细节发生在第四十四回。凤姐过生日喝醉了，由平儿扶着回屋时正好撞见贾琏偷情，怒气攻心，便扭身一巴掌打在平儿脸上。这一巴掌让平儿很丢面子。平儿虽然是丫鬟，但在荣国府里，经常代凤姐打理家务，好些主子还要跟她套近乎。凤姐这一巴掌，把面子给打没了，平儿伤心至极，以致寻死觅活。宝玉把平儿请进怡红院中，又是安慰，又是请她洗脸、梳头、擦脂粉，桩桩件件，极其周到。宝玉在读儒家经典方面缺少天赋，但在照护女孩这些事上，他是真有灵性。平儿当时的感觉是，经常听人说宝玉会给女孩子献殷勤，果然名不虚传。《红楼梦》接下来写了宝玉的心理活动，包括两个层次：一是宝玉本来就想找机会表达对平儿的敬重和爱惜，但因她是贾琏的房里人，而贾琏是宝玉的堂兄，不大合适；今天竟意外得到这个机会，让宝玉深感惬意。也就是回目里说的"喜出望外"。二是宝玉想到平儿没有父母，孤苦伶仃，服侍凤姐这样霸道和贾琏这样俗气的人，真不容易；尽管平儿做得如此之好，今天仍平白挨了一巴掌。想到这些，宝玉不禁黯然神伤。由宝玉的心理活动可以看出，他对平儿的爱惜同对龄官的爱惜一样，都是没有功利目的的，仅仅是出于对人世间那些美好的人、美好的事的爱惜之情。

《红楼梦》是以宝玉的美感体验为中心构筑成的一部小说。不是说曹雪芹不懂生活的艰辛和复杂，实际上，《红楼梦》也写了人与人之间的利害关系，写了家族管理的真实境况，但是他把这些都用宝玉的美感经历覆盖起来了，没有让它们进入小说的中心。宝玉说过一句让许多人大惑不解的话："女儿是水作的骨肉，男人是泥作的骨肉。我见了女儿，我便清爽；见了男子，便觉浊臭逼人。"这一句话似乎荒唐，但真能传达《红楼梦》对女性的崇拜。

如果要对中国的审美文化有深入了解，必须读唐代张若虚的《春江花月夜》、刘希夷的《代悲白头翁》，宋代晏幾道、秦观的词，清代洪昇的《长生殿》、曹雪芹的《红楼梦》。这些作品表达了中国古人面对这个世界的似水柔情。如果读者不能体会这种柔情，那他们对中国古人的了解是不完整的。比如，假如只读《三国演义》，所理解的只是在政治军事斗争中建功立业的中国人；假如只读《水浒传》，所理解的只是以侠客为中心的边缘社会；假如只读《西游记》，所理解的只是神话世界的正义和伟大。只有读了《红楼梦》，对于人类个体的心灵世界，才有更深入的体察。《红楼梦》没有对人类生活的所有方面平均用力，但曹雪芹写透了人类对美好事物的珍惜和怜悯。

假如曹雪芹来写聘娘的话，他一定会用写晴雯、妙玉的笔调。尽管这些人物有太多不足，但曹雪芹宁可淡化她们的不足，也要把她们的魅力写足，他的立足点跟吴敬梓有所不同。

以上的解读，不是价值判断，不是说《儒林外史》比《红楼梦》好，或者《红楼梦》比《儒林外史》好。而是说，这两部伟大的小说，它们确实有诸多不同，这些不同正是它们不能相互取代的原因。

结束语

　　科举是中国古代最为健全的文官制度。它渊源于汉，始创于隋，确立于唐，完备于宋，兴盛于明、清两代。如果从隋大业元年（605）的进士科算起，到清光绪三十一年（1905）被废止，科举制度在中国经历了一千多年。科举制度还曾"出口"越南、朝鲜等国，扩大了汉文化的影响。始于19世纪的西方文官考试制度，其创立也与中国科举的启发相关。孙中山在《五权宪法》等演讲中反复强调，中国的科举制度是世界各国中所用以拔取真才之最古最好的制度。胡适《考试与教育》一文也说："中国文官制度影响之大，及其价值之被人重视，这也是我们中国对世界文化贡献的一件可以自夸的事。"

　　科举的产生有一个基本前提，就是国家的权力不再掌握在世袭贵族手里。只有在没有世袭贵族掌握国家权力的时代，才有可能产生科举制度。换句话说，在"封建"（封邦建国）时代，不可能发生科举。这种没有世袭贵族掌握国家权力的时代，中国从秦王朝就正式开始了；西方比较晚，日本更晚。没有了掌握国家权力的世袭贵族，就出现了一个问题：一个王朝与谁共享权力？反过来提问或许更好：这个时候所有有能力的人都希望与王朝共享权力，他们经由什么途径达到这个目的？从治理天下的角度来看，有能力的人，主要在读书人里面。余英时的一个观点是，采用科举制度，不仅仅是帝王的意愿，更是读书人的意愿，是帝王与读书人"协商"的结果。这个"协商"过程很长，两汉魏晋南北朝，经历了好几百年的时间。汉朝实行的是推荐与考试相结合的察举制。察举制的麻烦是，你再有才能，只要没人推荐你，你就失去了机会。这是它跟科举制最大的不同。科举制的特点是，只要我有能力，想考就考，谁也不能阻止我。为什么自隋朝有了科举制之后，它不断得到读书人的拥护？就是因为那些有能力的读书人意识到，这种方式是对他们最有利的方式，别的方式很容易堵塞其仕进之路。北宋苏轼《战国任侠论》一文曾说：君主要保持国家的安宁，务必与天下的"秀杰"共享富贵；优秀的人才被笼络住了，那些"椎鲁"的人，想闹事也无人领头，自然就闹不起来了。而"隋、唐至今"的科举制度，正是君王与"秀杰"共享富贵的一种较好的体制。

　　科举制度在保证程序的公正方面具有空前的优越性。官员选拔的理想境界是"实质的公正"，即将所有优秀的人才选拔到最合适的岗位上。但这个境界人类至今末达到过。不得已而求其次，程序的公正就成为优先选择。"中国古代独特的社会结构是家族宗法制。家长统治、任人唯亲、帮派活动、裙带关系皆为家族宗法制的派生物。在重人情与关系的社会文化背景下，若没有可以操作的客观标准，任何立意美妙的选举制度都会被异化为植党营私、任人唯亲的工具，汉代的察举推荐和魏晋南北朝的九品官人法走向求才的死胡同便是明证。""古往今来科举考试一再起死回生的历史说明：自古以来，中国就是一个人情社会，人情与关系在社会生活中起着重要的作用，为了防止人情的泛滥，使社会不至于陷入无序的状态，中国人发明了考试，以考试作为维护社会公平和社会秩序的调节阀。悠久的科举历史与普遍的考试现实一再雄辩地证明，考试选才具有恒久的价值。"（以上引自刘海峰《科举学导论》）从这一角度看，科举制度不但在诞生之初有着巨大的进步意义，而且在整个中国历史和世界历史上，都是一个了不起的创造。较前代的选官制度，如汉代的察举、征辟制和魏文帝时开始推行的九品中正制等，科举制度都更加公正合理。

钱穆的《中国历史上之考试制度》一文，针对民国年间（1911—1949）人事管理腐败混乱的状况曾指出，科举制"因有种种缺点，种种流弊，自该随时变通。但清末却一意想变法，把此制度也连根拔去。民国以来，政府用人，便全无标准。人事奔竞，派系倾轧，结党营私，偏枯偏荣，种种病象，指不胜屈。不可说不是我们把历史看轻了，认为以前一切要不得，才聚九州铁铸成大错"。1955 年，他在《中国历代政治得失》一书中进一步指出："无论如何，考试制度，是中国政治制度中一项比较重要的制度，又且由唐迄清绵历了一千年以上的长时期。中间递有改革，递有演变，积聚了不知多少人的聪明智力，在历史进程中逐步发展，这决不是偶然的。直到晚清，西方人还知采用此制度来弥缝他们政党选举制之偏陷，而我们却对以往考试制度在历史上有过千年以上根柢的，一口气吐弃了，不再重视，抑且不再留丝毫顾惜之余地。那真是一件可诧怪的事。"这些话都说得很中肯。

在充分肯定科举制度合理性的同时，对其产生的负面作用也要保持必要的警觉。汉代以降的历代帝王，一方面有意无意地向读书人开放权力，另一方面也有意无意地强化读书人对帝王的依附。所谓"以饵取鱼，鱼可杀；以禄取人，人可竭"，帝王在将功名利禄给予"英雄"的同时，也以此为工具实施对"英雄"的驾驭、控制和改造。毋庸置疑，考试标准是帝王定的，考试题目是揣摩帝王的心思出的，所以，并非所有的"英雄"都可从帝王那儿分享功名富贵，有幸"入彀"的，只是那些合乎标准的、顺乎帝王心意的人。倘若不合标准而又歆羡富贵，则只好委屈自己，千方百计去适应迁就，到头来，这些人就可能成了晚清龚自珍《病梅馆记》所说的"病梅"，并因长期处于体制之内而丧失了批评的勇气和能力，成了所谓的俗儒。科举制度的这种负面影响，是苏轼《战国任侠论》所忽略了的，却正是《儒林外史》所集中加以表现的，吴敬梓对俗儒的针砭至今仍有振聋发聩的效果。

实行科举制度的理论宗旨之一是把读书人培养成为熟悉儒家经典并根据它来为人处世的君子，但"主卖官爵，臣卖智力"，这种潜在的买卖关系却促使一部分读书人从一开始就以"学成文武艺，货与帝王家"为目的，眼睛直盯着功名富贵。民间社会对于功名富贵的迷信仰慕又鼓励了这种倾向。《儒林外史》中的马二先生就认为人生世上，除了文章举业，就没有第二件事能让人出头。所谓"出头"，其一是扬名显亲；其二便是物质利益了。如范进中举后，许多人来奉承他，有送田产的，有送店房的，还有那些破落户，两口子来投身为仆图荫庇的。不到两三个月，范进家奴仆、丫鬟都有了，钱、米是不消说了。使王惠、王德、王仁、严贡生、匡超人等孜孜以求科名的，不也同样是名、利的力量吗？

匍匐在权力与利益脚下的体制内的俗儒，年复一年地被科举制度制造出来，也日渐销蚀着儒家的活力。与体制内的俗儒不同，作为在野儒生，吴敬梓在失去了太多现实利益的同时，也因其在野的视角而获得了观察的深度和批评的力度。作家执着于知识阶层的历史使命，痛苦于俗儒对于道义理想和独立人格的放弃，满怀悲壮之情地展示了科举制度下士人生活和社会生活的方方面面，向社会、向历史、向未来发出了响亮的呼吁：读书人，保持你的自尊和高贵！作为"道"的承担者，必须保持超然于功名富贵的儒生情怀！吴敬梓以在野儒生的身份反思体制的弊端，重新激活了儒家思想。

《儒林外史》对科举制度负面影响的描绘，乃是基于吴敬梓敏锐的社会观察。吴敬梓对人生问题的关注和思考从《儒林外史》的基本内容便可看出。第一回写王冕的故事，表达否定功名富贵的思想。从第二回到第三十三回，集中笔力讽刺那些追名逐利的读书人。他们或是热衷于科举，或是津津于名士风流，但都是为了功名富贵。从第三十四回到第四十四回，着力刻画一批品行高尚、学识渊博、才能卓特的士人。他们集合在礼乐的旗帜下，有志于移风易俗，但其结局都很不妙，或投闲置散，或降级使用，或连一个安宁的归宿都没有。从第四十五回到第五十五回，集中表现以儒林为中心的整个社会的灰暗现实，"那南京的名士都已渐渐消磨尽了"，倒是市井中间出现了四个自食其力、置身于功名富贵之外的奇人。至于第五十六回"幽榜"是否系吴敬梓原作，学界尚有争议。

《儒林外史》前有楔子，后有尾声，在结构上颇具匠心。楔子是为了笼罩全局而设计的。吴敬梓在描写王冕与危素、时知县等人的纠葛之外，还别具深意地展开了七泖湖畔一个对比鲜明的场面：王冕决心做一个超尘脱俗的画家，而三个不知姓名的读书人却一边野餐一边谈论着功名富贵。这三个读书人，正是《儒林外史》中绝大部分读书人的写照；而危素、时知县，则又象征着一系列混迹官场的士人；至于王冕，他是吴敬梓为书中人物设置的一个参照系，读者从他不难想到虞育德、庄绍光、迟衡山、杜少卿等鄙弃功名富贵的正人君子以及尾声中的四位市井奇人。吴敬梓透过对这三种类型人物的勾勒，展现了全书的大致格局；而《儒林外史》主体部分与楔子、尾声之间，则构成了相互映衬、相互生发的关系。

后 记

　　《儒林外史》是我在 20 世纪 90 年代初就花了功夫细读的一部小说。当年那样用心，有一个朴素的目的，就是要给学生讲课，又觉得好多关于《儒林外史》的说法不大对劲，想真正把这本书读懂。在此后的若干年里，我把这本书翻来覆去读了好多遍，自觉读得比较透。

　　与《儒林外史》的研究相关，科举研究也是我的学术重心之一。我曾经主编了一套"历代科举文献整理与研究丛刊"，还领衔撰写了《明代文学与科举文化生态》《明代科举与文学编年》《明代八股文编年史》等书。其中，《明代文学与科举文化生态》是 2014 年度国家社会科学基金后期资助项目成果，2016 年由高等教育出版社出版，2018 年 10 月获第十一届湖北省社会科学优秀成果奖一等奖，2020 年 12 月获教育部第八届高等学校科学研究优秀成果奖（人文社科）二等奖，入选 2020 年度国家社会科学基金中华学术外译项目原著。对于科举的研究，进一步深化了我对《儒林外史》的理解。

　　《儒林外史》难读，在于它写的是科举制度下读书人的生活，融入了吴敬梓的诸多理性思考，其写法也不同寻常。就知识层面而言，这本书门槛高，对科举制度没有较多的了解，就不可能读懂相关情节。就思想层面而言，吴敬梓的思考极有深度，不是所有人都能理解的。就情节设计而言，如果稍不留神，就有可能误解了吴敬梓的意思。比如有个人物叫权勿用，曾被娄家两位公子奉为座上宾，正在他们兴高采烈的时候，权勿用被抓走了，罪名是奸拐尼姑。这个情节在《儒林外史》中出现较早，好多读者于是有了一个印象，权勿用是个人品卑劣的骗子。到了第五十四回，吴敬梓才借陈木南之口告诉读者，奸拐尼姑的罪名是权勿用老家的几个秀才陷害他的。换句话说，吴敬梓并不想把权勿用写成一个骗子，假如有读者真把权勿用当作骗子，就误会了吴敬梓的意思。而这一类误会在《儒林外史》的阅读中是非常容易产生的。

　　我研究《儒林外史》，最早的一本书是1994年在华中理工大学出版社出版的《士人心态话儒林》。1995年，台湾出了这本书的繁体字版。该书的第一节，相当于前言，日本公文教育研究会至今仍用作培训教材。自那以后，二十多年过去了，我又陆续积累了一些心得，承蒙河南人民出版社副总编辑杨光君约稿，这才有了一个系统整理的机会。可以说，没有她的催促，就没有《士林悲歌：漫话〈儒林外史〉》的问世。责任编辑张岩君勤勉敬业，为本书的出版付出了辛勤劳动。谨此说明，一并致谢！

　　本书的第一章《从个人关切到社会关怀》，由海南大学陈庆教授执笔；第二章《明清科举的命题与阅卷》，写作中得到了湖北省"楚天学者”、黄冈师范学院副教授潘志刚的协助；陈文新执笔其他章节，并负责全书统稿。

陈文新

2024 年 10 月 25 日

于武汉大学